영국 낭만주의와
역사인식

영국 낭만주의와 역사인식

2019년 9월 19일 초판 1쇄 인쇄
2019년 9월 27일 초판 1쇄 발행

지은이 김재오
펴낸이 윤철호
펴낸곳 ㈜사회평론아카데미
책임편집 박찬길
편집 고하영·최세정
디자인 김진운
마케팅 최민규

등록번호 2013-000247(2013년 8월 23일)
전화 02-326-1182(영업) 02-2191-1128(편집)
팩스 02-326-1626
주소 03978 서울특별시 마포구 월드컵북로12길 17

ISBN 979-11-89946-29-6 93840

▪ 일러두기
독자의 이해를 돕기 위한 편집자주는 '＊'로, 저자의 주석은 '1, 2, ⋯'로 표시하였다.

영국 낭만주의와
역사인식

김재오 지음

사회평론아카데미

서문

고 김재오 교수는 지난 2018년 9월 29일에 갑자기 타계했다. 아직 40대의 젊은 나이였고 영문학계 내외에서 누구보다도 왕성한 활동을 하고 있었기 때문에 그의 부음은 많은 사람들에게 큰 충격과 슬픔을 몰고 왔다. 특히 그의 대학원생 시절부터 동학으로서 동고동락했던 영미문학연구회 회원들에게 김 교수의 갑작스러운 서거는 현실로 실감하기 어려운 변고였다. 김재오 교수는 만 49세를 불과 3주 앞둔 시점에 속절없이 우리 곁을 떠났다. 하지만 그는 학자로서 살아온 길지 않은 기간 동안 무려 스무 편의 논문과 다섯 편의 서평, 한 권의 공저, 그리고 세 권의 역서를 남겼다. 특히 그의 논문들은 전공 분야인 영국 낭만주의에 국한된 것이 아니라 16세기의 극작가 윌리엄 셰익스피어William Shakespeare부터 20세기의 이론가 안토니오 네그리Antonio Negri까지 실로 다양한 시대와 장르를 망라하고 있다. 이는 김 교수가 영문학자로서 가졌던 재능의 폭과 깊이를 여실히 증명하고 있다. 영미문학연구회, 특히 그와 함께 지근거리에서 오랫동안 활동했던 근대분과의 동료들은 여러 학회지에 산재하는 김 교수의 논문들을 한데 모아 책으로 펴내는 것이 그를 잃고 망연자실한 유족에게 다소나마 위로가 될 뿐만 아니라 영문학계의 후학들을 위해서도 매우 유익한 일이 되리라고 판단했다. 우리는 이러한 취지에서 총 열여섯 명의 연구자로 이루어진 편집위원회를 구성했고 김재오 교수가 남긴 스무 편의 논문과 다섯 편의 서평을 모아 두 권의 저서로 간행하기로 했다. "영국 낭만주의와 역사인식"이라는 제목의 1권에는 영국 낭만주의 시에 대한 논문 열 편이 담겨 있고, 우리가 "영문학의 정치성과 비판적 상상력"이라고 명명한 2권에는 낭만주의 이외의 논문 열 편과 다섯 편의 서평이 포함되어 있다. 편집위원회에서는 각각의 논문을 주제별로 분류하여 단행본의 형식에 맞게 편집했고 저자의 논지와 문체를 그대로 유지하는 것을 전제로 눈에 띄는 사실적 오류를 바로잡았다. 저자가 인용한 시 본문과 비평문 모두를 원문과 대조했으며, 번역과 인용상의 명백한 착오가 발견된 경우에는 이를 교정했다. 열여섯 명의 편집위원 모두 1차적인 편집·교열 작업에 참여했으며, 박찬길(1권)과 정남영(2권)이 각 권의 책임편집자로서 최종 원고를 완성했다.

1권 "영국 낭만주의와 역사인식"은 저자의 전공인 윌리엄 블레이크William Blake에 관한 논문 네 편과 윌리엄 워즈워스William Wordsworth에 관한 논문 네 편, 새뮤얼 테일러 콜리지Samuel Taylor Coleridge와 존 키츠John Keats에 관한 논문 각 한 편씩 모두 열 편의 논문으로 구성되어 있다. 각 논문은 개별적으로 출판되었기 때문에 각각 상이한 주제를 가지고 있지만 모두 특정한 작품에 대한 분석을 주된 내용으로 하는 작품론이다. 논문별로 약간씩의 편차는 있지만 대체로 당대의 역사에 대한 시인들의 비판적 통찰을 읽어내는 데 주력하고 있다고 할 수 있다. 1권의 제목을 "영국 낭만주의와 역사인식"으로 정한 이유가 여기에 있다.

　김 교수는 블레이크에 관한 논문 네 편 중 세 편에서 자신의 박사 논문 주제였던『예루살렘Jerusalem』을 주로 분석하면서 필요에 따라『네 조아들The Four Zoas』의 내용을 참고로 활용했으며, 한 편에서는 대중적으로 가장 잘 알려진『천국과 지옥의 결혼The Marriage of Heaven and Hell』을 집중적으로 분석했다. 김 교수는 박사논문 주제였던 블레이크만큼이나 워즈워스에 관해서도 깊은 관심을 보였다. 워즈워스에 관한 논문들에서는 워즈워스의 대표작인『서정담시집Lyrical Ballads』에 실린「마이클Michael」과「컴벌랜드의 늙은 거지The Old Cumberland Beggar, a Description」, 그리고「마지막 양The Last of the Flock」같은 시들을 새롭게 해석했다. 워즈워스의 자전적 장시인『서곡The Prelude』의 핵심 대목들도 김 교수의 비평적 분석에 포함된다. 콜리지와 키츠에 관한 논문들도 각각「크리스타벨Christabel」과『하이페리언Hyperion』과 같은 대표적 장시를 대상으로 한다.

　각각의 논문은 당연히 상이한 논점과 평가를 담고 있지만, 열 편의 논문이 거의 모두 작품론이라는 공통점이 있다. 그것도 작품의 일부를 편의적으로 발췌한 부분적 분석이 아니라 작품의 전체를 문제 삼는 본격 작품론인데, 이는 김 교수의 논문이 가진 특징이면서 동시에 가장 큰 장점이기도 하다. 왜냐하면 국내외를 막론하고 많은 영문학 논문들에서 주요 작가의 주된 작품을 정면으로 다루기보다는 시대에 따라 각광받는 비평가들의 특정한 개념을 중심으로 편의에 따라 작품들의 일부만 활용하는 경우가 대부분이기 때문이다. 물론 이러한 논문들도 학술논문으로서 일정한 미덕을 가지고 있겠지만, 이런 식의 접근법, 그러니까 어떤 특정한 아이디어를 문학작품의 분석에 '적용'한다는 식의 접근법으로는 좋은 결과를 기대하기 어렵다. 그러한 연구들은 대개 처음부터 정해져 있는 결론으로 유도할 뿐 작품 자체에 대하여 진정으로 새로운 해석을 제시하지는 못한다. 다소 가혹하게 말하면 학문적 동어반복에서 멀리 나아가지 못하는 경우가 많다. 그렇다면 학자들은 왜 그런 글을 쓰는가? 사실상 주요 작가의 주된 작품을 분석의 중심에 놓는다는 것은 많은 용기를 필요로 하는 일이기 때문이다. 『서곡』에 관해서는 제프리 하트먼Geoffrey Hartman과 M. H. 에이브럼스Abrams의 해석을 넘어서기 어렵고, 『예루살렘』에 관해서는 데이비드 어드먼David Erdman의 분석을 쉽게 반박할 수 없는 것이 현실이다. 학술논문이 스포츠 경기가 아닌 다음에야 논문에서 꼭 누구를 넘어서거나 반박하는 것이 목표가 될 수는 없겠지만, 이른바 '새로운 접근법'에 기대지 않고 주된 작가의 주된 작품을 정면으로 다루면서도 그 나름의 새로운 문학적 통찰에 도달한다는 것은 그만큼 부담과 용기를 필요로 하는 일이다. 김 교수의 연구가 갖는 독특한 미덕이 바로 여기에 있다. 김 교수는 에둘러가지 않는다. 블레이크의 『천국과 지옥의 결혼』에서 천사와 악마의 대립과 친교가 주된 문제라면 그것을 곧바로 자신의 주제로 삼고, 노스럽 프라이Northrop Frye와 해럴드 블룸Harold Bloom의 논의를 정면으로 활용하고 필요에 따라 비판한다. 그리고 파편화된 형식을 특징으로 하는 이 작품의 '줄거리'를 자기 나름대로 구성하고, 거장들이 만든 '정답'과는 다른 해석을 용감하게 제시한다. 김 교수는 애당초 논문의 '독창성'을 인정받기 위해 주제 설정을 하지 않았다. 그는 언제나 자신의 어젠다agenda를 가지고 있었고, 그에 따라 주요 작품의 주요 주제를 자기 나름대로 해석했다. 물론 김 교수의 해석이 거장들의 해석만큼 세련되거나 심오하지 못했을 수는 있다. 또한 때로는 매우 논쟁적인 결론을 거침없이 제시하기도 한다. 그는 여전히 뜨거운 심장을 가진 40대 '젊은이'였으니까. 하지만 적어도 그의 작품 해석은 어떤 기준에서도 학문적 동어반복이라고 할 수 없으며, 블레이크와 워즈워스의 주요 작품들에 대한 작품론은 그의 학문적 역량과 지적 용기를 분명하게 예증한다.

김 교수의 낭만주의 논문들이 보여주는 또 하나의 특징은 현실 연관성이다. 가령 2장에서 블레이크의 국가주의 비판을 읽어낸다거나 3장에서 자유의 문제를 다루었을 때, 그것은 언제나 김 교수 자신이 한국 사회에서 영문학 교수로서 살면서 느낀 문제들의 연장선상에 있었다. 18세기 말의 영국과 21세기의 한국을 아무런 매개항 없이 연관시키는 것은 물론 부조리한 일일 것이다. 하지만 블레이크의 자유를 그냥 아무나 다룰 수 있는 중립적인 학술적 주제로 다루는 것과 그것을 저자가 실제로 직면한 현실의 문제로 탐구하는 것에는 큰 차이가 있다. 가령 2장 「윌리엄 블레이크의 국가주의 이데올로기 비판」에서 21세기 미국의 패권주의가 작동하는 방식을 읽어낸다든지, 4장에서 로스Los가 투쟁을 통해 꿈꾸는 "골고누자Golgonooza"에서 우리의 대학에서 빠르게 해체되고 있는 지성 공동체의 원형을 발견한다든지 하는 것은 그러한 차이를 분명하게 보여준다. 김 교수의 워즈워스론도 마찬가지이다. 김 교수는 8장에서 워즈워스의 "감정이 깃든" 자연을 근대화에 대한 유효한 비판으로 받아들이면서 다음과 같이 주장한다.

> 감정의 문제까지 깊이 있게 천착하면서 이를 통해 근대화의 체험에서 지워진 감성의 역사를 복원하려고 한다는 점에서, 그리고 그 같은 역사의 복원이 시골 촌부들의 삶과 경험에 대한 애정 어린 관심으로 이어진다는 점에서, 워즈워스의 근대화 비판은 근대화의 패러다임과 인식론에 근본적인 도전을 시도했다고 평가할 수 있다.
>
> 워즈워스의 이 같은 노력은 대형 토목사업이 문화적 기억의 근거지로서의 자연을 형체를 알아볼 수 없을 만큼 파괴하고 있고 사회의 전 영역에서 날로 기승을 부리고 있는 비민주적 행태가 공감과 연대의 문화를 해체하고 있는 우리의 현실을 돌아보게 만드는 성찰의 거울이 되기에 충분하다.
>
> (본서 211)

물론 이러한 현실적 동기부여가 학문 연구의 성공을 늘 보장하는 것은 아니다. 예컨대 6장에서 워즈워스의 사회비판이 시적 진실을 가리고 있다든지, 9장에서 콜리지의 보수화가 욕망의 해방적 인식을 억제했다든지 하는 김 교수의 주장은 그 선한 의도에도 불구하고 상당한 반발이 있을 수 있으며 이에 대처하려면 많은 후속 논의가 필요할 것 같다. 그러나 옳은 역사인식과 사회적 정의에 대한 김 교수의 열망은 그의 낭만주의론 전체를 뒷받침하고 있음에 틀림없으며, 그 세부적 논리에 대한 동의 여부와 무관하게 우리에게 큰 감동을 준다. 그러한 열망과 열정이야말로 우리로 하여금 영문학의 고전을 끊임없이 탐구하게 하는 이유이자 원동력이기 때문이다.

김 교수의 낭만주의 논문이 보여주는 또 하나의 특징은 상호 연관성이다. 블레이크나 워즈워스의 주요 저작들이 그렇듯이 김 교수의 다양한 작품론도 세부적인 주제에서는 상이하지만 근본적인 문제의식에 있어서는 모두 긴밀하게 연관되어 있다. 블레이크에게 자신이 구축한 신화체계가 거의 모든 장시의 토대였듯이, 워즈워스에게 그의 모든 시가 궁극적으로 하나의 성당 건물을 이루는 부속물이었듯이, 김 교수의 낭만주의 논문들도 궁극적으로는 같은 낭만주의론에 입각한 하나의 논의라고 할 수 있다. 가령 블레이크의 시 「런던London」에는 "마음이 벼려낸 족쇄The mind-forg'd manacles"라는 유명한 구절이 나온다. 이것은 블레이크가 자본주의 경제의 약탈적 논리가 민중의 정신을 내면적으로 억압하는 양상을 강력한 시적 상징으로 표현한 구절이다. 김 교수는 블레이크와 워즈워스의 많은 작품을 이러한 억압을 뚫고 나와 자유를 획득하고자 하는 낭만주의적 열망의 표현으로 읽어내고 있다. 1장의 『천국과 지옥의 결혼』론이 그렇고, 3장의 『예루살렘』론도 그렇다. 4장에서 블레이크가 로스를 이상적인 예술가상으로 제시한 것이나 10장에서 키츠가 아폴로를 구원의 비전을 담지한 미래의 시인으로 형상화한 것도 같은 맥락이다. 블레이크와 워즈워스에 대한 심층적인 이해가 키츠의 『하이페리언』론에서 자연스럽게 우러나오는 10장의 결론 부분은 이러한 김 교수의 낭만주의론이 도달한 깊이와 수준을 명료하게 보여준다.

아폴로가 역사적 앎을 내면화함으로써 "심중의 비밀"을 풀어냈듯이 한 개체가 개체로서 서기 위해서는 자신의 내부에 각인된 역사의 흔적을 확인하고 이를 앎으로 전환시켜야 한다는 점이 강조되는 것이다. 키츠는 바로 그런 기억행위를 통해서만 하이페리언마저도 굴복한 "시간"의 위력에 맞설 수 있는, "앞날을 내다보는" 지성이 창출되고 그런 지성을 통해 집단성과 개체성이 결합된 새로운 "영혼"이 탄생할 수 있음을 보여준다고 할 수 있다. 그런 점에서 키츠는 워즈워스의 인간 탐구를 반성적·발전적으로 계승했다고 볼 수 있다. 키츠가 워즈워스의 『서곡』과 같은 자서전적 글쓰기를 피한 것은 워즈워스 식의 "자기중심적 숭고성"이 그가 구현하고자 했던 "사심 없는" 인간상에 반했기 때문이다. 그렇다고 블레이크처럼 예수를 통해 그런 인간상을 구현할 수도 없었다. 키츠가 『하이페리언의 몰락』의 첫 구절에서 언급한바, 자신의 꿈으로 "한 분파를 위한 천국paradise for a sect"을 만들어내는 "광신도들fanatics"이야말로 예수의 역사를 왜곡한 대표적인 집단이다 (Keats 478). 키츠의 생각이 이렇다면 그는 예술가 예수의 실천과 로스의 창조적 노력을 결합함으로써 '빌둥'의 한 유형을 만들어낸 블레이크와는 다른 길을 갈 수밖에 없었다.

(본서 259)

이러한 입장은 물론 이들의 시를 독일 낭만주의의 영국적 부연 敷衍으로 설명한 에이브럼스의 견해를 고려할 때 전혀 새삼스러울 것이 없다고 할지도 모른다. 하지만 중요한 점은 이러한 '정통' 낭만주의론이 김 교수의 내면에 확실하게 소화되어 자리 잡고 있을 뿐만 아니라 상이한 각 작품의 해석의 근저에서 유기적으로 연결되어 있다는 것이다. 키츠가 『하이페리언』론에서 워즈워스의 "자기중심적 숭고성"과도 다르고 블레이크가 그의 신화체계에서 구축한 독특한 신성神性과도 다른 새로운 종류의 "빌둥Bildung"을 추구하고 있다는 위의 설명도 그 나름대로 확실하게 확립된 낭만주의론이 없다면 나오기 힘든 해석이다. 또한 김 교수가 7장에서 "주체가 자기동일성으로부터 벗어나 타자에 대한 개방성을 확대하는 과정"에서 발생한다고 설명한 워즈워스의 "쾌감"이 사실은 3장에서 블레이크가 말한 "지성의 전쟁을 통해서 성취되는 우애"와 근본적으로 동일하다는 것은 그의 블레이크론과 워즈워스론이 하나의 뿌리에서 나온 것임을 알려준다. 이러한 깨달음은 김 교수가 굳이 직접 설명하지 않아도 그의 다양한 작품론을 한꺼번에 읽으면서 우리가 서서히, 그러나 확실하게 도달하게 되는 통찰이다. 그것은 김 교수의 작품론이 그 대상에 따라 그때그때 이루어지는 개별적인 문헌연구들로 급조된 것이 아니라 그동안 영시를 공부하면서 서서히 형성하여 체계화한 자기 나름의 낭만주의론에서 자연스럽게 우러나온 것임을 보여준다. 그러한 면에서 그의 때 이른 별세가 더욱더 안타깝게 느껴진다. 그에게 조금 더 시간이 주어졌더라면 이제 막 발휘되기 시작한 그의 학문적 역량의 결실이 보다 더 완결된 형태로 더욱더 풍성하게 우리에게 주어졌을 것이라는 점을 그의 글을 뒤늦게 숙독하면서 절감하게 되었기 때문이다. 하지만 그러한 안타까움에도 불구하고 김재오 교수나 우리가 그동안 함께 공부하고 놀면서 꿈꾸어왔던 학문 공동체가 "자기중심적 숭고성"에서 벗어나 "생명을 위한 지성의 전쟁"을 끊임없이 함께 수행해야 하는 곳이라면, 한 '젊은' 동료가 조금 먼저 그 전쟁터를 벗어났다고 하더라도 남아 있는 우리는 그가 떠난 바로 그 지점으로부터 일어나 우리의 "골고누자"를 향해 힘껏 나아가야 하지 않을까 한다. 영미문학연구회의 동학들이 힘을 모아 마련한 김재오 교수의 이 논문집은 마이클의 "양 우리"처럼 그러한 우리의 결의를 담은 작은 성약聖約, covenant이다.

이 논문집은 고 김재오 교수를 추모하는 마음으로 그의 1주기에 맞추어 간행되었다. 바쁜 일정 중에도 1권의 1차 교열을 기꺼이 맡아주신 민병천 교수, 한서린 교수, 엄용희 교수, 정희원 교수, 윤효녕 교수께 감사의 말씀을 드린다. 아울러 근대분과의 구성원이자 영미문학연구회의 현재 대표로 시종일관 후원과 협력을 아끼지 않은 원영선 교수께도 특별한 감사를 표하고 싶다. 바쁜 공직의 와중에도 2권의 1차 편집은 물론 출판기념회 장소까지 마련해주신 서울대학교 김명환 교수께도, 2권의 최종편집자로서 모든 책임과 수고를 기꺼이 나눠 맡아주신 정남영 교수께도 똑같은 감사와 존경의 인사를 전한다. 또한 이번 작업을 먼저 제안해주시고 처음부터 끝까지 후원과 격려를 아끼지 않으신 고인의 둘째 형님 김재삼 선생님과 빠빠한 일정에도 정성껏 책을 만들어주신 사회평론아카데미의 고하영 상무님께도 심심한 감사의 뜻을 전한다.

고 김재오 교수 논문집 편집위원회 위원장
박찬길

약어목록

Arnold VI   Arnold, Matthew. *The Complete Prose Works of Matthew Arnold.* Vol. VI. Ed. R. H. Super. Ann Arbor: Michigan UP, 1973.

Arnold IX   Arnold, Matthew. *The Complete Prose Works of Matthew Arnold.* Vol. IX. Ed. R. H. Super. Ann Arbor: Michigan UP, 1960-1977.

Bentley   Bentley, G. E. Jr. *William Blake: The Critical Heritage.* London: Routledge. 1975.

Blake   Blake, William. T*he Complete Poetry and Prose of William Blake.* Ed. David V. Erdman. New York: Anchor Books, 1988.

Coleridge   Coleridge, S. T. *Coleridge Poetical Works.* Vol. I. Ed. E. H. Coleridge. Oxford: Oxford UP, 1912.

Erdman   Erdman, David V. *Blake: Prophet Against Empire.* Princeton: Princeton UP, 1977.

Frye   Frye, Northrop. *Fearful Symmetry: A Study of William Blake.* Princeton: Princeton UP, 1969.

Gill   Gill, Stephen. *William Wordsworth: A Life.* New York: Oxford UP, 1989.

Grosart   Wordsworth, William. *The Prose Works of William Wordsworth.* Vol. Ⅲ. Ed. A. B. Grosart. London: Edward Moxon, 1876.

Hutchinson   Wordsworth, William. *Wordsworth's Poetical Works.* Ed. Thomas Hutchinson. Oxford: Oxford UP, 1936.

Jackson   Jackson, J. R. De J. *Samuel Taylor Coleridge: The Critical Heritage.* Vol. 1. London: Routledge, 1968.

Keats   Keats, John. *The Poems of John Keats.* Ed. Jack Stillinger. Cambridge, MA: Belknap, 1978.

Lamb   Lamb, Charles. *The Letters of Charles Lamb.* Vol. I. Ed. E. V. Lucas. London: Dent and Methuen, 1935.

LB   Wordsworth, William and S. T. Coleridge. *Lyrical Ballads.* Eds. R. L. Brett and A. R. Jones. London and New York: Routledge, 1991.

Owen   Wordsworth, William. *Wordsworth's Literary Criticism.* Ed. W. J. B. Owen. Routledge, 1974.

RC   Wordsworth, William. *The Ruined Cottage and The Pedlar.* Ed. James Butler. Ithaca, NY: Cornell UP, 1979.

Rollins   Keats, John. *The Letters of John Keats.* Ed. Hyper Rollins, Vol II. Cambridge, MA: Harvard UP, 1958.

Selincourt   Wordsworth, William and Dorothy Wordsworth. *The Early Letters of William and Dorothy Wordsworth(1787-1805).* Ed. Ernest De Selincourt. Oxford: Clarendon, 1935.

The Prelude   Wordsworth, William. *The Prelude: A Parallel Text.* Ed. J. C. Maxwell. Harmondsworth: Penguin Books, 1982.

차례

1

『천국과 지옥의 결혼』의
내러티브 찾기
― 블레이크적 우정의 의미

1. "대립"을 통한 "우정"

윌리엄 블레이크의 『천국과 지옥의 결혼』(이하 『결혼』)이 여러 장르의 혼합이라는 점은 평론가들이 공통으로 지적하는 사항이다(Tannenbaum 76-77). 형식에 있어서 가장 뚜렷한 특징이 풍자적 알레고리라고 할 때도 일정한 내러티브와 비교적 분명한 정치사회적 맥락을 전제하는 18세기 문학과는 근본적인 차이가 날뿐더러 철학적 선언 같은 대목과 극적인 장면들이 뒤섞여서 하나의 이야기로 읽어내는 데 어려움이 있다. 더욱이 작품의 "개요The Argument"는 작품을 일목요연하게 정리해주기보다는 작품의 난해함을 더하는 것처럼 보인다. 따라서 영문학사 전체에서도 전례 없을 정도로 그 안에서 일관성 있는 내러티브를 발견하기란 쉽지 않다. 그렇기 때문인지 이 시를 다룬 비평들은 시의 내러티브보다는 블레이크의 독특한 변증법이나 그 사상을 역사적 맥락에 자리매김하는 데 집중한다.

블레이크 비평사에서 이 시의 성취를 블레이크의 변증법을 중심으로 파악하는 논법은 노스럽 프라이Northrop Frye와 해럴드 블룸Harold Bloom의 영향 아래 상당히 일반화되었다. 예컨대 블레이크와 마르크스의 변증법을 비교하면서 이 두 사람의 경우 "비전Vision"과 "사회적 행위"가 서로 변증법적으로 연결되며 이러한 전체적 관점은 "분노indignation"를 통해 획득된다는 견해(Gross 177-179)도 그러한 논법 중의 하나이다. 한편 E. P. 톰슨Thompson은 영국의 비국교도 전통과의 관련 속에서 그 독특한 변증법의 연원을 규명하고 있다. 베메니스트Behmenist* 형이상학의 대극Contraries 개념을 블레이크가 창조적으로 전유하면서 이를 우주 발생의 원칙에서 인간 본성 내지는 사회적 원칙으로 바꿔놓았다거나 이 시에 나타난 육체와 정신의 이분법 거부는 머글토니언들Muggleto-nians**의 사상과 합치한다는 그의 논의는 비국교도 전통이 어떻게 이 시에서 전유되고 극복되는지를 심도 있게 추적하고 있다(Thompson *Witness* 172-173). 이러한 논의에 근거해서 작품을 읽을 때 독자는 이 시의 대목 대목이 철저하게 역사적인 성격을 띠고 있다는 점을 인식하겠지만, 시 자체의 진행과 각 대목들의 상호관계

---

* 17세기 독일의 신비주의자 야콥 뵈메Jakob Böhme의 접신학接神學과 관련된 개념이다.
** 17~18세기 잉글랜드에서 유행했던 소규모 프로테스탄트 분파의 신도들이다.

를 파악하지 못한다면 이 시가 여전히 난해하다는 느낌을 지울 수 없을 것이다.

그렇다면 이 시 전체를 조감하면서 독자들이 작품에 직접 다가설 수 있는 독법은 불가능한 것인가? 물론 이 작품이 의도적으로 내러티브를 파괴한 것으로 읽을 수도 있고, 그러한 파편성의 의미를 밝히는 것도 중요할 것이다. 하지만 제목에서도 명백해지듯이, 이 시는 그야말로 따로 노는 각각의 섹션을 아무 이유 없이 한데 묶어놓은 것이 아니라 '결혼'이라는 일정한 결말을 상정한 상태에서 상호 연관성이 있는 주제들을 다양한 형식과 목소리를 통해 제시하고 있다. 가령 "기억할 만한 공상A Memorable Fancy"에서 화자가 "지옥의 경구Proverbs of Hell"에 등장하는 한 대목을 인용하듯이 각 부분들은 상호 함축적인 관계를 이루고 있다. 결국 "결혼"으로 귀결되는 이러한 맥락에서 중요한 점은 이러한 형식과 목소리가 "천사"가 "악마"로 변했다가 마지막에는 화자의 "친구"로 수렴되는 양상을 나타낸다는 것이다. 즉, 블레이크가 보기엔 스베덴보리Swedenborg의 오류가 천사와만 대화를 나누고 악마와는 대화를 나누지 않았다는 데 있고, 화자는 "악마의 목소리The voice of the Devil"를 듣고 "지옥의 경구"를 내면화하여 오감의 속박으로부터 벗어나 새로운 인식을 획득한다. 화자는 이러한 인식을 바탕으로 같은 오류에 빠져 있는 천사를 설득하여 변화시키려고 노력하는데, 천사는 처음에는 이를 거부했지만 결국에는 굴복하여 그 자신이 또 하나의 악마로 변하면서 화자의 친구가 되는바 이 과정이 시의 중심구도임이 분명하다. 그런 점에서 "결혼"의 의미를 블레이크적 우정의 개념과 연계하여 파악하는 것은 이 시의 내러티브를 찾는 데 효과적인 방식이라고 할 수 있다.

　"결혼"의 의미를 규정하는 기존 비평의 가장 큰 문제는 블레이크 적인 "대극Contrary" 개념이 "천사"의 악마화로 인해 그 근거를 상실하게 된다는 점에서 블레이크 스스로 논리적 모순을 자초했다고 보는 데 있다. 이런 문제점을 지적하는 데이비드 풀러David Fuller 조차도 "결혼"의 의미를 지배자와 피지배자가 자리바꿈하면서 결합하는 것으로 파악한다는 점(Fuller 13)에서 그러한 모순에서 자유롭지 않다. "천사"가 "악마"의 "친구"로 변한다는 사실을 간과하고 있기 때문이다. 이는 블레이크가 이 시에서 강력히 성토하는 스베덴보리파Swedenborgism 선악관의 정태성靜態性을 그대로 답습함으로써 블레이크의 "대극" 개념의 역동성을 제대로 파악하지 못한 결과이다. 당연하게도 이런 식의 형식논리는 이 시의 내러티브에 별다른 관심을 보이지 않는다. 물론 "대립이 진정한 우정이다Opposition is true Friendship"(20 Blake 42)*라는 언명이 작품 속에 등장하지만, 이때의 "대립"은 자신의 주장을 끝까지 고수하는 것이 아니라 스스로 변화하면서 진정으로 우매한 생각을 교정하기 위해 상대와의 논쟁과 설득을 불사하는 자세를 의미한다. 그런 점에서 화자와 악마, 그리고 천사의 상호관계에서 "대립"을 통한 "우정"이 실천되는 방식 자체에 초점을 맞추어야 하는데, "기억할 만한 공상"에

---

* 　블레이크 시 본문의 인용은 도판 번호, 출전 약어, 출전 페이지 순으로 표시하는 것을 원칙으로 한다. 시 본문의 일부가 본문에 인용되었을 때는 필요한 경우에만 같은 방식으로 표시한다.

등장하는 극적인 대화는 바로 그런 역동적인 대립의 전형적인 예라고 할 수 있다.

2. 예언과 "악마의 목소리"

우선 시의 "개요"를 살펴보아야 할 터인데, 이 개요는 시의 본문과 구체적인 연관성을 찾기 힘들다는 점에서 이 시의 '내러티브 찾기'에 별다른 도움이 되지 않는다. 그럼에도 불구하고 이 시의 "개요"는 그 시대의 분위기를 전달하면서 블레이크가 당대의 현실을 보는 큰 틀을 제시함으로써 이 시의 내용에 대한 상위 참조체계의 역할을 한다. 그렇게 볼 때 "개요"에 등장하는 "의인The just man"의 모습은 본문에 등장하는 "악마"의 예표豫表로 기능한다고 할 수 있다.

린트라는 포효하면서 무거운 대기 속에서 그의 불길을 잡아 흔든다.
굶주린 구름이 바다 위에 축 늘어진다.

한때는 온유했지만, 위험한 길 위에 들어선
의인은 죽음의 계곡을 따라
제 갈 길을 계속 갔다.
가시나무가 자라는 곳에 장미가 심어지고
불모의 황무지에서
꿀벌들이 노래한다.
그러자 위험한 길이 심어졌다.

그리고 벼랑과 무덤마다

강물과 샘물이,

그리고 새하얀 뼈 위에

붉은 진흙이 나왔다.

마침내 악한이 안락의 길들을 버리고

위험한 길들을 걸으며,

불모의 땅으로 의인을 몰아냈다.

이제 비열한 뱀이

온화하고 겸손하게 걷는다.

그리고 의인은 사자가 배회하는 광야에서

울부짖는다.

린트라는 포효하면서 무거운 대기 속에서 그의 불길을 잡아 흔든다.

굶주린 구름이 바다 위에 축 늘어진다.

(2 Blake 33)

여기서 블레이크는 『밀턴Milton』에서 본격적으로 등장하는 린트라가 누구인지 독자가 알 거라고 기대할 수 없었을 것이다(Nurmi 64-65). 또한 첫 연이 마지막 연에서 반복되는 것을 「정신의 여행자Mental Traveller」의 '순환적 아이러니'로 해석하는 블룸의 견해(Bloom "Dialectic" 50)에 쉽게 동의할 수도 없다. 여기서 반복은 1연의 혁명적 분위기의 고조를 강조한다고 보는 편이 낫다. 즉, 혁명적 에너지의 넘침과 잉여성이 반복으로 나타난 것이다. 구체적으로 보면 불길(분노)이 커져가는 상황과 그 불길에 비례하여 커져가는 굶주린 구름의 확장이 대비되는 가운데 무언가 쏟아져 내릴 것 같은 묵시록적 분위기가 느껴진다. 그다음에 갑작스럽게 등장하는 대목은 한때는 온유했지만 이제 의인은 죽음의 계곡을 따라 난 "위험한 길"에 들어섰다는 내용이다. 1연의 묵시록적 분위기에 비추어보면 이 "위험한 길"은 혁명적 창조에 깃든 어떤 험난함을 암시한다. 의인이 "위험한 길"을 따라가면서도 흔들리지 않고 "제 갈 길"을 고수하는 이유는 "죽음의 계곡"에서 다시 생명의 땅을 일구기 위해서이다. "불모의 황무지"에서 의인이 견뎌내는 고난의 여정은 현재형으로 진술되어 있다. 이는 "시간"에 영향을 받지 않는 어떤 항속적인 행위를 가리키는 것이 아닐까? 즉, 인간의 삶에서 일어나는 끊임없는 창조행위는 본질적으로 현재형으로 나타난다는 뜻이다. 그리고 "장미"와 "가시", "꿀벌"과 "황무지"의 대조는 바로 그런 창조행위에 깃든 대극적 투쟁을 예시한다. 요컨대 6~8행의 사건은 역사를 신화의 차원으로 끌어올리고 있는 셈이다.

2연이 혁명적 창조의 신화적 성격을 보여준다면, 3연은 벼랑이 강물로, 무덤이 샘물로 변하는 과정을 통해 2연의 창조행위와 연속성을 강조하지만 "위험한 길이 심어졌다"라는 대목이 함축하듯이 창조의 성격에 상당한 변화가 왔음을 보여준다. 더욱이 원문의 3행의 "위험한 길"에 붙어 있던 부정관사 'a'가 9행에 나오는 "위험한 길"에는 정관사 'the'로 바뀐다는 사실에 주목하면 "위험한 길"이 역사적 필연성으로 다가오는 측면이 있다. 벼랑과 무덤을 강물과 샘물로 바꾸는 작업은 그 자체로 생명의 존속을 위한 인간의 투쟁을 암시하지만 동시에 인간의 역사와 문명화 과정에 내재된 인위적 조작성을 강하게 환기한다. 이런 인위적 조작성은 악한이 안락의 길들을 버리고 위험한 길들을 걷게 되면서 의인을 불모의 땅으로 내모는 상황에서 절정에 이르는데, 바로 이것이 블레이크가 보기에 당대의 인간성(인간성 안에 깃든 신성)의 타락상이었다고 할수 있다. 그 과정에서 악한은 스스로 의인 행세를 하게 되는바 한때 "온유"했던 의인의 모습으로 가장하고 어슬렁거리는 비열한 뱀이 바로 그런 악한의 행태를 구체화하고 있다. 반면에 의인은 온유함보다는 황야에서 울부짖는 모습으로 나타나는데, 이는 구약의 예언자들이나 광야의 예수를 환기한다. 이로써 임박한 혁명의 분위기가 다시 조성되는 것이다. 이렇게 보면 결국 인간의 역사에서 문제가 되는 국면은 악한이 의인을 몰아낸 사건에 있다고 할 터인데, 이 국면의 특징은 인간의 욕망이 권력욕이나 이기심에 의해 왜곡되고 전도된다는 것이다. 블레이크의 다른 시에서 활력의 상징으로 흔히 나타나는 뱀이 여기에서는 비열한 모습으로 나타난다는 사실이 이를 뒷받침한다.

이러한 국면은 사실 이 시가 최초로 집필되었던 1790년의 상황을 반영하는 측면이 있다. 본문의 첫 대목에서 명시하듯이 스베덴보리파 교회인 신교회New Church가 보수화되는 시점에서 블레이크는 스베덴보리의 사유를 근본에서부터 비판했다(Howard 19-52). 특히 스베덴보리의 합리주의적 성격과 정태적인 선악관 등이 그 비판의 초점이 된다(Thompson *Witness* 133-134). 프랑스혁명을 통해 고조된 영국의 개혁적 분위기에 창조적 활력을 불어넣기 위해서는 블레이크 스스로도 영향을 받았던 스베덴보리를 극복할 필요성이 있었던 셈이다. 이렇게 보면 신화적으로 그려진 "개요"의 문제의식이 영국의 특정한 역사적 국면에 투영될 때 스베덴보리파는 바로 "개요"에 등장하는 악한의 모습을 구체화하고 있다고 볼 수 있다. 여기서 화자는 확신에 찬 선언조로 말하고 있다. 이러한 어조가 가능한 것은 "개요"에 그려진 인간 역사의 큰 그림에 비추어 당대의 현실을 파악하는 블레이크의 예언자적 목소리 때문이다.

> 새로운 천국이 시작되어 이제 그것이 도래한 지 33년이 되자 영원한 지옥이 되살아난다. 보아라! 스베덴보리는 무덤에 앉아 있는 천사이고 그의 글들은 개켜져 있는 수의이다.
>
> (3 Blake 34)

33이라는 숫자는 예수가 부활했을 때의 나이와 동시에 스베덴보리가 '신예루살렘'을 선포한 해인 1757년(Paley 17)에 태어난 블레이크가 이 대목을 쓸 당시의 나이를 암시한다. "새로운 천국 a new heaven"이 부정관사와 소문자의 결합인 반면 "영원한 지옥 the Eternal Hell"은 정관사와 대문자의 결합이라는 점이 눈길을 끈다. 그러니까 이 천국은 스베덴보리가 관념적으로 구성한 일시적인 천국임을 드러내고 창조적 활력은 지옥이라는 관념에 유폐되었지만 인간의 삶에 "영원히" 살아남아 마침내 부활한다는 점을 강조한 것이다. 그런 점에서 "개요"에 등장하는 의인의 울부짖음은 바로 창조적 활력의 부활을 알리는 신호라고 할 수 있다. 창조력의 관점에서 보았을 때 스베덴보리는 죽음의 천사가 되고 그의 글은 생명이 빠져나간 수의에 불과하다. 스베덴보리의 정태적인 선악관, 즉 선과 악의 "정신적인 균형"(Erdman 178)이 창조와 발전에 오히려 방해가 되기 때문이다. 블레이크의 문체가 직접적이고 직관적인 이유도 스베덴보리의 『천국과 지옥Heaven and Hell』과 같은 글이 생명력이 없는 "수의"에 불과한 것임을 보여주기 위해서라고 할 수 있다. 블레이크는 내용뿐만 아니라 문체 자체에서도 스베덴보리와의 차이점을 부각시킨다.

> 대극이 없으면 발전도 없다. 당김과 밀침, 이성과 활력, 사랑과 증오는 인간 존재에 필수적이다.
> 이 대극에서 종교적인 사람들이 선과 악이라고 부르는 것이 생겨난다. 선은 이성에 복종하는 수동적인 것이고 악은 활력에서 나오는 능동적인 것이다.
> 선은 천국이다. 악은 지옥이다.
>
> (3 Blake 34)

각각의 언명들도 의미가 있지만 더욱 의미 있는 것은 이 언명들 사이의 연관성을 파악하는 일인데, 인용된 대목을 정리하면 다음과 같다. 이성과 활력 등의 대극적 투쟁은 인간 존재와 발전에 필수적인데 선악의 도덕체계로 고착됨으로써 본성을 잃게 된다. 이 경우 선은 선양되고 악은 타매唾罵된다. 선악의 싸움에서 궁극적으로 선이 이기는 구도가 자리 잡게 됨으로써 악은 선을 돋보이게 하는 데서 그 존재 이유가 생겨난다. 이렇게 해서 천국과 지옥의 관념이 생겨나는 것이다. 그 과정에서 이성은 일종의 억압적 이데올로기로서 인간의 활력을 왜곡하면서 선악관이 강력히 뿌리내리도록 하는 기제로 변모되는 한편 인간 활력과의 대극성을 상실한다. 선이 이성의 지배를 받는 수동적인 것이 되면서 사실 이성 자체도 수동적인 것으로 변모하는 것이다. 따라서 이러한 상태에서는 선한 것이 합리적이고 합리적인 것은 선한 것이 되는 셈이다. 앞에서 언급한 의인의 창조적 노력이 대극적 투쟁의 과정이라면 악인의 음흉한 태도는 종교의 위선적인 선악관과 관계가 있다. 블레이크가 특히 문제 삼는 것은 이러한 선악 관념이 그 원천을 향해서 반대로 적용되는 방식이다. 다시 말해 선악 관념이 육체와 영혼의 이분법을 낳으면서 활력은 저급한 것으로 이성은 고귀한 것으로 변용되는 것이다. 이렇게 되면 활력과 이성의 원초적·대극적 투쟁이 선악의 근원이었다는 사실마저도 부정되는 한편 그런 싸움 자체의 가능성이 봉쇄되기에 이르는 것이다.

본고에서의 논의와 관련하여 중요한 점은 블레이크의 예언적 목소리로 시작하여 시대에 대한 진단이 이루어진 다음 "악마의 목소리"가 제시되고 화자의 지옥 경험에 대한 술회가 배치되고 나서 화자가 자신이 지옥에서 모았다고 하는 "지옥의 경구"가 바로 그 술회 다음에 등장한다는 것이다. 확신에 찬 예언가적 발언 다음에 "악마의 목소리"가 제시된 것은 인간의 창조적 활력의 능동성을 회복하기 위한 방편으로, 우선은 그 활력이 근거하고 있는 지옥의 주인인 "악마의 목소리"를 통해 인간의 욕망과 활력의 구체상을 확인해야 할 필요성 때문이라고 할 수 있다. 화자의 지옥 경험 술회는 그런 악마의 목소리를 듣고 시적 영감을 받아—화자가 "정기를 누리는 데 기뻐하며 지옥불 사이에서 걸었다I was walking among the fires of hell, delighted with the enjoyments of Genius"(6 Blake 35)라고 밝히듯이—지옥을 걷는 자신을 마음속에 그려보는 장면이라고 할 수 있다. 이 대목이 "공상"이라는 말로 표현되는 것도 이 때문이다. 이 공상에서 악마는 오감의 속박에서 벗어날 것을 요구하는데, "지옥의 경구" 자체가 오감의 속박을 벗어나서 인식되는 존재의 근원적 원리를 제시하고 있다. 따라서 이 전체 과정은 스베덴보리식의 정태성과 추상성을 벗어나 화자가 새로운 인식을 획득해가는 과정으로 이해될 수 있다. 즉, 화자가 "천사"를 '설득'하여 '변화'시키기 위해서는 우선 화자 자신이 "악마의 목소리"를 듣고 "지옥의 경구"를 내면화하여 스스로 변해야 하는 것이다. 먼저 "악마의 목소리"를 들어보자.

1. 인간에겐 영혼과 구분되는 육체란 없다. 이른바 몸이라는 것은 이 시대에 영혼의 주된 입구로 기능하는 오감에 의해 식별되는 영혼의 일부이기 때문이다.
2. 활력이 유일한 생명이고 그것은 육체에서 생겨나며 이성은 활력의 한계 내지 외곽경계선이다.
3. 활력은 영원한 기쁨이다.

(4 Blake 34)

2번과 3번은 쉽게 이해가 가는 대목이다. 이 부분이 특히 "악마"에 의해 전달된다는 점에서 활력이 상찬되고 이성이 활력의 외곽 경계에 불과함이 강조되는 것은 당연하다면 당연하다. "이성이 그 것[욕망]의 자리를 찬탈reason usurps its place"(5 Blake 34)하여 주인 행세를 하는 시대에 이성을 욕망의 변경邊境으로 물러나게 하는 것은 활력(욕망)과 이성의 대극적 투쟁의 특정한 (역사적) 양상이 된다는 것이다. 그런데 1번의 언명은 간단치가 않다. 우선 이 대목이 육체와 영혼의 이분법의 해체를 말하고 있다는 점은 분명하다. 문제가 되는 구절은 오감이 "이 시대에 영혼의 주된 입구"가 된다는 대목이다. 블레이크가 감각에 속박되어 경험주의에 매몰되는 것을 누구보다도 경계했다는 점을 상기할 때, 이 대목은 인간의 감각적 경험을 단순히 육체에만 귀속시키려는 존 로크John Locke 식의 유물론적 경험론에 대한 비판으로도 볼 수 있다. 말하자면 블레이크에게 영혼이라는 초감각적 선험성을 강조하는 기독교 논리와 감각적 경험을 중시하는 경험론의 논리는 동전의 양면이었던 셈이다. 그 결과에 있어서는 상반되어 보이지만 경험론에서 감각적 경험이 추상되어 공리로 만들어지는 방식은 기독교에서 인간의 욕망이 체계적으로 봉쇄되면서 율법이 만들어지는 방식과 동일한 정신 메커니즘의 소산이라고 본 것이다.

실제로 이성에게 욕망은 내쳐진 것처럼 보였다. 하지만 악마의 설명은 구세주가 타락하여 심연에서 훔쳐낸 것으로 하나의 천국을 만들었다는 것이다.

이는 복음서에 나타난 바이다. 거기에서 구세주는 성부께 이성이 의지할 수 있는 관념을 갖출 수 있도록 위안자, 즉 욕망을 보내달라고 기도한다. 성경의 여호와는 다름 아닌 불길 속에서 살던 자인 것이다.

(5-6 Blake 34-35)

『실락원Paradise Lost』에 등장하는 구세주가 오히려 「욥기Book of Job」에서는 자신처럼 "악마"로 지칭된다는 "악마"의 발언은 욕망의 구현체로서 자신의 입장에 충실한 논리이다. 그러니까 악마는 욕망에 대한 이성의 승리를 선언하는 구세주의 논리를 뒤집어 "그"의 천국이 "심연"에서 훔쳐낸 것을 통해 만들어졌다고 선언하는 것이다. 이성이 하나의 관념을 만들어내기 위해서는 "위안자"로서 "욕망"이 필요하다. 그러나 천국의 관념에서 바로 그 관념의 원천인 욕망이 "내침cast out"으로 만들어진다는 점에서 악마가 보기에 구세주는 "타락"했다. 원래 대문자로 시작하는 "위안자the Comforter"가 통상 성령을 의미한다는 점에서 이는 창조성의 원천으로서 능동적인 역할을 하던 성령이 하나의 관념을 형성하는 보조적인 도구로 전락함을 의미한다.

블레이크는 도판 11에서 이 과정을 화자인 시인의 일반적인 어법으로 제시한다. 이 대목은 "지옥의 경구"라는 제목으로 제시되어 있지만, 경구라기보다는 그것을 통해 새로운 인식을 획득한 화자가 자신의 사유를 개진하는 대목으로 볼 수 있다. 어조가 묵상의 성격을 띠고 있다는 점이 이를 뒷받침한다.

고대 시인들은 감각이 있는 모든 대상에 신들과 정기精氣들로 생명을 불어넣고 그것들에 이름을 부여했으며, 숲, 강, 산, 호수, 도시, 국가의 특성들과 그들의 확장된 수많은 감각이 감지할 수 있는 모든 것의 특성들로 그것들을 장식했다.

그리고 그들은 특히 각 도시와 나라의 정기를 연구하여 그것을 정신적인 신성 아래 배치했다.

마침내 하나의 체계가 형성되었고 어떤 자들이 이를 이용해 그 대상에 깃든 정신적인 신성들을 실체화 내지 추상화하려고 시도함으로써 민중을 노예로 만들었다. 사제제도는 그렇게 시작되었다.

시적인 이야기들에서 숭배의 형식들을 골라내면서.

그리고 마침내 그들은 신이 그런 것들을 명했다고 선언했다.

사람들은 그렇게 모든 신성이 인간의 가슴속에 산다는 것을 망각했다.

(11 Blake 38)

고대 시인들의 행위를 요약하면 다음과 같다. 자신의 무한한 감각으로 모든 대상을 받아들이면서 이 대상들에 이름과 특성을 부여하는데, 이 모든 행위는 시 정신에서 비롯된다. 이 시 정신은 시인 내부에 존재하는 것도 아니고 그렇다고 대상의 속성도 아니다. 그것은 대상의 지각(인식)과 대상의 드러남이 동시에 일어나면서 생성되는 것이다. 블레이크가 밀턴의 구세주를 비판할 때 덧붙이듯이—"밀턴에게 성부는 운명이요, 성자는 오감의 체계이며, 성령은 진공이다! in Milton; the Father is Destiny, the Son, a Ratio of the five senses, and the Holy-ghost, Vacuum!"(6 Blake 35)—이 시 정신은 블레이크가 후기 시에서 강조하는 "성령"이라고 할 수 있다. 이

것을 "연구"하여 하나의 "체계"로 만드는 작업은 바로 대상으로부터 정신적 신성을 "실체화"하는 일이다. 그리고 바로 그 실체화 작업이 곧 "추상화" 작업이며, 이것은 곧 기만과 억압을 동반하는 일종의 신비화 작업이기도 하다. 인간의 가슴에 거주하는 "신성"은 물론 하나의 실체로 독자적으로 존재한다기보다는 "신은 존재자들, 곧 인간들 속에서 행동하고 존재할 따름이다God only acts and Is, in existing beings or Men"(16 Blake 40)라는 구절에서 알 수 있듯이 실천적 행위(창조)에서 발현되는 것으로 볼 수 있다. 하지만 사제들은 "추상화"를 통해 그 "신성"을 인간으로부터 분리하고 사물의 본질적 연관으로부터도 소외시킴으로써 애당초 일종의 매개자였던 "신성"을 초월적 영역에 존재하는 하나의 독립적 실체로 확립하게 되는 것이다. 사제들은 그 초월적 영역에 접근할 수 있는 신의 대리인을 자처하면서 종교의식을 주관하며 그렇게 실체화된 체계를 영속적인 것으로 만든다. 인간의 창조적 행위의 동인이었던 신성이 오히려 인간을 수동적이고 예속적인 존재로 만드는 요인이 되는 것이다. 이렇게 블레이크가 신성의 전락을 제도종교의 성립과 관련시켜 비판하는 것은 스베덴보리를 수용한 "신교회" 일파가 예식과 의례를 중시하는 방향으로 나아가면서 그 혁명성을 상실했기 때문이라고 할 수 있다(Thompson *Witness* 166-173).

3. "거대한 기쁨의 세계": 블레이크의 지옥도

이렇게 볼 때 화자가 "악마의 목소리"를 듣고 스베덴보리파가 신봉하는 "새로운 천국"이 아니라 욕망과 활력이 구체적으로 살아 있는 "지옥"을 마음에 그리는 것은 당연한 결과이다. 맨 처음에 등장하는 "기억할 만한 공상"에서 화자는 지옥불 사이를 걸으면서 "지옥의 지혜Infernal wisdom"를 담은 "지옥의 경구"를 모으는데, 이 경구는 오감에 의해서는 지각되지 않는 "거대한 기쁨의 세계immense world of delight"(6 Blake 35)를 보여준다는 점에서 화자의 한 차원 높은 현실인식을 가능케 하는 원동력으로 작용한다.

이 경구들은 각각 그 나름의 의미가 있어서 그 성격을 일반화시켜 말하기가 어려운 측면이 있는 것이 사실이다. 그것들은 대체로 한 존재의 고유성이 상반相反과 상응相應 속에서 발현되는 구체적인 양상을 보여주고 "넘침the Prolific"의 원리를 찬양하며 개체성이 은폐·왜곡되는 사태를 비판하면서 인간 욕망의 자연스런 발현을 막는 이데올로기적 기제를 폭로한다. 이 구절들은 대조 혹은 대구를 이루는 경우가 많다. 그러나 이러한 대조와 대구는 18세기의 이행 대구closed couplet와 유사해 보이지만 그 성격은 크게 다르다. 가령 "최고의 포도주는 가장 오래된 것, 최고의 물은 가장 새로운 것The best wine is the oldest, the best water the newest"(9 Blake 37)과 같은 구절에서 각각의 문장은 경험에 바탕을 둔 상식적인 언명이지만 두 문장을 대구로 놓을 때는 단순한 경험의 기술이 아니라 상위 차원의 원리를 환기시킨다. 블레이크의 대극이 서로를 배제하는 것이 아니라 상호 존재를 인정하면서 한 차원 높은 존재의 원리로 상승하기 위해 투쟁하듯이, 블레이크의 이행 대구 역시 각각의 언명이 서로를 배척하지 않는 가운데 인간의 경험적 인식을 서로 대립시키면서 그런 인식이 존재의 고유성 발현이라는 한 차원 높은 원리로부터 발원할 뿐만 아니라 동시에 그 원리를 향해 상승하고 있음을 보여준다. 화자는 이를 통해 경험적 인식의 바탕인 "오감의 속박"을 벗어날 수 있는 것이다. 예컨대 세 번째 "기억할 만한 공상"에서 화자인 "나"가 자신의 생각을 펼치면서 바로 "지옥의 경구"를 인용하듯이 이 경구들은 화자에게 일정한 깨달음을 유도한다. 이 시를 하나의 이야기로 읽을 때 "악마의 목소리"와 "지옥의 경구"는 화자가 "기억할 만한 공상"으로 나아가는 "입구"를 제공하는 것으로 볼 수 있다. 초반부의 선언적 언명을 악마가 구체적인 목소리로 체화하고 화자는 그 목소리가 지양된 형태인 "지옥의 경구"를 통해 오감의 속박에서 벗어나 신성의 타락이라는 관점에서 현실을 바라보게 되는 것이다.

따라서 신성의 타락 과정이 나오는 대목 다음에 화자와 예언가들이 만나 대화를 나누는 두 번째 "기억할 만한 공상"이 나오는 과정은 자연스런 서사적 흐름을 형성한다. 즉, 화자에게 고대 시인들은 성경에 나오는 예언가와 같은 존재가 된다. 블레이크는 "나"라는 화자가 예언가들을 만나는 장면에서 그들로 하여금 자신의 입지(예언가로서의 시인)와 사유(시 정신의 원초성)를 심문審問하게 함으로써 그 입지와 사유가 블레이크 자신뿐만 아니라 독자들도 받아들일 수 있는 '믿음'으로 자리 잡을 수 있게 한다. 실제로 이 "기억할 만한 공상"에서는 상상력과 믿음(확신)의 문제가 대화의 핵심 주제이다. 화자는 이를 발판으로 삼아 네 번째와 다섯 번째 "기억할 만한 공상"에서 천사가 기대고 있는 천국과 지옥, 천사와 악마의 통념을 뒤집어놓는다.

네 번째 "기억할 만한 공상"은 천사의 경멸로 시작된다. 천사는 지옥행이 화자의 운명이라고 하면서 화자를 마구간, 교회와 교회 납골당, 제분소(공장)를 거쳐 동굴로 데려간다. 구불거리는 동굴을 지나자 아래쪽으로 향해 전도된 하늘처럼 끝없는 허공이 나타난다. 일단 이 대목을 보면 화자와 천사가 거쳐간 마구간, 교회, 제분소가 다분히 상징적인 공간이라는 점을 알 수 있다. 모리스 이브즈Morris Eaves는 마구간을 예수의 탄생, 교회와 교회 납골당을 중세의 교회, 제분소(공장)를 이신론理神論에 각각 연결시켜서 이 장면이 기독교의 역사를 보여준다고 지적한다(Eaves 84). 결국 그 역사의 끝에서 직면한 당대 영국의 현실은 아래로 펼쳐진 허공과도 같다는 것이 블레이크의 인식이다. 나중에 이 허공에서 나타난 "불타오르는 도시의 연기처럼 불타는 무한한 심연the infinite Abyss, fiery as the smoke of a burning city"(18 Blake 41)에서 우리는 지옥으로서의 런던의 모습을 확인할 수 있기 때문이다. 아무튼 이 허공을 앞에 두고 화자는 짓궂은 제안을 한다.

"당신이 원한다면 이 허공에 몸을 던져 섭리가 여기에서도 존재하는지 알아봅시다. 당신이 싫다면 제가 할까요?"라고 내가 말했다. 하지만 그는 "젊은이, 주제넘게 나서지 말고 여기에 머물면서 어둠이 걷히면

곧 나타날 그대의 운명을 보세나"라고 대답했다.

(17 Blake 41)

만약 천사가 이 허공에 몸을 던졌을 때 화자와 똑같이 지옥으로 떨어진다면 천사가 주장하는 "섭리"의 존재가 부정된다. 천사가 자신을 구원해줄 "섭리"를 확인한다면 화자의 제안을 받아들이지 않을 이유가 없는 것이다. 하지만 천사는 화자의 "시험"을 교만으로 치부하며 화자의 제안을 일축하는데, 이는 현실적으로는 자신이 주장하는 "섭리"의 대한 믿음을 부정하는 셈이 된다. 이렇게 생각하면 어둠이 걷히고 난 후에 나타날 화자의 운명(지옥의 고통)이 화자가 말하는 대로 "너의[천사의] 형이상학your metaphysics"(19 Blake 42)에서 나온 산물이었다는 점은 명백해 보인다.

차차 우리는 불타오르는 도시의 연기처럼 불타는 무한한 심연을 바라보았다. 우리 아래에는 엄청나게 떨어진 거리에 까맣지만 빛나는 태양이 있었다. 그 주위에 먹이를 향해 살금살금 기어가는 거대한 거미들이 돌고 있는 불타는 궤도들이 있었다. 그 거미들은 부패에서 나온 가장 끔찍한 동물의 형상으로 무한한 심연에서 날아다닌다기보다는 헤엄치고 있었다. 대기는 그것들로 가득 차 그것들로 구성된 듯했다. 이것들은 악마들이고 대기의 신들이라고 불린다. 나는 내 동행자에게 어떤 것이 내 영원한 운명이냐고 물었다. 그는 "검은 거미들과 흰 거미들 사이에 있다"고 대답했다.

그러나 이제 검은 거미들과 흰 거미들 사이에서 구름과 불이 터져나와 그 아래의 모든 것을 검게 물들이며 심연으로 흘러들었다. 그래서 아래쪽 심연이 바다처럼 검게 변하며 무시무시한 소음을 내면서 굽이쳤다. 우리 아래에서 볼 수 있는 것이라곤 이제 검은 폭풍밖에 없었다. 구름과 파도 사이로 동편을 보자 불과 뒤섞인 피의 폭포가 보였고, 얼마 떨어지지 않는 거리에 흉측한 뱀의 비늘 똬리가 나타났다가 다시 가라앉았다. 마침내 동편에서 3도 정도 떨어진 곳에 불마루가 파도 위로 천천히 나타나 황금색 바위 봉우리처럼 우뚝 솟아오르자, 두 개의 진홍색 불의 구체球體가 우리 눈에 들어왔다. 그곳으로부터 바닷물은 연기구름 속으로 사라졌고, 이제 우리는 그것이 리바이어던의 머리라는 것을 알았다. 그의 이마는 호랑이의 이마처럼 초록색과 자주색 줄무늬로 나뉘어 있었다. 곧 우리는 그의 입과 붉은 아가미가 핏빛으로 검은 바다를 물들이며 거센 물보라 바로 위에 드리워지면서 영적 존재의 모든 분노를 다해 우리를 향해 돌진해오는 것을 보았다.

(18-19 Blake 41)

화자가 "천사의 형이상학"의 산물로 치부하고 있지만 이 장면을 보고 천사가 도망친다는 점에서 이 대목에는 "천사의 형이상학"으로 도저히 도달할 수 없는 당대 현실이 녹아 있다고 볼 수 있다. 이 천사에게는 관념으로서의 지옥만 있고 현실로서의 지옥은 존재하지 않는다. 전반부에 제시된 지옥의 장면에서 현실로서의 지옥이 관념으로서의 지옥과 겹쳐진다. "천사의 형이상학"을 통해서가 아니라 블레이크의 상상력을 통해 보면 이 장면은 방적공장에서 나오는 검은 연기, 그리고 그 연기에 태양이 가려진 하늘 등 블레이크 당대 런던의 원경遠景이 아니고 무엇이겠는가?

이렇게 보면 천사의 관념으로서의 지옥은 고통스럽고 비참한 삶을 '악'으로 고정화·추상화함으로써 생겨난 것이라고 할 수 있다. 화자가 자신의 영원한 운명이 무엇인지 물었을 때 천사가 "검은 거미와 흰 거미 사이"에 있다고 말한다는 사실 자체가 그런 추상화 경향을 보여주는 징표이다. 한마디로 천사는 화자의 "영원한 운명"을 알지 못하는 것이다. 천사가 리바이어던으로 나타나는 화자의 운명에 놀라 제분소로 피하는 것은 이 때문이다. 리바이어던이 추론에 근거하여 살아가는 사람들의 눈에 비친 프랑스혁명의 에너지라면(Eaves 111) 천사가 상정한 관념의 지옥에서 혁명의 불길이 솟아나는 것은 천사에게 커다란 충격이 아닐 수 없을 것이다. 문제는 천사가 지옥의 실상을 보고도 변하지 않는다는 점이다. 천사는 현실의 비참함을 회피하고 혁명의 불길을 봉쇄하기 위해 지옥에 대한 자신의 관념을 끝까지 관철시키려고 한다. 천사가 달아나자 화자가 강가에서 "자신의 견해를 바꾸지 않는 사람은 고여 있는 물과도 같아서 정신의 파충류를 낳는다The man who never alters his opinion is like standing water, and breeds reptiles of the mind"(19 Blake 42)라는 노랫소리를 들었다고 말한 것처럼 천사는 인식의 변화를 거부한다. 화자가 천사에게 그의 운명을 보여주겠다고 제안했을 때 천사가 이를 거부하려는 데서 천사의 완강함을 재차 확인할 수 있다.

　이들이 함께 간 원숭이 집의 끔찍한 모습은 천사가 생각하는 "천국"이 결국 지독한 냄새로 가득 찬 "지옥"임을 웅변하고 있다. 천사의 관념적 천국이 원숭이 쇼에 지나지 않음을 간파한 화자가 "대립은 진정한 우정이다"(20 Blake 42)라고 말한 것은 바로 그 쇼를 진행했던 스베덴보리의 근본적인 관념성과 오만함을 비판하기 위한 것이었다. 화자의 요점은 "스베덴보리가 교회의 위선과 우매함을 폭로했지만 스스로 교만과 거짓에 사로잡혀 선지자인 것처럼 굴었다he was a little wiser than monkey, grew vain, and conciev'd himself as much wiser than seven men"(21 Blake 42-43)는 것이다. 스베덴보리는 스스로 비판했던 제도종교의 사제가 됨으로써 화자가 보고 있는 추악한 현실을 제대로 파악하지 못했다는 것이 블레이크의 주장이었다.

4. "사자와 황소의 동일한 율법"

결국 블레이크가 스베덴보리에 대한 비판을 통해 강조한 것은 현실에 대한 관념적·추상적 태도와 "자기중심성selfhood"이 동전의 양면이라는 것이다. 블레이크가 후기 시에서 끊임없는 세계 창조와 부단한 자기쇄신을 동시에 강조한 이유도 여기에 있다. 요컨대 자기변혁이 동반되지 않으면 자신의 "체계"에 갇히게 되고 그럼으로써 실천적 관심으로부터 멀어지게 된다는 것이다. 화자가 변화하는 것은 결정적으로 "악마의 목소리"와 "지옥의 경구"가 새로운 세계인식을 가능하게 했기 때문이다. 그런 인식을 통해 화자는 천사를 설득했지만 이는 실패로 돌아갔다. 천사는 아직도 자신의 "체계"에 갇혀 있는 것이다. 천사는 상당한 인식론적 충격을 받고 그 충격을 자신의 체계 내부로 흡수하려고 노력한다. 하지만 천사가 변화하려면 그 "체계" 자체가 부정되는 지점까지 나아가야 할 필요가 있다.

그런 점에서 마지막 "기억할 만한 공상"이 악마가 천사를 교육시키는 상황으로 설정된 것은 매우 효과적이다. 그 교육의 내용은 블레이크의 독특한 신관神觀인데, 여기에서 신성은 각각의 인간 내부에 존재하는 창조적 재능으로 바뀌게 되고 이 창조적 재능에 대한 존중이 진정한 의미에서 신의 숭배가 된다. 이는 앞서 일반적으로 진술되었던 신성 개념이 화자와 천사의 관계 맺음의 문제로 전화된 것이라고 할 수 있다. 천사가 화자의 친구가 되려면 스베덴보리처럼 자기중심성에 빠져 타인을 배척하는 것이 아니라 타인의 창조적 재능을 신성의 발현으로 인식함으로써 자신의 체계에서 벗어나 스스로 변해야 하는 것이다. 천사가 변화하여 스스로 창조적 재능을 발휘할 때 화자와의 관계에서 서로의 재능을 존중하는 가운데 "지성의 전쟁"을 벌일 수 있는 친구가 되는 셈이다. 천사가 변하지 않은 상태에서 화자의 친구가 되었다면 서론에서 지적한 바와 같이 "결혼"의 의미는 지배자와 피지배자가 자리바꿈하여 결합하는 것에 불과할 것이다. 그러나 이 시의 관심사가 천사를 "설득"하여 "변화"시키는 데 있다는 것이 분명하고 결말부에서 "변화"의 성격을 작품 전체의 논리에 비추어 자리매김하고 있기 때문에 이러한 해석은 타당성을 잃게 된다.

천사가 악마의 설교에 처음에는 반발하다가 마침내 설득되어 불꽃을 껴안고 엘리야로 변하는 장면의 등장이 갑작스러울 수도 있다. 하지만 "악마의 설교"인 예수는 "충동에 따라 행동했지/율법에 따라 행동한 것은 아니다acted from impulse/not from rules"(23-24

Blake 43)라는 말을 천사가 스스로 "수행"하면서 창조적 충동의 회복을 꾀하는 것은 스베덴보리식의 수동적이고 정태적인 선악관을 벗어버리고 블레이크적 신성 개념의 역동성을 수용했다는 증좌로 볼 수 있다. 바로 그런 변화를 통해 천사는 "또 하나의 악마a Devil"가 되는데, 이 악마로 변한 천사는 화자의 친구가 되어 함께 성경을 "지옥"의 관점에서 읽게 된다. 이러한 독법을 통해 만들어진 것이 "지옥의 성경The Bible of Hell"이며 블레이크가 이 작품 이후에 쓰게 될 예언시들이 바로 그것에 해당한다. 나중에 덧붙여졌다고 알려진 「자유의 노래A Song of Liberty」가 중기 예언시들과 언어구사와 어조에 있어서 유사성을 띠는 것은 우연이 아니다. 이 노래는 "사자와 황소에게 적용되는 동일한 율법One Law for the Lion and Ox"(24 Blake 44)이 시인에게 가한 "압제Oppression"로부터 벗어나 친구와 함께 부르는 "자유"의 노래이며, 어드먼의 지적대로 그야말로 "결혼축가"(Erdman 192)이기도 하다. 이 노래는 성직자와 폭군의 압제에서 벗어나 살아 있는 모든 것들이 생명의 기쁨과 축복을 누리기를 갈망하는 코러스(독자)의 합창으로 이어지면서 마침내 시의 대단원의 막이 내려지는 것이다.

2

윌리엄 블레이크의
국가주의 이데올로기 비판

1. 러바의 수난과 블레이크의 국가주의 비판

최근의 담론 지형에서 눈에 띄는 점 중의 하나는 '상상의 공동체'
나 '국가 없음'에 관한 논의에서처럼 (민족)국가주의에 대한 비판
이 하나의 이론적 갈래를 이루고 있다는 것이다. 국가주의는 일반
적으로 국가라는 공간을 이상화하면서 물질적·정치적 목적의 달
성을 위해 분열된 개인들에게 국가라는 유기체에 조화롭게 참여하
기를 요구한다(Wright xvi). 따라서 특히 전쟁과 같은 국가위기 국
면에서 유효한 이데올로기로 작동한다. 가령 국가주의의 이런 부
정적인 측면은 9.11테러 이후에 전개된 미국의 패권주의 혹은 일
방주의에 애국주의가 뒷배 역할을 했다는 사실에서 확인되는 바이

다. 또한 부시Bush 정부가 보수기독교 복음주의를 동원한 것처럼 국가주의가 국가 내부의 결속력을 다지기 위한 방법으로 다양한 정서적·문화적 기제들을 전유한다는 것은 잘 알려진 사실이다. 영불전쟁 시기에 집필된『예루살렘』에서 블레이크가 행한 '가족 사랑'에 대한 비판은 국가주의가 작동하는 이 같은 방식에 대한 예리한 통찰을 담고 있는바 미국의 패권주의가 서서히 몰락하고 있는 오늘의 현실을 조명해주는 하나의 고전적 사례라고 할 수 있다.

이 작품은 블레이크의 다른 작품과 비교했을 때 전쟁과 희생, 살육의 이미지가 압도적으로 많은데, 이는 영불전쟁의 후기 국면에 대한 블레이크 자신의 문제의식이 깊이 투영되었기 때문이다 (Erdman *Prophet* 462-463). 이 전쟁은 기본적으로 자본주의 세계경제의 헤게모니를 둘러싼 기나긴 투쟁 과정에서 일어난 제국주의적 충돌이었다(Wallerstein *Unthinking* 9-15). 블레이크 역시 신화적이긴 하지만 영불전쟁의 충돌에서 나폴레옹이 패망하고 영국이 승리를 거둠으로써 영국이 자본주의 세계체제의 강국으로 확고한 위치를 차지한다는 점을 분명히 한다. 이 역사적 국면을 상당히 암울하게 그리고 있는 것은 우선적으로 영불전쟁을 통해 프랑스혁명의 대의가 변질되고 영국 내의 개혁적 분위기가 냉각된 데에 따른 것이다. 프랑스혁명 초기를 다룬 바 있는『프랑스혁명』에서 프랑스혁명은 "세계의 바닥이 열렸고/대천사의 무덤들이 열렸던the bottoms of world opened, and the /graves of arch-angels unsealed"(*The French Revolution* 16 Blake 299) 묵시록적 사건으로 블레이크에게 다가왔다. 이 시의 전반부에 등장하는 타워와 동굴에 감금되어 있던 사람들이 정치적·종교적 압제에서 벗어나 자유를 구가할 수 있는 획기적인 사건이었던 것이다. 그러나 영불전쟁 국면에서는 프랑스혁명의 이념 자체가 나폴레옹의 침략 야욕에 의해 변질되기도 했고 그에 따라 영국 내에서도 그에 대한 비판이 고조되었다. 이에 따라 급진개혁세력에 대한 대대적인 탄압이 자행되었고, 신문과 저널들, 그리고 설교문들은 반혁명적인 애국주의적 가치를 홍보하기에 여념이 없었다(Butler 100-101).

주목할 점은 이런 반혁명적인 분위기에서 블레이크의 사상적·예술적 젖줄이었던 급진적 비국교도 전통이 지배체제 내부로 포섭되었다는 사실이다. 특히 18세기 이래로 영국의 하층민들에게 널리 확산된 감리교가 나폴레옹 전쟁과 개혁세력의 패배라는 역사적 국면에서 민중의 절망과 분노를 순화시켜 체제로 편입시키는 역할을 했고(Thompson *Working Class* 42), 그 과정에서 나폴레옹은 적그리스도로 칭해지고 그가 이끄는 사탄의 세력에 맞서 싸우는 방편으로 "예수의 사랑"이 강조되어 "사랑 숭배"가 유행하게 되었다(Thompson *Working Class* 40). 그러나 이때의 '사랑'은 종교적 수사에 불과하며 실제로는 "앨비언의 아들들의 빵을 위한For bread of the Sons of Albion"(38 Blake 185)* 전쟁의 현실을 호도하는 체제수호 이념의 역할을 하게 된다. 블레이크가 『예루살렘』에서 러바Luvah라는 인물의 수난과 고통과 죽음을 강조하는 것도 그 이름이 암시하는바 사

---

* 작품명이 별도로 표시되지 않은 경우는 모두 『예루살렘』에서 인용한 것이다. 다른 작품의 경우에는 작품명을 맨 앞에 명기한다.

랑의 이념이 변질·왜곡되어 마침내 인간의 가슴에 깃든 신성까지 파괴되는 점을 분명히 하기 위해서이다. 블레이크가 러바를 대불동맹에 패한 나폴레옹임을 암시하는 가운데 예수의 수난을 강하게 환기시키는 방식으로 재현하는 이유가 여기에 있다.[1] 블레이크는 기독교적 사랑이 더 이상 사회적 연대의 기초가 되지 못하고 체제수호 이념으로 변질된 상황을 프랑스혁명 이념의 파산과 연동시키는 이중적 관점에서 러바의 수난을 다루고 있는 셈이다.

러바의 수난과 죽음은 『예루살렘』에 등장하는 질투, 분노, 잔인함, 오만, 이기심, 권력욕, 소유욕, 기반적인 연민, 자기연민, 연극적인 죄의식의 만연과 깊은 관련이 있는데, 이는 그만큼 러바가 더 이상 예수의 '예표'로 기능하지 못한다는 것을 의미한다. 즉, 그는 하나의 '인물'이 될 수 있는 "개념적 온전성"(Cox 215)을 상실한 채 사랑의 '부정' 형태로 인물들의 의식과 감정을 추동하는 역할을 한다. 요컨대 블레이크는 혁명 이념의 전파라는 명분이 그 파산을 낳고 사랑 숭배가 사랑의 부정을 낳는 상황에 착목해서 러바의 수난을 다루고 있는 것이다. 본고에서는 이런 아이러니컬한 상황에 대한 블레이크의 통찰이 국가주의가 안고 있는 내재적 모순에 대한 날카로운 비판으로 이어진다는 것을 보여주고자 한다.

---

1 블레이크 당대에 예수의 십자가 수난은 개혁세력과 보수세력의 담론 전쟁에서 핵심적인 쟁점 중 하나였다. 보수세력은 예수의 희생을 통해서만 진정한 해방이 이루어질 수 있다고 강조함으로써 인간의 능동성을 부정하고 교회의 권위를 유지하려고 애썼기 때문에 블레이크는 당연히 여기에 반대했다(Mee 198-199).

2. 러바의 몰락과 앨비언의 자기중심적 체계

블레이크는 러바가 수난당하고 살해되는 과정을 3장 도판 63의
첫머리에서 간명하게 묘사하는데, 그 골자는 다음과 같다. 러바는
"말의 천사" 사머스Tharmas를 살해하고 앨비언Albion은 이를 심판
하기 위해 러바를 파리의 법정에 세움으로써 그의 "부활을 부정de-
nying the Resurrection"(63 Blake 214)한다. 앨비언의 아내이자 러
바의 딸인 베일라Vala는 앨비언에게 복수를 한다. 사머스는 『네 조
아들』에서 사머스는 훨씬 복잡하게 그려지지만 사머스의 타락이
말의 타락을 가져왔다는 점은 분명하다. 그러나 사머스는 『네 조아
들』에서 러바와 같이 등장하는 경우가 없기 때문에 이 작품에서조
차도 두 조아 간의 관계를 규명하기란 쉽지 않다. 『예루살렘』에 오
면 사머스는 거의 등장하지 않기 때문에 그 어려움은 가중된다. 어
드먼은 사머스가 상징하는 바가 여러 종류의 의사소통이라면서 즉
각적인 문제에 관해서만 주목하는 피트Pitt 정부의 저널리스트 부
류를 가리킨다고 말했다. 특히 『네 조아들』에서 로스Los와 사머스
의 논전은 예언가로서 블레이크의 입장과 급진개혁가로서 토머
스 페인Thomas Paine의 입장 차이를 드러내준다고 본다(Erdman
Prophet 299). 그러나 이 맥락에서 사머스는—프랑스라고 블레이
크가 명백하게 규정한—러바에 의해 살해된다는 점에서 영국의
급진세력이라고 말할 수는 없다.

사머스가 두 작품 모두에서 "말의 천사"로 나온다는 점을 고려
할 때 한 가지 분명한 점은 혁명적 열정이 제대로 언표화되지 못하

는 상황과 러바의 타락이 긴밀한 연관을 갖는다는 것이다. 역사적인 관점에서 풀이하면 이 상황은 자코뱅의 공포정치와 나폴레옹의 집권으로 이어지는 프랑스혁명 대의의 변질을 암시한다. 이런 맥락에서 앨비언이 러바를 법정에 세운 것은 어드먼의 지적대로 영불전쟁을 수습하기 위한 두 번의 파리조약을 암시한다는 해석이 가능하다(Erdman *Prophet* 466). 블레이크가 이런 역사적 국면에서 우려한 점은 러바의 죽음이 앨비언의 영적 죽음을 가져온다는 것이다.

> 동쪽 하늘 앨비언의 가슴 심연에서,
>
> 그들은 강렬하게 나팔을 분다! 그들은 비명 지르는 포로들을 묶는다!
>
> 그들은 투구로 제비뽑기를 한다. 그들은 람베스에서 피의 맹세를 한다.
>
> 그들은 러바의 죽음을 결정하고 그를 바스의 앨비언 나무에 못 박았다.
>
> 그들은 유독한 푸른 잎으로 그를 물들이고 잔인한 뿌리로 감았다.
>
> 초목생에 묶여 6천년 동안 죽어 있도록 하기 위해.
>
> 태양은 어두워지고 달은 쓸데없이 둥글어지며 영국을 지나갔다.
>
> (65 Blake 216)

러바가 "부활"이 거부된 채 "앨비언의 나무"에 6천 년의 시간 동안 묶여 있다는 사실은 태양과 달이 어두워진 만큼이나 "초목생 vegetation"의 삶이 러바의 죽음 이후에 영국의 역사가 됨을 암시한다. 일찍이 식민지를 차지하기 위한 유럽 열강들의 각축과 함께 시작된 자본주의가 인간의 이기적 욕망을 무한정 부추기면서 인간을 경쟁과 소외의 세계로 내몰았다는 점을 상기할 때 "앨비언의 나무"에 매달려 있는 러바의 운명은 자본주의체제에 포섭되어 그 체제와 운명을 같이하게 된 프랑스혁명의 대의를 상징한다고 할 수 있다.[2] "그들이 그를 독이 든 푸른 잎으로 물들이고 잔인한 뿌리로 감"아 더 이상 그 부활의 가능성을 찾아볼 수 없게 된 것이다. 앨비언의 부활이 아니고서는 러바의 부활도 불가능하게 된다. 특히 러바가 인간의 열정(사랑)을 대표하는 조아라는 점에서 그의 속박은 인간 지각의 축소를 의미한다. 사랑이나 연민 등 인간의 긍정적인 감정들도 계산적인 면모를 띠게 되는 것이다. 인간 삶의 전 영역에 앨비언의 나무가 뿌리를 내린 셈이다. 이는 블레이크가 '신성'이 존재한다고 믿었던 앨비언(인간)의 "가슴 심연"에서 일어난 일이라는 점에서 결국에는 인간성 자체의 축소를 의미한다. 러바가 십자가에 못 박힌 예수의 모습으로 현현顯現되는 측면이 강한 것도 이 때문이다. 러바의 희생을 통해 앨비언은 자신의 '체계'를 강화하지만 스스로도 그 체계의 희생물이 되는 것이다.

자신이 만든 체계에 의해 그 자신도 희생된다는 생각은 중기 시에서 피억압자가 억압자를 몰아내고 억압자의 위치에 선다는 이른바 '오르크 사이클Orc cycle'을 통해 드러나는데, 이는 프랑스혁명의 전개 과정과 관련시킬 때 공포정치에 대한 블레이크의 판단이라고 생각된다. 블레이크는 『예루살렘』에서 이를 심화·확장하여 '가족 사랑'에 대한 날카로운 통찰을 통해 어떠한 체계이든 그 근

2 사리 맥디시Saree Makdisi는 블레이크적 문맥에서 이 과정을 단일한 세계체제를 꿈꾸는 유리즌Urizen적 보편제국의 확대로 파악하고 블레이크가 그것에 반대하여 탈제국주의의 역사를 제시했다고 주장한다(Makdisi 1-22).

거가 '자기중심성'에 있는 한 체계를 만든 자도 필연적으로 그 체계의 희생물이 될 것이라고 역설한다.

> 이것이 그대[앨비언의 유령]의 부드러운 가족 사랑인가
> 그대의 가족만을 심고
> 그 외의 모든 세상은 파괴하는
> 그대의 잔인한 가부장적 오만이.
>
> 인간의 최악의 적은
> 그 자신의 집과 가족이라는 적이다.
> 자신의 율법을 저주로 만든 자는
> 그 자신의 율법에 의해 반드시 죽을 것이다.

(27 Blake 173)

"부드러운 가족 사랑"은 인간의 이기주의가 집단화된 환상으로 나타난 현상, 이를테면 애국주의 이데올로기 같은 것이라고 할 수 있다. 사실 이 이데올로기는 다른 국가를 무참히 파괴하는 "잔인한 가부장적 오만"에 지나지 않는다. 하지만 이 대목에 대한 해석이 간단하지는 않다. "가부장적"이라는 말에 실린 폭력성이 우선은 가족 내부로 향하기 때문이다. 즉 "호전적인 악마"라고 불리는 앨비언의 유령을 전쟁을 일으키려고 안달하는 지배세력이라고 한다면, 이 악마는 가족에 대한 억압과 폭력을 동일한 방식으로 다른 가족에게 행사함으로써 가족 사랑이라는 미명하에 대내적 폭력과 대외적 폭력을 동시에 정당화한다. 다른 한편 유령에 동조하는 가족 구

성원은 자신들은 어쨌든 "파괴"되지 않고 "심어"진다는 생각에 자신들이 당하는 폭력과 억압에 둔감해지면서 타인들이 당하는 폭력과 억압에 눈감게 된다. "호전적인 악마"에 자기의 이기심을 투사함으로써 가족 구성원은 가족 사랑의 논리에 동조하는 것이다.

물론 여기서 가부장적 폭력과 억압에 저항하고 투쟁하는 구성원을 상정해볼 수 있다. 하지만 자신의 '자기중심성'마저도 문제 삼는 맥락에서 블레이크가 이렇게 말한다는 점에서 이 대목은 억압자의 이기심과 피억압자의 이기심이 "가족 사랑"을 매개로 결합되는 상황에 대한 비판으로 읽는 것이 적절하다고 본다. 그리고 바로 그 이기심 때문에 "가족 사랑"은 쉽게 허물어져 가족 상호 간의 증오로 바뀌게 된다는 것이 비판의 핵심이다. "가족 사랑"이 피억압적 동조자의 자기이해에 반할 때 그는 "최악의 적"이 되어 그가 내면화한 "가부장적 오만"의 잔인함을 억압자에게 행사할 것이기 때문이다. 이런 맥락에서 "인간의 최악의 적은/자신의 집과 가족이라는 적이다." "호전적인 악마"는 자신의 가족과 다른 가족을 파괴와 전쟁을 통해 증오로 묶어두고 가족 내부를 "가족 사랑"이라는 명목하에 증오로 묶어두는 것이다.

> 온갖 강렬한 부모의 애정에서 나온 치명적인 복수의 조용한 수심이
> 앨비언의 온몸을 채운다, 자신의 아들들이 마치 쇠사슬에 묶이듯
> 성적 사랑을 분출하는 정신적인 증오의 끈에 묶인 채
> 러바에 동화同化되는 것을 보았을 때.
> 앨비언은 온 땅을 뒤덮은 예루살렘의 잔해 사이에

걸려 있는 구름처럼 흔들리며 폐허가 된 자신의 현관에서 신음한다.

(54 Blake 203)

"정신적인 증오의 끈"은 앨비언의 아들들과 러바, 그리고 앨비언과 앨비언의 아들들을 묶어둔다. "애정"이 강력하면 할수록 "복수심"도 강해지는 감정의 전도가 발생한다. 이 이율배반적인 감정이 서로 얽혀 인간을 족쇄처럼 묶어놓는다. 그렇다면 이 같은 감정의 전도가 일어난 이유는 무엇인가? 사랑에서 증오가 나오고 증오에서 사랑이 나오는 기묘한 현상은 적어도 인간의 정신에서 뭔가 커다란 변화가 일어나지 않고는 불가능한 것이 아닐까? 우선 이 작품 1장의 문맥에서 보면 앨비언은 예수를 배반하고 자신의 이기적인 율법을 세워서 자신의 아들들을 희생양 삼으려고 하지만 아들들은 아버지를 버리고 복수를 맹세한다. 아버지의 체계로 아버지를 죽이는 것이다. 그러나 이들은 부자관계로 얽혀 있기 때문에 정신적인 증오의 끈에 서로 묶여 있다. 즉, 아주 가까웠던 인간들이 증오심으로 갈라지지만 인간관계가 친밀했던 만큼 증오심은 뿌리 깊고 강렬한 것이기에 서로에게 속박되는 것이다.

그러나 이것만으로 모든 것을 설명할 수는 없다. "러바에 동화되는 것"이 무엇을 의미하는지 역사적 맥락과 더불어 블레이크의 신화체계 내에서 밝혀내지 않고서는 우리는 이 상황을 곡진하게 이해할 수 없다. 이런 감정의 변화는 영국의 상황을 어떤 문맥으로 잡느냐에 따라 그 의미가 정반대로 자리 잡을 수 있다. 여기에서 러바를 혁명 초기의 프랑스로 생각하면 앨비언의 아들들은 프랑스혁명의 이념에 동화된 영국의 급진세력이 된다. 앨비언, 즉 영국은 자신들의 아들들이 프랑스혁명의 이념에 동화되어가는 것을 견딜 수 없어 복수를 생각하고 있는 것이라고 할 수 있다. 그러나 러바에의 동화가 "정신적인 증오의 끈에 묶인 채" 이루어진 일이라면 이 대목의 의미는 다른 역사적 문맥으로 옮겨져야 분명해진다. 곧 러바와 앨비언의 아들들의 "동화"는 증오의 끈으로 묶임으로써 생겨난 것이라는 점에서 영불전쟁의 상황을 의미한다고 할 수 있다. 그렇다면 이에 대한 앨비언의 복수심은 무엇을 말하는가? 복수가 전쟁에 참가한 행위에 대한 것이라면 앨비언은 영국의 정부를 대표한다기보다는 전쟁 때문에 스스로도 고통받는 영국민 전체를 가리킨다고 보아야 할까? 아니면 프랑스혁명의 대의가 영불전쟁이라는 사건을 통해 와해되는 것을 지켜보면서 분노하는 블레이크 자신의 심정이 투사된 것일까? 앨비언의 복수심에는 이 모든 것이 복합적으로 드러나고 있다고 보아야 할 것이다. 그렇기 때문에 앞의 인용문에서 "애정"이 "복수심"의 형태를 띤다고 할 수 있는 것이다.

3. 폐허화된 예루살렘과 앨비언의 자식들의 타락

『네 조아들』에서 혁명적 열정을 뜻하는 오르크는 러바의 역사적 변형 형태인 뱀의 형상으로 등장한다. 이는 혁명의 열정이 다시 유리즌Urizen적 체계로 회귀함을 알리는 증표이다. 오르크의 이러한 변화 양상은 러바가 유리즌과 권력투쟁을 벌이면서 타락하는 과정과 동일한 궤도에 있다. 다시 말해 혁명의 열정이 쇠퇴하는 국면과 러바가 표방하는 '사랑'이 이데올로기로 변질되면서 이기적인 목적을 위해 전용되는 상황이 맞물리는 것이다. 그런 변질의 양상을 블레이크는 다음과 같이 날카롭게 표현한다.

아내란 무엇이고 창녀란 무엇인가? 교회란 무엇이고 극장이란 무엇인가?

그것들은 하나가 아니라 둘이란 말인가? 그것들이 따로 존재할 수 있는가?

종교와 정치는 같은 것 아닌가? 형제애가 종교이다.

오 잔인함과 오만함으로 가족들을 나누는 이성의 증명들이여!

(57 Blake 207)

아내-창녀, 교회-극장, 그리고 종교-정치가 하나로 연결되어 있다는 것이 이 인용문의 핵심이다. 이들을 연결하는 것은 무엇보다도 연극적이고 계산적인 감정이다. 그리고 아내-창녀와 교회-연극이 결부된다는 점에서 이 연극적이고 계산적인 감정의 출현이 사랑의 변질과 밀접히 연관되어 있음을 알 수 있다. 블레이크가 "형제애"라는 말을 유별나게 강조하여 인간들을 "잔인함과 오만함"으로 가족들을 나누는 "이성의 증명들"이 개입되지 않은 인간관계로 설정한 것도 '사랑'과 '형제애'를 차별화하려는 발상 때문이다. 이 연극적이고 계산적인 감정에는 "이성의 증명들"이 개입되지만 그 감정이 겉으로 표방될 때는 "이성의 증명들"이라는 측면이 가려지면서 '사랑'으로 '재현'되는 것이다. 따라서 교회라는 극장에서 사랑의 드라마가 공연되고 있는 동안 극장 밖에서는 분노와 질투의 현실이 펼쳐지고 있는 셈이다.

이러한 도차倒着된 감정의 이면에는 예루살렘이 폐허가 되었다는 사실이 자리 잡고 있다. 앨비언이 복수심에 불타면서 "신음"하고 있는 이유도 자신의 "발현체emanation"를 상실했다는 사실 때문이다. 예루살렘은 작품 전체를 통해 여러 가지 의미로 쓰이는데, 우선 "발현체"라는 말이 무엇을 의미하는지 알아야 예루살렘의 의미도 분명해진다. 앞의 인용문 바로 앞 대목에서 블레이크는 앨비언의 "발현체"로서 예루살렘의 의미를 다음과 같이 자리매김한다.

위대한 영원에서 모든 특정한 형상들은 그 자신의 고유한 빛을
뿜어내거나 발현한다. 형상은 거룩한 계시이고
빛은 그의 옷이다. 이것은 모든 사람에게 있는 예루살렘이고
상호 용서의 막사요 예배당이자 남녀의 옷이다.
예루살렘은 앨비언의 자식들 사이에서는 자유라고 불린다.

(54 Blake 203)

여기에서 "발현체"는 어떤 존재가 블레이크가 "상태state"라고 명명한 '오류'에 빠지지 않고 "특정한" 형상이 될 수 있게 하는 "고유한" 빛을 의미한다. 그렇다면 형상과 빛은 어떤 관계인가? 통상 빛이 무정형의 것이고 형상은 그 빛을 테두리 짓는 것이라고 생각하기 쉬운데, 블레이크는 이러한 통념을 뒤집는다. 곧 특정한 형상의 바로 그 특정성을 드러내주는 것이 "옷"으로서의 빛인 것이다. 빛이 없으면 형상은 사라지고 형상이 없으면 빛은 허울에 지나

지 않는다. 다시 말해 특정한 형상이 고유한 빛을 발현하지 못하면 그 형상은 그림자나 마찬가지이고 고유한 빛이 특정한 형상을 갖지 못하면 그 빛은 고유성을 잃고 존재의 '무정형'을 가리는 "베일"에 불과하게 되는 것이다. 앨비언의 타락한 발현체인 베일라가 등장할 때 "그림자"와 "베일"이라는 말이 뒤따르는 것도 우연이 아니다. 다른 한편, 그 형상이 "거룩한 계시"인 한에서 계시에 담긴 의미(상징성)에 따라 형상은 변화하고 그것이 뿜어내는 빛의 옷도 변한다고 할 수 있다. 거룩한 계시에 따라 특정성이 발현될 때 "예루살렘"의 의미는 다양하게 바뀌는 셈이어서 "상호 용서의 막사요 예배당", 그리고 "남녀의 옷"이 되기도 한다. 전자가 공동체적 예루살렘을 의미한다면, 후자는 개인적 의미의 예루살렘이라고 할 수 있다.[3] 예루살렘을 자유라고 부를 수 있는 기반에는 특정한 형상이 자신의 고유한 빛을 발현하는 구체적 개별성의 획득과 그 개별성을 공동체 안에서 실현하기 위한 상호 용서의 정신이 놓여 있는 것이다. 말하자면 예루살렘은 인간 자유의 조건에 해당되는 셈이다 (J. F. C. Harrison 85).

이 예루살렘은 『네 조아들』에서는 죽음으로부터 갱생되어 새롭게 영적으로 태어난 수많은 이들의 어머니이자 이들이 살게 될 "신의 도성"으로 제시되나, 『예루살렘』에서는 폐허가 된 도시이자 모

---

3 마이클 퍼버Michael Ferber가 이 대목을 분석하면서 주로 '종교적'인 의미만을 강조하는 반면(Ferber *The Social Vision* 129) 민나 도스코Minna Doskow는 이신론과 비교되는 지적·정치적 의미가 첨가된다고 주장한다(Doskow 114). 그러나 도스코는 그것이 구체적으로 무엇인지는 밝히지 않는데, 굳이 말한다면 이신론의 전유와 일반화를 거부하는 세세한 특정성과 그것의 실현으로서의 정치적 자유라고 할 수 있다.

성의 고통 속에 신음하고 있는, 앨비언의 아들들의 어머니로 제시된다.[4] 예루살렘이 비실체화되어 연기구름처럼 사라지는 것으로 그려짐으로써 앨비언의 아들딸들은 갱생의 가능성을 상실한 채 전쟁의 "유령"에 지배된다. 이에 따라 "우정과 자비의 존재가 부정될 때까지/모든 활력은 잔인해진다every energy rendered cruel,/Till the existence of friendship and benevolence is denied"(28 Blake 185).

> 앨비언의 딸들은 아름답게 마음대로 나누어지고 합해진다.
> 벌거벗은 그웬돌렌은 피에 취해 전쟁의 탬버린에 맞추어 비틀거리며
> 런던 거리를 올라가다 앨비언의 주민들 사이에서
> 둘로 나누어진다. 사람들이 주변에 쓰러진다.
> 앨비언의 딸들은 질투와 잔인함으로 나누어지고 합쳐진다.
> 앨비언의 주민들은 추수와 포도 수확기에 그들의 머리가
> 관자놀이 밑으로 잘려나감을 느끼고 비명을 질렀다.
> 음산한 고통 속에 골수가 밖으로 삐져나왔고, 잘린 머리는 해골이
> 되었다.
> 그들은 뼈처럼 딱딱하게 변하는 바위 위로 도망간다. 말과 소는 칼
> 의 예리함을 느낀다.
> 앨비언의 아들들이 모진 전쟁과 심판으로 뼈만 남게 되고,
> 자웅동체의 응고체들은 칼로 나누어지며
> 완고한 형상들은 질투와 연민으로 잘려 사방에 흩어진다.
>
> (58 Blake 207)

---

4 크리스틴 갤런트Christine Gallant는 작품 전체에서 예루살렘의 시련을 당대 런던 사람들이 겪을 법한 고통으로 파악한다(Gallant 161).

이 대목에서 강조되는 점은 전쟁의 피에 도취해 있는 앨비언의 딸들과 고통받는 앨비언의 주민들이 극명한 대조를 이루고 있다는 것이다. 앨비언의 딸들의 행동에서 특징적인 것은 '의지'와 '도취'가 함께한다는 점이다. 그리고 이들의 분리와 합체가 자연스럽지 못한 어떤 계산적 행동의 일부임을 암시한다. '피'에 도취해 결합해 있지만 서로 그 피를 가지겠다는 생각에 나누어지는 것이다. "질투와 잔인함"이 이들의 분리와 합체에 작용하고 있다는 점이 이를 뒷받침한다. 따라서 이 대목은 앨비언의 딸들에게 전쟁에서 얻은 이익을 놓고 이전투구하는 정치인들의 모습뿐만 아니라 런던 거리에서 활동하는 창녀의 이미지를 포개놓음으로써 인간의 욕망과 활력이 어느 순간 '잔인'해지면서 전쟁과 매춘이라는 당대의 사회적 문제로 현실화되는 과정을 효과적으로 보여준다.

앨비언의 주민들의 죽음에서 특징적인 점은 전쟁으로 인해 전원 공동체의 의식ritual 자체가 희생제의 형식으로 바뀜으로써 그 공동체의 완전한 붕괴를 보여주고 있다는 것이다. 인간의 감정이 가장 풍요로운 시기인 추수나 포도 수확기에 그들의 두뇌가 잘려나간 것이다. 앨비언의 주민들이 빵과 포도주를 먹으면서 춤을 즐기던 공동체적 축제가 인간의 붉은 피가 흥건한 전쟁의 난장판으로 변한 상황이다. "말과 소는 칼의 예리함을 느낀다"는 표현에서 전원 공동체가 도살되고 있는 살풍경이 단적으로 드러난다. 여기에서 특히 두뇌와 골수의 고통이 강조된다. 이는 그만큼 전쟁이 몰고 온 충격, 이로 인한 공동체의 파괴가 인간의 정신에 커다란 상처로 다가왔다는 것을 의미한다.

그런데 마지막 구절은 무엇을 의미하는가? "자웅동체의 응고체들"과 "완고한 형상들"은 무엇을 말하는가? 우선 "앨비언과 러바의 유령을 혼합하자 자웅동체가 되었다the comingling of Albions and Luvahs Spectres was Hermaphroditic"(58 Blake 207)는 말을 상기하면 영국과 프랑스의 전쟁은 '생식'이 정지된 기이한 인간을 만들었다는 것을 의미한다. 신성은 완전히 파괴되고 유령의 지배를 받는 '괴물'이 만들어진 것이다.[5] 이는 성의 구별이 없으면서도 창조의 불꽃 속에 사는 영원자永遠者들의 전도상顚倒相이다. "응고체들"과 "완고한"이라는 말에서 암시되듯이 에덴적인 감각의 무한한 수축과 확장이 정지된 '혼돈'의 세계에 인간이 존재하게 된 셈이다. 전쟁이 주는 공포와 충격이 인간의 지각에 끼친 영향을 말해주는 것이다. 그렇다면 이것들이 다시 나누어진다는 것은 무슨 뜻인가? 유념할 점은 마지막 부분에 "연민"이라는 말이 첨가되었다는 것이다. 이 대목과 러바의 사체 처리를 담당하는 앨비언의 딸들의 행위를 결부시키면 이것이 전쟁의 잔혹함을 은폐하려는 종교적 시도임이 드러난다.

4. 앨비언의 딸들의 타락과 영국의 전쟁 이데올로기

러바의 사체를 처리하는 대목은 러바를 "앨비언의 유령들의 희생제물인 프랑스"라고 밝힘으로써 그 역사적 문맥을 분명히 한 대목

---

5 물론 직접적으로는 전쟁에서 죽은 시체를 말한다고 할 수 있다.

다음에 등장한다. 앨비언의 딸들은 러바의 가슴을 부싯돌 칼로 자르고 이마를 가시면류관으로 묶은 다음 손에 갈대를 박는다. 예수의 십자가 수난과 연결되는 이 대목을 어떻게 해석해야 할까? 이는 러바가 표방하는 사랑과 예수의 사랑의 근본적인 동일성이 완전히 조롱받고 있음을 뜻하는 것일까? 아니면 예수의 사랑이 러바의 전쟁 이념으로 바뀌어버린 상황을 조롱하는 것일까?

프라이는 러바의 수난이 예수가 러바로서 죽어가는 것을 보여준다고 하면서 이 사건을 인간이 "신의 도성"으로 들어가기 위해 거쳐야 하는 역사적 필연성이라고 설명한다(Frye 398-401). 이 해석은 러바의 수난과 예수의 수난을 예표론豫表論적 관계로 놓고 전자에서 후자의 의미를 읽어내지만 둘 사이의 근본적인 차이를 전제하지는 않는다. 러바의 시련은 『네 조아들』과 『예루살렘』에서 공히 '사랑'으로 앨비언을 정복하려고 한 데서 온다. 이를 역사적 문맥으로 풀면 혁명 이념의 전파를 빌미로 유럽의 패권을 차지하기 위해 영국과 맞서다가 결국 패배한 나폴레옹의 전략과 이에 병행하는 프랑스혁명 대의의 변질을 의미한다. 그러나 이 변질은 러바 자신의 전쟁 야욕에서 비롯된 것이기 때문에 그만큼 그 이념이 조롱받을 가능성이 커진 것이다. 흥미로운 점은 앨비언의 아들들이 러바의 부활을 부정한 반면 앨비언의 딸들은 러바의 사체를 기묘한 방식으로 '부활'시킨다는 것이다.

그들[앨비언의 딸들]은 그[러바]의 옷을 부싯돌 칼로 전부 벗기고 내복을 찢는다.

잔인한 손가락으로 그의 심장을 찾아 장대하게 거기에 들어서서
많은 눈물을 흘린다. 그리고 거기에 사원과 제단을 세운다.
앞에 있는 그의 뇌에 차가운 물을 부어
눈물의 베일 안에서 그의 눈 위로 눈꺼풀이 자라나게 한다.
그리고 그 아래로 콧구멍까지 뚫린 공동空洞이 얼어붙게 한다.
진흙 접시와 컵에 그려진 음식으로 그의 혀를 만족시키는 동안
아름다움과 잔혹함으로 달아올라 그들은 태양과 달을 어둡게 한다.
어떤 눈도 그것들을 볼 수 없다.

(66 Blake 218)

그들이 찾고자 하는 것이 "심장"이라는 사실은 러바가 사랑을
비롯한 인간의 감정(열정)과 관련된 조아라는 점을 기억한다면 쉽
게 이해가 된다. 거기에 사원과 제단을 세운다는 것은 러바의 심
장을 눈물의 샘으로 만들어 종교화하려는 시도이다. 그것은 "아름
다움과 잔혹함"이 섞여 있는 어떤 병적인 행위임이 분명하니, 실
제 러바를 다루는 의식은 세례식을 패러디parody하고 있다. "앞에
있는 그의 뇌에 차가운 물을 부어/눈물의 베일 안에서 그의 눈 위
로 눈꺼풀이 자라나게 한다"라는 표현에서 알 수 있듯이, 러바가
가지고 있는 열정을 식히고 그 열정이 슬픔의 형태가 되도록 하되
눈물이 베일의 형태라는 점에서 그 눈물은 바로 열정을 가리는 장
치가 됨을 알 수 있다. 거기에다가 눈꺼풀이 눈물의 홍수를 막는
다는 점에서 이 연민의 감정은 사실은 열정이 차갑게 식어서 나온
뇌수에 불과함을 말하는 것이다. 그다음 구절은 그들의 "진흙 접
시와 컵에 그려진 음식"이라는 말에서 암시되듯이 그의 혀를 만족

시켜주는 것, 즉 그가 하고자 하는 말은 이미 앨비언의 딸들이 인위적으로 만들어낸 것임을 나타낸다. 이렇게 보면 예수의 수난과 세례를 잔혹하게 비틀어 모방한 앨비언의 딸들의 행위는 자연종교(이신론)의 지배하에 놓인 인간의 열정이 연민의 종교로 태어나되 그 이면에는 잔인한 희생이 뒤따르고 있음을 말하는 대목이라고 할 수 있다.[6]

이를 당대의 문맥으로 옮기면 나폴레옹 전쟁을 수습하는 영국 지배층의 이데올로기 전략으로 이해할 수 있는데, 이 연민의 종교는 다름 아닌 전쟁의 상처로 고통받고 개혁적 열망의 좌절에 절망하는 영국민을 위로할 수 있는 감상적 박애주의라고 할 수 있다.[7] 전쟁의 공포로 인한 감각의 축소가 연민의 종교를 통해 정당화됨으로써 전쟁의 현실에 더욱 고착되는 과정을 보여주는 것이다. 그렇기 때문에 "어떤 눈도 그것들(태양과 달)을 볼 수 없다." 앞에서는 태양과 달이 어두워진 것으로 묘사되었으나, 이제 눈이 "눈물의 베일"에 가려져 그 어두워진 태양과 달마저도 보지 못하게 된 것이다. 따라서 앨비언의 딸들은 이 작품에서 감각의 고착과 축소를 의미하는 류벤Reuben처럼 "그들이 본 것이 된다."

---

6 이 대목은 자연과학적 해부와 드루이드Druid식의 살육이 긴밀하게 연관되어 있음을 보여주기도 한다. 조앤 윗케Joanne Witke가 적절히 지적하듯이 인간 형상으로부터 정신을 분리시키는 이 의식은 특정한 존재를 결정하는 상황과 차이를 제거하는 추상화 과정을 함축한다. 바로 그런 태도가 인간을 무차별적으로 살육의 대상으로 몰아가는 드루이드주의에 놓여 있는 것이다(Witke 161-162).

7 앞에서 지적했듯이 이는 감리교가 표방하는 사랑의 숭배가 점점 체제 이념으로 굳어지고 있는 시점에서 생겨난 현상이라고 풀이할 수 있다.

아! 이런! 희생제물을 보자, 그리고 맞아 죽은 자들을 보자.

(그것을) 본 모든 이들은 그들이 본 것이 된다. 그들의 눈은 눈물의 베일로 덮였다.

그들의 콧구멍과 혀는 축소되고, 그들의 귀는 밖을 향해 굽었다.

자신들의 희생제물처럼 그들은 넘어설 수 없는 두려움의 고통 속에 있다.

땅을 흔드는 복수의 기쁨 한가운데.

(66 Blake 218)

앨비언의 딸들이 류벤과 다른 점은 놀라움에 따른 지각의 축소와 함께 "복수의 기쁨"을 느낀다는 것이다. "눈물의 베일"이라는 기만적인 연민 속에 자리 잡은 가학과 피학이 교묘히 삼투된 희열에 중독된 만큼 그 지각은 더욱 고착화된다. 마치 희생제물의 고통이 더하면 더할수록 그들의 기쁨은 강해지는 것처럼 보인다. 바로 그런 의미에서 그들은 "그들이 본 것이 된다." 이런 생명 파괴의 충동은 묵시록에 등장하는 지상의 암흑기를 연상시키는데, 따라서 이 대목 다음에 묘사되는 장면에서 "거룩한 계시"는 불꽃과 불기둥, 그리고 불의 바퀴로 변하면서 "피의 구체"로 변해간다. 인간 감각의 파괴에서 기쁨을 얻게 되면서 "죽음의 여섯 달"인 여름과 "죽음의 여섯 달"인 겨울이 인간의 시간을 채워간다. 생명이 움트는 재생의 봄과 결실과 수확의 계절인 가을이 사라져버린다. 이는 생명의 파괴, 인간 삶의 황폐화를 단적으로 말해준다. 따라서 거룩한 계시는 그 파괴의 현실만큼이나 불의 형상으로 변해가면서 어떤 분노를 머금고 있는 것이다.

또한 파괴의 충동에 지각이 고정된 앨비언의 딸들에 의해 인간의 형상은 변모되기 시작한다. 그들이 만들어낸 연민의 종교란 결국 그런 지각의 고정을 가려주는 베일에 지나지 않는다. 인간의 지각은 무한정하게 흩어져버리는데, 이는 지각이 축소된 만큼 외부의 대상을 제대로 받아들일 수 없는 상태를 가리킨다. 따라서 지각에 의한 앎이 인간의 욕망만큼 무질서하게 확장됨을 의미한다. 즉, 지각을 통해 의미가 생겨나는 것이 아니라 무의미가 무한히 팽창한다는 뜻이다. 지각의 축소는 경험의 추상화를 가져오고 그런 추상화는 지각을 더욱 축소시킨다. 이는 관념화된 해석체계, 이른바 이데올로기가 현실-경험의 다층적인 면들을 일원화하여 자신의 체계를 덮어씌우면서 발생하는 문제이다. 그렇게 되면 경험은 그 해석체계 내부에서만 의미를 갖게 되는바 이런 사고의 끝은 결국 실증주의나 공리주의 형태의 철학이 된다.

블레이크는 이러한 '무한정한' 확장을 "폴리푸스polypus"[8]와 "앨비언의 나무"의 증식에 비유한다(66 Blake 219). 이 나무는 앞에서 앨비언의 아들들이 러바를 못 박아두었던 나무이기도 하다. 결국 앨비언의 아들들이 러바의 부활을 부정하는 행위와 앨비언의 딸들이 러바를 연민의 종교로 부활시키는 행위 모두가 "앨비언의 나무"가 더욱 왕성하게 뿌리를 내리는 계기가 됨을 말해주는 것이다. 작

---

8 『예루살렘』을 최근의 타자담론 및 탈식민담론과 연결하여 논의한 한 논자는 폴리푸스의 의미를 다음과 같이 정의한다. 즉, 폴리푸스는 침략성과 증식성을 갖는다는 점에서 암종과 연결되기 때문에 개별체의 형체를 한 '식민적' 유기체가 사회적 집단체에 작용하는 바를 효과적으로 전달한다는 비유이자 블레이크가 반대한 파괴적인 식민화 이데올로기의 증식을 나타내는 비유라는 것이다(Wright 156).

품의 말미에서 드러나듯이 이 나무의 결실이 "빈곤의 열매"라는 점에서 이 나무는 영국에서 시작된 자본주의 체제에 대한 비유처럼 보인다. 러바의 죽음과 지각의 고착과 병행하는 앨비언의 나무의 증식은 전쟁과 감정의 이데올로기적 조작에 의해 자본주의의 반생명성이 전 세계로 퍼져나가는 현상으로 풀이할 수 있다. 그리하여 우주와 자연의 축소·분리가 일어나는데, 실은 그 분리가 심연 속에서는 "강력한 폴리푸스"에 의한 결합이라고 블레이크는 파악한다. 이 폴리푸스는 일종의 암종polyp처럼 전쟁과 살육, 인간 지각의 축소, 연민의 종교 등의 세속주의가 만물의 유기적 흐름과 인간 사이의 유대를 끊어놓도록 하는 동시에 한 뿌리로 묶어놓도록 하는 셈이다. 즉, 겉으로 보기에는 분리되어 있지만 '증오'로 결합되어 있는 것이다. 따라서 분리가 일어날수록 증오의 뿌리는 더욱 확장된다. 앨비언의 나무가 자라는 '영원'이란 사실은 그런 증식의 영속성을 말하는 것이리라. 작품의 맥락상 사랑으로 하나가 되는 것이 아니라 증오로 하나가 되는 것이 바로 러바의 죽음이 가져온 변화이다. 그런 점에서 러바의 죽음은 폴리푸스 확산의 계기가 되는바 앨비언의 딸들이 앨비언의 나무의 무신론적 쾌락주의의 화신들로 등장하는 것은 당연한 귀결이다.

5. 생명의 신성함과 공생의 가능성

블레이크는 "사유가 동굴에서 봉쇄될 때 사랑은 가장 깊은 지옥에서 그 뿌리를 보여줄When Thought is closd in Caves. Then love shall shew its root in deepest Hell"(*The Four Zoas* Blake 344) 수 있음을 경계하면서 지성의 전쟁을 통해서만 물리적 전쟁을 종식시킬 수 있음을 누누이 강조했다. 이 지성의 전쟁에서 지성의 실재에 대한 판단 근거는 블레이크에게는 '생명'이다. 즉, 누가 생명의 본성과 질서에 입각하여 상상력을 발휘하고 사고하느냐에 따라 이 지성의 전쟁에서 우열이 결정되는 것이다. 물론 생명의 본성과 질서는 쉽사리 헤아릴 수 없는 성격의 것이라는 점은 분명하다. 이는 생명 현상을 분석이나 조작의 '대상'으로 다루는 '과학자적' 태도로는 접근할 수 없다. 오히려 블레이크는 그런 태도가 생명 자체를 죽이는 것으로 귀결될 수 있다는 점을 『예루살렘』에서 시종 강조하는 편이다.

블레이크는 "살아 있는 모든 것은 신성하다For every thing that lives is Holy"(*The Four Zoas* Blake 324)라고 말하면서도 "인간이 없다면 자연은 불모이다Where man is not nature is barren"(*The Marriage of Heaven and Hell* 11 Blake 38)라고 말한 바 있다. 어찌 보면 상충되는 듯 보이는 이 발언들을 통해서 보면 생명의 본성이 파괴를 동반하고 파괴를 통해 공생의 가능성이 찾아지는 어떤 질서를 내장하고 있는 것으로 보인다. 그러나 그 파괴가 자연의 불모로까지 치닫는다면 인간은 소멸할지도 모른다. 이는 생명의 신성함이 부정될 때 나타나는 현상일 것이다. 생명의 질서를 창조하기 위해서는 생명의 신성함을 부정하는 "악마적 바퀴"(12 Blake 156)가 생명들이 공생할 수 있는 방식으로 철저히 '파괴'되어야 할 것이다.

3

『예루살렘』에 나타난
자유와 이데올로기

1. "마음이 벼려낸 족쇄"와 내면적 억압

블레이크의 「런던」이 18세기 말의 영국 사회에 대한 날카로운 비판을 담고 있다는 점은 누구나 동의할 것이다. 수많은 사회주의 문학보다 이 짧은 시가 자본주의 사회의 본질을 더 잘 이해하고 있다는 조지 오웰George Orwell의 말을 인용한 마이클 퍼버Michael Ferber의 논평은 이 작품이 단순한 사회비판을 뛰어넘는 통찰력을 제공하고 있음을 보여준다(Ferber "London' and Its politics" 310). 이러한 통찰이 가능했던 것은 무엇보다도 상업주의, 빈부격차, 전쟁, 매춘, 아동노동 등 당대의 사회문제를 예민한 언어적 감각을 통해 투시하여 그러한 문제가 인간 존재의 성격 변화와 밀접하게 내적으로 연결되었음을 보여주는 블레이크의 통합적 사유가 발휘되었기 때문이다. 지금까지 수많은 비평가들이 블레이크의 날카로운 통찰과 섬세한 언어 운용이 어떻게 결합되었는지를 논의해왔다. 그중에서도 E. P. 톰슨의 논의는 이러한 비평적 흐름에서 정점을 이룬다고 할 수 있다. 특히 블레이크의 시 개고 과정을 추적하면서 내놓은 설명들은 「런던」뿐만 아니라 블레이크의 후기 시, 나아가 18세기 말에서 19세기 초에 이르는 사회문화적 변화를 이해하는 데 중요한 단초를 제공한다. 가령 블레이크가 「런던」을 개고할 때 "특허받은charter'd"이라는 표현을 채택하는 과정에서 "특허charter"라는 말을 두고 에드먼드 버크Edmund Burke와 토머스 페인 간의 이념 논쟁이 벌어졌음을 지적하는 대목은 그 전형적인 예이다. 버크가 "특허"를 영국 사회에 전통적으로 존재하는 여러 가지 자연스러운 권리들 중의 하나로 이해하고 있었다면, 페인에게 "특허"는 다수의 사람들에게 당연히 인정되어야 할 권리를 배제하는 수단에 지나지 않았다는 것이다. 톰슨에 따르면 블레이크는 페인의 입장에서 "특허받은"이라는 정치적 단어를 의도적으로 선택했고, 「런던」에서는 어떤 특정 집단의 당연한 "권리"가 아니라 대다수의 자연스러운 권리를 배제하고 제한하는 억압의 기제라는 뜻으로 사용했다(Thompson *Witness* 174-179).

이 대목과 더불어 개고 과정에서 바뀐 중요한 대목이 "마음이 벼려낸 족쇄The mind-forg'd manacles"("London" Blake 26-27)라는 구절이다. 톰슨에 따르면 이 대목은 원래 "독일이 벼린 사슬고리german forg'd links"였는데, 블레이크는 이 표현을 통해 영국의 개혁가들을 탄압하려는 독일 하노버 왕가 출신의 왕을 겨냥한 것이다 (Thompson *Witness* 183). 원래의 표현이 공권력을 동원한 외부적 억압과 탄압을 의미하는 반면 수정된 표현은 외부의 억압을 주체가 내면화시켜 스스로 그 억압의 굴레에 속박되는 것을 의미한다고 할 수 있다. 톰슨의 논평은 억압이 외부에서 내부로 이동하여 자기억압의 형태로 자리 잡는 과정을 자세히 추적하고 있지만 블레이크가 왜 이렇게 수정하고자 했는지에 대한 구체적인 설명은 없다. 블레이크의 사회비판이 정치권력과 교회의 도덕률, 그리고 상업주의가 만들어낸 촘촘한 억압의 그물에 포획된 희생자들의 내면 혹은 의식구조를 향한 것은—『앨비언의 딸들의 비전Visions of the Daughters of Albion』이 잘 보여주듯이—인간이 스스로를 개혁하지 않는 한, 그리고 경험의 굴레에서 벗어나 새로운 인식을 얻지 않는 한 진정한 사회개혁은 불가능하다는 점을 보여주기 위한 것이라고 할 수 있다. 블레이크가 후기 신화시에서 매우 복잡하고 난해한 언어를 사용하여 인간성의 오류를 탐구한 것도 기본적으로 이러한 인식의 산물이라고 할 수 있다. 앞장에서 살펴보았듯이 블레이크는 특정한 형상이 자신의 고유한 빛을 뿜어내 구체적 개별성을 획득하는 것을 "발현체"라고 불렀다. 그리고 원형적 인간인 앨비언의 발현체는 자유와 그것의 조건인 상호 용서의 정신을 구현하는 존재인 예루살렘이 되어야 하나, 현실에서는 그 고유한 빛을 가리는 허울뿐인 존재인 베일라가 지배하는 세상이 되었음을 비판한 바 있다. 블레이크의 이러한 비판은 결국 인간 개체성의 실현이자 사랑의 관계를 통해 완성되는 자유가 일종의 이데올로기로 변질되었음을 말하는 것이라고 할 수 있다. 따라서 블레이크는 역사의 문제를 인간성 내부로부터 다시 점검해보아야 할 필요성을 느꼈으며 그렇기 때문에 난해한 신화시를 쓰려고 했던 것이다. 이러한 시 쓰기 작업에서 블레이크는 실증주의적 심리학과는 구별되는 인간 심리에 대한 특유의 통찰을 보여주는 한편(Leavis *The Critic* 19-20), 이러한 통찰을 통해 자본주의와 근대성과 제국주의가 결합된 양상을 띤 "보편제국"의 심층에 놓여 있는 강고한 '체계'의 실상을 보여주었다(Makdisi 163-168). 요컨대 인간성 내부에서 일어난 일과 외부의 사건들이 동시에 하나의 역사를 구성한다는 생각이었던 셈이다.

이런 전제에서 본고에서는 블레이크의 신화시들 중 특히 『예루살렘』을 중심으로 이 작품이 생산된 시기인 영불전쟁 기간을 전후로, 즉 18세기 말부터 19세기 초까지 인간성에 일어난 거대한 변화를 블레이크가 어떻게 진단하고 있는지를 살펴보고 블레이크의 진단이 당대의 역사에서 갖는 의미가 무엇인지를 밝히고자 한다.

2. 자유의 위기

『예루살렘』의 전체 논의를 위한 기본적인 역사적 맥락은 영불전쟁으로, 이 충돌이 경제적 이해 다툼에서 비롯되었다고 할지라도 그 상층에는 영국의 애국주의와 프랑스의 혁명 이념 전파가 충돌하는 양상이 존재한다. 이렇게 충돌하는 이데올로기는 양국 지배층의 이익을 공고히 하기 위한 수단이라고 할 수 있을 것이다. 블레이크는 자기이익에 몰두하도록 인간을 부추기는 '지상의 종교'가 인간의 유대를 파괴하는 것으로 본다. 퍼버는 자유와 평등에 대한 사유보다 우애를 바탕으로 하지 않는 자유가 가지는 문제에 우선적으로 천착했다는 데서 블레이크의 공헌을 찾는다. 물론 블레이크가 평등의 문제에 대해 언급하지 않은 것은 사실이지만 불평등한 사회구조에 대해서는 누구보다 비판적이었다는 것이다(Ferber *The Social Vision* 68).

이렇게 볼 때 블레이크가 제기하는 자유의 위기는 우애의 상실과 불평등한 사회구조에서 비롯된다고 할 수 있다. 블레이크가 특히 전자에 깊은 관심을 가진 것은 우애의 상실을 공동체 위기의 지표로 보았기 때문이다. 앨비언의 영혼의 병이 깊어지면서 검은 물결이 밀려오는 것으로 묘사된 작품의 첫 대목부터가 "사랑의 섬유들Fibres of love"(4 Blake 146)*로 하나가 되어야 할 인간 공동체에 위기감이 고조되고 있다는 점을 전달해준다. 이러한 상태의 근본 원인은 앨비언이 신의 비전과 결실을 숨겨놓고 그것을 자신의 발현체이면서 자유를 표상하는 예루살렘이 보지 못하도록 만들었다는 것이다. 이때 신의 비전을 보지 못하게 된 예루살렘의 처지는 공동체적 의미의 예루살렘이 우애의 상실로 인해 인간의 삶에서 사라질 위험에 놓여 있다는 것을 함축한다.

이는 앨비언의 영혼이 병들어 있다는 증거인데, 동일한 질병을

---

* 작품명이 별도로 표시되지 않은 경우는 모두 『예루살렘』에서 인용한 것이다. 시 본문의 인용은 도판 번호, 출전 약어, 출전 페이지 순으로 표시한다. 다른 작품의 경우에는 작품명을 맨 앞에 명기한다.

앓고 있는『네 조아들』의 초반부에 등장하는 사머스와 비교해볼 때 앨비언의 질병이 훨씬 심각한 만성질병임이 드러난다. 우선 사머스 부분을 살펴보도록 하자.

상실했도다! 상실했도다! 상실했도다! 나의 발현체들을, 에니언 오 에니언

우리는 우리가 은밀하게 숨기는 산 자들의 희생물이 되었다.

나는 예루살렘을 조용한 뉘우침 속에서 숨겼다. 아 나를 긍휼히 여겨라.

나는 그대에게 또한 미로를 만들어줄 것이다. 아 나를 긍휼히 여겨라.

왜 그대는 나의 내밀한 영혼에서 감미로운 예루살렘을 빼앗아갔던가.

그녀가 어둠과 침묵의 부드러운 휴식처에서 몰래 누워 있도록 해라.

내가 [예루살렘]에게 품는 건 사랑이 아니라 연민이다.

그녀가 내 가슴으로 피난했으므로 그녀를 내칠 수 없다.

인간들은 죽음의 상처를 받아들였고 그들의 발현체들은

피난처를 찾아 내게로 도망 온다. 나는 연민 때문에 그들을 쫓아낼 수 없다.

(*The Four Zoas* 4 Blake 301)

다소 갑작스럽게 터져 나오는 사머스의 말에서 느껴지는 것은 죄의식에 빠져 있는 정신의 혼란함이다. 과거, 현재, 그리고 미래 시제가 동시에 나오는 것은 물론 "연민"이라는 말이 타인을 향한 것인지 사머스 자신을 향한 것인지도 불분명하다. 인용문을 좀 더

쉽게 이해하기 위해 사머스와 에니언Enion을 일종의 연인관계로 놓으면 사머스가 예루살렘을 숨기자 에니언이 질투심에 사로잡혀 예루살렘을 빼앗아간 것이 갈등의 원인이다. 그렇기 때문에 사머스는 자신이 예루살렘에 품은 것이 사랑이 아닌 연민이라고 하면서 스스로도 에니언에게 연민을 구하는 것이다.

그런데 왜 예루살렘을 숨기는 것이 죄의식을 유발한 것일까? 안식처를 제공했다면 사머스의 입장에서는 그토록 죄의식을 느낄 필요가 없지 않는가? 일단 사머스가 에니언에게도 만들어주려고 하는 "미로"—"또한"이라는 말을 쓰는 것으로 보아 이미 사머스는 예루살렘에 미로를 만들었는데 에니언이 이 미로에서 예루살렘을 탈취해간 것이다—는 죄의식이 만들어낸 사머스의 감정적 혼란을 보여주고 사머스의 자기연민은 이 혼란한 감정을 대변한다. 여기에서 예루살렘의 은폐는 사머스의 발현체들의 상실과 밀접한 관련이 있다. 사머스는 자신의 이상들을 상실하자 최후의 보루로 예루살렘을 숨기고자 한 것이다. 그러나 실현되어야 할 이상이 은폐됨으로써 사머스는 죄의식에 시달리게 된다. 사머스의 "내밀한 영혼"이 예루살렘의 "어둠과 침묵의 부드러운 휴식처"가 되나 바로 그곳은 사머스의 죄의식이 존재하는 곳이기도 한 것이다. 전체적으로 이 대목에는 예루살렘을 숨길 수밖에 없는 사머스의 절박함과 이것이 유발한 죄의식과 자기연민이 혼재되어 있다고 할 수 있다.

한편 이어지는 에니언의 화답에서 "공포"라는 말이 강조된다. 혁명정부의 공포정치를 연상시키는 면도 있지만, 당대 영국인들이 피트 정부의 정치를 공포정치라고 불렀다는 점에서 영국과 프랑스에 나타난 어떤 공포 분위기를 대변한다고 할 수 있다.[1] 이렇게 보면 사머스의 죄의식하에서의 예루살렘 은폐와 에니언의 질투심 어린 예루살렘 탈취는 정치적 공포 상황에서의 자유의 수난에 해당한다고 볼 수 있다.[2] 자유가 밖으로 공표될 때는 공포가 따르게 되고 안으로 숨겨질 때에는 죄의식이 동반되는 것이다. 이 죄의식을 드러내어 예루살렘을 탈취하려는 것은 자유의 외관에 죄의 낙인을 찍어 자유 자체를 박탈하려는 경험의 속박에 해당한다고 할 수 있다. 전체 문맥을 고려해야겠지만 이러한 해석에서 적어도 예루살렘의 은폐와 탈취와 관련해서는 자유가 "권리와 의무의 엄혹한 요구stern demands of Right and Duty"(*The Four Zoas* 4 Blake 301)로 바뀌는 것이 핵심사항이라고 할 수 있다.

3. 사랑의 변질

앞의 인용문에서도 감지되지만 자유의 상실과 사랑의 변질은 깊은 관련이 있다. 블레이크의 문맥에서 변질되기 전의 사랑과 우애는 거의 같은 뜻으로 쓰인다. 『네 조아들』에서 자유의 상실과 질투

---

1 크레한은 이때의 공포가 피트의 공포정치인지 확실하지 않지만 혼란스런 감정 상태에 대한 객관적 상관물의 부재가 정치적·사회적 억압의 분위기를 효과적으로 전달해준다고 한다(Crehan 305-306).
2 톰슨에 따르면 1790년대의 영국에서 자유는 급진개혁세력뿐만 아니라 골수 애국주의자들의 레토릭에도 자주 등장했고 이러한 분위기에서 자유가 오히려 탄압과 억압의 근거가 되기도 했다(Thompson *Working* Class 85).

의 밀접한 관련성이 다루어졌다면, 『예루살렘』에서는 자유와 우애가 결합되어야 할 필요성이 강조된다. 블레이크가 작품의 초반에 이 점을 구세주의 목소리를 통해 역설하는 것도 이 때문이다. 신이 인간과 멀리 떨어져 존재하는 것이 아니라 인간의 가슴속에 살기 때문에 인간은 예수를 통해 만날 수 있다는 것이다. 구세주가 공동체의 윤리를 강조한다면 앨비언은 개인적인 이해를 판단의 기초로 삼아 예수의 가르침을 거부한다.

> 그러나 어리둥절한 인간은 어두워진 계곡을 따라 외면하고 돌아선다.
> 돌아서며 이렇게 말한다. 우리는 하나가 아니다, 우리는 다수다, 그
> 대 최고의 사기꾼아.
> 과도하게 흥분된 두뇌의 유령! 불멸의 그림자여!
> 나의 영혼을 그대 사랑의 희생제물로 만들고, 그리하여 인간을
> 인간의 적에게 기만적인 우정의 끈으로 매어놓는구나.
> 예루살렘은 그렇지 않다. 그녀의 딸들은 확실치 않지만!
> 논증을 통해 인간만이 살 수 있다. 하지만 믿음으로는 살 수 없다.
> 나의 산은 나의 것이고, 앞으로도 내 것으로 남겨둘 것이다!
> 말베른과 체비오트, 월드의 플린리몬과 스노든 정상은
> 나의 것이다. 여기에 나의 도덕률을 세울 것이다.
> 인류애는 더 이상 없다. 전쟁과 왕권, 그리고 승리만 있을 뿐!
>
> (4 Blake 146-147)

우선 염두에 두어야 할 것은 앨비언의 말이 유령에 빙의된 상태에서 나오는 말이라는 사실이다. "과도하게 흥분된 두뇌의 유령"은

구세주를 가리키기보다는 자신을 가리키고 "불멸의 그림자"는 타락한 상태에서의 앨비언 자신의 모습이다. 곧 자신의 부정적인 상을 타인에게 부과하고자 하는 바로 그 태도에서 자신의 존재가 드러나는 것이다. 앨비언은 스스로를 희생자라고 생각하면서도 타인을 희생시켜 자신의 도덕률을 세우고자 하는 유리즌적 모습으로 스스로를 정의하는 모순에 빠진다.[3] 앨비언은 믿음에 대한 논증의 우위를 일반화하여 이 모순을 해결하려고 한다. 인간성, 믿음, 우정, 사랑 등 눈으로 확인할 수 없는 것들을 논증의 대상에서 제외하고 전쟁, 왕의 권위, 승리 등 앨비언 자신의 존재를 증명할 수 있는 것만을 실체로 받아들이는 것이다. 말하자면 예수를 부정적으로 타자화함으로써 자기를 세워나가는 논법이다. 이 대목에서 분명해지는 것은 개인주의, 경험주의 그리고 실증주의의 만연이 인간의 삶에 가져온 변화이다.

이것이 앨비언의 존재 변화를 가져온 외적 환경이라면 앨비언 자체의 '영혼의 질병'은 어디에서 유래했기에 우정과 사랑과 인간성을 거부하게 되었는가? 블레이크가 보기에 이 질병의 발병 원인은 근본적으로 지성의 상실에 있다. 이 맥락에서 나폴레옹 전쟁 국면에서 개혁세력의 좌초에 따른 민중의 절망과 분노를 순화시켜 체제로 편입시키는 데 일정한 역할을 했던 감리교식 사랑 숭배의

---

3 유리즌은 기본적으로 타락한 이성의 신으로 블레이크의 작품에 등장하지만 그 모습은 실로 다양하다. 『유리즌 서The Book of Urizen』에서 잘 드러나듯이 유리즌은 단일성의 세계를 추구하고 타자성을 말살하기 위해 율법을 세워나가는데, 이러한 율법의 확립은 그 기능이 현저히 위축된 추론적이며 계산적인 이성을 동원해서 이루어진다.

문제에 관한 톰슨의 지적을 상기할 필요가 있다. 감리교가 "지적인 탐구와 예술적 가치에 대해 적대적이 됨으로써 애석하게도 하층민들의 지적인 신뢰를 남용했다"(Thompson *Working Class* 44)는 대목이 그것이다. 즉, 지적인 탐구와 예술적 가치에 대한 적대적인 태도가 사랑의 효과적인 표현을 불가능하게 한 원인이다. 바로 그것이 무조건적 사랑 숭배로 나타난 것이다. 반면 앨비언의 사랑 거부는 자신의 실증주의(지적인 탐구)를 과도하게 신뢰함으로써 나타난 현상이다. 즉, 앨비언의 사랑 거부는 감리교식 사랑 숭배를 뒤집어놓은 방식인 것이다.

제롬 J. 맥건Jerome J. McGann이 지적하듯이, 블레이크는 진리의 문제를 사랑의 문제로 풀이했다. 블레이크는 "진리를 보고도 알아보지 못하는 자는 진리의 주목을 끌 가치가 없다He who does not Know Truth at Sight is unworthy of Her Notice"(Blake 659)라고 말한 바 있다. 맥건은 이 발언에서 진리는 노력이나 추구를 통해 달성되는 목표가 아니라 친밀하고 상호적인 관계, 궁극적으로는 에로틱한 관계를 맺을 수 있는 존재로 나타난다고 말한다(McGann *Literature of Knowledge* 14). 여기서 중요한 점은 진리가 사랑의 경험처럼 관계를 통해 드러난다는 것이다. 이런 맥락에서 앨비언의 논증은 그로 하여금 "진리를 보고도 알아보지 못"하도록 자기중심성에 빠뜨려 결국에는 예수의 사랑을 거부하게 만듦으로써 관계 맺음의 실패를 초래한다. 이 지성의 상실과 변질된 사랑의 상관성을 구체적으로 확인하기 위해서는 『네 조아들』과 『예루살렘』에서 거의 똑같이 등장하는 대목을 살펴볼 필요가 있다. 염두에 둘 점은 전자에

서 이 대목이 인간의 타락 장면으로 아해니아Ahania에 의해 유리
즌에게 제시된 것이라면 후자에서 이 대목은 앨비언의 언덕과 산
으로부터 도망 나온 "두 불멸의 형상two Immortal forms"(43 Blake
191)에 의해 전달된다는 점이다. 전자의 경우 아해니아의 말은 유
리즌에게 부정됨으로써 (다시 말해 극적 대화의 성격을 띠므로) 그 말
의 진위를 판단하기가 어려운 반면, 후자의 경우 이 목소리가 거의
시인의 목소리를 대체하고 있다는 점에서 객관적으로 들린다.

4. 지성의 상실

이 드라마의 핵심에는 불의 계단을 걷고 있는 앨비언, 감미로운 기
만의 꿈속에서 앨비언과 함께 걷고 있는 베일라, 광휘가 사라져가
는 "빛의 왕자" 유리즌이 자리 잡고 있다. 이 세 인물로 보건대 일
단 베일라는 앨비언을 현혹함으로써 지상의 여신이 되고자 하는
기만적인 꿈을 꾸고 있고, 원래 앨비언을 지배하던 유리즌은 앨비
언이 베일라에게 현혹되자 자신의 광휘를 잃어버릴 찰나에 있다고
할 수 있다. 그런데 이 사건은 앨비언의 영혼에서 거의 동시적으로
일어나기 때문에 어떤 것이 앨비언의 타락의 근본 원인인지는 불
분명하다.

　　그때 앨비언은 슬퍼하며 자신의 궁정 현관으로 올라왔지요.
　　그 위로는 그의 노곤한 지성에서 비롯된 그림자 하나가 솟구쳐 올랐
　습니다.

살아 있는 금빛이었고, 순수하고 완전하며 성스러운 모습이었어요.

그것은 깨끗하고 하얀 리넨을 걸친 상태로 (앨비언 위를) 맴돌았지요.

감미롭게 유혹하는 자기기만, 앨비언의 물 같은 환영이 말입니다.

은근히 자기 존재에 의기양양해하며 모든 인간을 빨아들이면서요!

앨비언은 물 같은 그림자 앞에 얼굴을 조아리며 이렇게 말했습니다.

오 신이여 이러한 변화는 어디에서 왔습니까?

당신은 제가 아무것도 아니라는 걸 압니다!

베일라는 떨면서 얼굴을 가렸고 머리채를 길바닥에 풀어헤쳤습니다.

(44 Blake 191-192)

중요한 점은 이 대목이 앨비언의 신이 유리즌에서 베일라로 변해가는 과정을 보여준다는 것이다. 유리즌이 광휘를 상실하자 앨비언의 지성은 "노곤한 지성"이 되고 그 위에서 그림자가 나타나게 되는 것이다. 이 그림자는 블레이크가 "추론적 이성"이라고 부른 앨비언의 유령에 해당한다. 앨비언이 자신의 발현체인 예루살렘을 상실하자 이를 대체하는 베일라의 베일이 발현체의 빛을 가리게 된 것과 같은 현상이다. "앨비언의 물 같은 환영"이 걸치고 있는 "깨끗하고 하얀 리넨"은 베일의 은폐와 비실체성, 그리고 은밀한 욕망 등을 암시한다. 앨비언의 영혼 속으로 들어간 베일라의 욕망이 앨비언의 그림자 형태로 나타나는 것처럼 보인다. 베일라의 "기만적인 꿈"이 "앨비언의 그림자"의 의기양양한 자기기만적 욕망으로 바뀌는 것이다. 앨비언의 자아는 베일라의 욕망에 의해 조종되기 때문이다. 따라서 앨비언의 그림자가 실체가 되고 앨비언은 "아

무엇도 아[닌 것]nothing"이 된다. 그러나 자신이 "아무것도 아니라는" 사실 자체에 대한 앎도 자기의 앎을 통해 얻는 것이 아니라 그림자의 앎을 통해 확인하려고 한다. 그렇기 때문에 "이러한 변화"의 실체를 제대로 알 수 없다. 베일라의 유혹(지성의 상실)의 결과인 자신의 유령에게 왜 자신의 정신이 유령이 되었는지를 묻는 자가당착과 혼란에 휩싸이게 된 것이다. 말하자면 그림자에 완전히 흡수되어 그 '유령됨'을 스스로 수행하고 있는 셈이다.

베일라는 이렇듯 인간을 환영의 노예로 만드는 메커니즘으로, 그 자신의 환영성은 인간이 노예가 된 바로 그 환영 속에 은밀하게 숨김으로써 앨비언이 "이러한 변화"의 성격과 실체를 깨닫지 못하도록 한다.[4] 베일라는 앨비언의 밖에 있으면서 동시에 안에 있다. 밖에 있을 때는 유혹의 힘으로 작용하고 안에 있을 때는 그 유혹의 실체를 알아보지 못하도록 한다. 앨비언의 지성 상실은 거짓된 감각에 현혹되면서 이를 실체로 오인하고 자신을 부정하는 데로 귀착하는 사태에서 비롯되는 것이다. 원래부터 자신의 개체성을 규정해줄 영원이나 비전, 우정, 신 같은 것이 없으므로 자신의 감각적 경험을 개별성의 표지로 생각하고 그 감각적 경험의 무질서한 움직임을 추종하다가 스스로 "아무것도 아[닌 것]"이 되는 셈이다.

---

4 퍼버는 이런 맥락에서 베일라의 주요 수식어인 자연nature의 이데올로기적 성격을 심도 있게 추적한다. 블레이크는 자연을 교회와 국가의 정통성을 연결하는 이데올로기적 봉합 자국으로 해석했다는 점에서 다른 젊은 급진주의자와 같지만 여기서 한 걸음 더 나아가 자연 자체가 "미망의 베일a veil of illusion"임을 의심했다는 것이다. 즉, 자연은 사물이 실제 존재하는 방식에 대한 더 이상의 탐구를 가로막는다는 점에서 "전통적인 바빌론의 신비"와 동일한 기능을 수행하는 셈이다(Ferber *The Social Vision* 96).

베일라 자체가 "아무것도 아[닌 것]"이라는 점에서 앨비언이 그의 그림자(추론적 이성)에 동화되는 것과 베일라와 육체적 합일에 이르는 것은 동일한 과정이다. 추론적 이성과 거짓된 감각은 동전의 양면으로 '이데올로기적 효과'를 앨비언에게 생산해내는 것이다.[5]

이어지는 대목에서 앨비언은 거의 몽유의 상태에서 자신의 그림자를 숭배하면서 "영원의 말words of eternity"(43 Blake 192)을 발화한다. 이는 베일라가 완전히 앨비언의 내면에 자리 잡았다는 것을 의미한다. 정리하면 베일라의 유혹 - 지성의 상실 - 내면의 공허 - 베일라의 내면화(거짓되고 왜곡된 사유체계에의 구속) - 나르시시즘적 자아분열의 과정을 거치는 것이다. 이데올로기의 가장 큰 효과는 인간을 자아분열로 이끈다는 것인데, 이데올로기를 체화한 자아(유령)와 그렇지 않은 자아의 대면에서 앨비언은 결국 후자를 전자에 종속시키고 만다. 작품 전체를 통해 베일라가 앨비언과 함

5 여기에서 '이데올로기적 효과'란 루이 알튀세르Louis Althusser의 이데올로기론을 염두에 둔 말이다. 알튀세르에 따르면 이데올로기는 "자신들의 실제 조건에 대한 개인들의 상상적 관계the imaginary relationship of individuals to their real conditions of existence"이며 이 이데올로기가 개인을 주체로 호명해냄으로써 그 효과가 발생한다. 알튀세르는 이데올로기가 인간과 세계의 "살아진" 관계의 문제라고 하는바 인간의 경험 자체가 이데올로기의 작용에서 쉽게 벗어날 수 없음을 강조한다. 이데올로기가 인간의 무의식에 작용하고 있기 때문이라는 것이다. 알튀세르는 전통적인 이데올로기 개념, 즉 허위의식이나 전도된 현실인식이 일어날 수 있는 조건과 체계로서의 이데올로기를 자기 나름으로 재규정했다고 할 수 있는데, 앨비언의 경우 여기에 꼭 들어맞지는 않는다. 알튀세르는 이데올로기가 작동하는 예로 기독교 이데올로기의 호명작용을 들지만, 앨비언의 경우 참다운 개체성의 증표인 지성intelligence을 상실함으로써 그런 호명작용의 예라고 할 수 있는 베일라의 유혹에 쉽게 넘어가고 만다. 또한 알튀세르는 이데올로기가 "이데올로기적 국가장치" 속에 존재하고 이를 통해 재생산된다고 보는 반면, 블레이크는 남녀관계, 더 특정하게는 남녀의 성애sexuality에 존재하고 이를 통해 재생산된다고 보는 셈이다(Althusser *For Marx* 233-234, *Lenin* 162-183).

께 등장할 때 경험주의의 화신으로 등장한다는 점에서 경험주의가 만연한 당대 영국의 상황과 앨비언의 지성 상실은 상호 함축적인 관계라고 할 수 있다. 이는 현실 변혁의 의지가 약해지고 근본적인 변혁의 전망이 어두워지고 있다는 증거이다. 앨비언이 자신의 그림자를 보면서 "그대가 숨을 거두면, 내가 망각되는 것을 보리라If thou withdraw thy breath, Behold I am oblivion"(43 Blake 192)라고 탄식하면서 죽음에의 충동에 이끌리는 것도 이런 까닭에서이다.

　그런데 앨비언이 예수의 사랑을 거부하고 지성을 상실하면서 역사적 전망이 부재한 상태로 빠져드는 것은 그 사랑이 그만큼 세속화와 신비화로 양극화되었음을 의미한다. 이러한 점을 구체적으로 확인할 수 있는 대목이 베일라가 앨비언을 유혹하는 것을 지켜보고 있던 러바가 구름 속에서 나타나 앨비언과 싸우는 장면이다. 러바는 베일라의 모체이자 남편으로 등장한다. 이는 그가 차지하고 있는 영역인 사랑이 베일라의 자연종교에 오염되어 있음을 말한다. 이 문맥에서 러바의 사랑은 욕망의 "억압적 탈승화"를 종교적인 승화로 미화하는 자연종교와 결탁하여 예수의 사랑을 참칭하되 그 사랑의 진정한 의미는 탈각시키는 감정의 이데올로기적 조작에 해당한다.[6] 러바가 내려오자 앨비언이 공포에 사로잡혀 분노

---

6 "억압적 탈승화"란 허버트 마르쿠제Herbert Marcuse의 용어를 원용한 것이다. 그에 따르면 기술사회는 시민들의 욕구 충족을 일정 정도 이상의 일탈을 넘지 않는 수준에서 허락하지만 그 의도가 지배의 강화라는 점에서 억압적인 성격을 띤다. 여기서 "억압적"이라는 말은 "승화의 범위"에 한계를 부여함으로써 "승화의 욕구"를 차단한다는 의미로 쓰인다(Marcuse 71-73). 따라서 리비도의 에너지는 체제 전복적인 성격을 잃고 체제에 의해 관리되는 셈이다.

하며 일어서서 베일라에게 등을 돌리는 것은 뒤늦게나마 베일라의 실체를 확인했기 때문이다.[7] "두 불멸의 형상"의 목소리는 앨비언과 러바의 싸움을 다음과 같이 전한다.

러바는 앨비언을 지배하기 위해 애썼습니다.
그들은 베일라가 감금된 몸 위쪽에서 싸웠습니다.
앨비언의 어두운 몸은 러바의 무시무시한 타격에
머리에서 발끝까지 종기로 덮여 수정으로 포장된 도로 위에 널브러졌습니다.

쓰러진 사람은 인상을 쓰며 자신의 존재로부터 러바를 밀쳐내면서 말했습니다.
가서 인간으로 죽어라, 사랑스런 방랑자 베일라를 위해.
나는 너의 귓바퀴는 밖으로, 코는 아래쪽으로 향하게 하고
자유자재로 움직이던 너의 눈은 두려움으로 둥글게 말아버리고
너의 시든 입술과 혀는 좁다란 원으로 축소시킬 것이다.
그 좁은 형태로 네가 기어다닐 때까지. 불타오르는 길로 가라,
인간을 흡수한다는 것이 무엇인지 배워라, 연민과 사랑의 정령들이여.

(43 Blake 192)

7 앨비언이 자신의 거짓된 체계와 동일한 궤도에 있는 러바의 사랑을 부정하는 것은 이미 이데올로기화된 사랑에 대한 부정인 동시에 예수의 사랑에 대한 부정이기도 하다. 앨비언의 러바 부정은 앞에서 언급했던 예수 부정에 그 씨앗이 있는 셈이다. 예수의 사랑을 부정했기 때문에 러바의 사랑의 현신인 베일라에게 그만큼 쉽게 속았고, 예수의 사랑으로 돌아갈 수 없기 때문에 러바의 사랑을 공포와 질투의 형태로 부정한다고 보아야 할 것이다. 따라서 사랑을 "잔인한 연민cruel pity"과 "음험한 기만dark deceit"이라고 부르는 앨비언의 외침에는 그 오염된 사랑이 자신을 예수의 복음으로 견인할지도 모른다는 두려움이 깔려 있다고 보아야 할 것이다.

블레이크는 "종기boils"라는 단어를 사용함으로써 러바의 타격이 앨비언의 영혼 내부에서 일어나는 것임을 암시한다. 이들의 싸움은 "베일라가 감금된 몸" 위에서 벌어진다는 점에서 물리적인 싸움이라기보다는 이데올로기 싸움처럼 느껴진다. 따라서 앨비언은 사랑의 이데올로기에 일시적으로 정복되어 '영혼의 질병'을 앓는 것처럼 보인다. 앨비언이 러바에게 "인간으로" 죽으라고 명하는 것은 사랑이 질병이 되어 방황하는 것을 막기 위해서 러바의 타락한 사랑에 일종의 한계를 설정하는 것이다. 지각을 고정시키는 것은 이런 이유에서이다. 그러나 바로 그 한계 설정으로 인해 예수의 사랑 자체가 부정되면서 "연민"으로 바뀌는 것이라고 할 수 있다.

어쨌든 이 대목에서 앨비언은 러바를 자신의 존재에서 추방해 버린다. 그러나 여기에서 놓치지 말아야 할 점은 앨비언의 이런 태도가 사실은 자기기만에서 나왔다는 것이다. 즉, 러바를 추방시킨 사건이 러바의 방황과 축소를 가져오는 것이다. 사랑이 앨비언에게 중요한 부분인데도 이를 단순히 "인간을 흡수한다는 것"이라고 파악하기 때문에 사랑이 실제로 죽음을 경험하는 셈이다. 앨비언은 오만하게 사랑의 추방을 명하지만, 거기에는 사랑의 가능성을 전혀 생각하지 않는 율법적인 태도가 깔려 있다고 할 수 있다.

5. 유령의 체계

이처럼 블레이크는 사유와 감정의 괴리가 가져온 큰 변화를 앨비언의 유령의 등장과 러바의 타락으로 설명하고 있는바, 이는 앨비언의 자기중심성 강화와 관련을 맺는다. 블레이크가 말하는 영원과 에덴은 말하자면 사고와 감정, 언어와 경험, 의식과 세계가 통합된 상태인데, 이 상태의 붕괴가 인간의 자기의식 강화로 이어진다고 보는 것이다. 인간은 외부의 대상에 자신을 투사함으로써 자기존재의 확실성을 입증하려고 하지만, 그러면 그럴수록 스스로를 대상화하는 모순에 빠져 자기의식의 폐쇄회로에 갇히고 만다. 앨비언의 유령이 앨비언의 주인 행세를 하는 것도 이 때문이다.[8]

유령적 사고방식에 갇혀 있는 앨비언은 인간 형상 축소의 책임이 자신에게 있다는 사실을 망각하고 그 축소된 결과를 진리의 형태로 제시함으로써 자신의 책임을 인정하지 않으려고 한다. 인간의 미래에서 가능성을 발견하지 못하기 때문에 과거에 대한 회의적인 판단이 사고를 지배하여 그 혼돈을 역사의 필연으로 보게 되는 것이다. 과거에 대한 정당한 평가의 부재와 미래에 대한 불투명한 전망 상태에서 인간의 사고는 시간의 풍화작용에 따른 기억 상실과 기억 축적의 반복을 역사로 추인하는 셈이다. 물론 블레이크 자신도 인간의 역사(창조)가 오류의 연속임을 말한 바 있지만 그 오류를 벗어날 수 있는 체계를 만드는 인간의 끊임없는 노력이 중요하다고 본다. 이때의 체계가 오류에 빠져드는 것은 이를 진리나 정의의 형태로 남에게 강요하려고 하기 때문이다. 블레이크가 자기멸절을 끊임없이 강조하는 이유도 여기에 있다. 이런 맥락에서 블레이크는 역사에 대한 회의적인 관점 자체를 진리로 제시하

8 여기서 앨비언의 유령은 블레이크가 말하는 바인 성령의 부정이라고 할 수 있다.

는 앨비언의 유령의 태도를 자기중심성의 소산으로 파악하는 것이다.

> 그렇게 유령은 앨비언에게 말했다. 그 유령은 거대한 자기중심성인
> 사탄이다, 지상의 막강한 자들에 의해 신으로 숭앙되는.
> 사탄은 중심이라고 불리는 하얀 반점을 가지고 있는데 거기로부터
> 계속 선회하는 원이 갈라져 나온다. 이것이 심장이 되는데 여기에서
> 다양한 움직임을 가진 수많은 가지들이 나와 불운한 사색자의
> 의지에 따라 세 개 혹은 일곱 개 혹은 열 개의
> 많은 머리와 손발을 만들어낸다. 그렇게 그 불운한 사색자는
> 사탄의 먹이가 된다. 이것이 삼키는 힘이 작용하는 방식인 것이다.
>
> (29 Blake 175)

매우 난해하게 묘사된 이 대목은 자기중심성이 어떻게 신격화되는지를 보여준다. 일단 자기중심성에 의해 삼켜진 불운한 사색자는 그 중심에 따라 사색을 계속하게 되고 이 사색을 통해 인간의 형상을 창조한다. 『천국과 지옥의 결혼』에서 강조된 삼키는 자와 증식자의 길항과 대극이 깨지면서 삼킴의 원리가 증식의 원리로 변하게 되는 과정을 보여주는 것이다. 실체가 없는 "하얀 반점"에서 시작한 사색이 다시 그 중심을 향해 귀환하는 반복 과정에서 무수한 인간 형상이 만들어지지만 그 형상은 "불운한 사색자"의 혼돈스런 정신을 반영하게 된다. 눈여겨볼 점은 자기중심성으로부터 갈라져 나온 심장이 원의 형태를 띠면서 단일한 기관으로 창조되는 반면 머리와 팔다리는 마치 히드라의 형상처럼 무질서하게 대

량으로 만들어진다는 것이다. 심장이 오르크적 욕망의 지표임을 상기하면 자기중심성 때문에 욕망이 밖으로 표출되지 못하고 일정한 한계에 봉착함을 알 수 있다.[9] 그런 한계를 가진 욕망은 의지에 종속되는바 의지는 욕망을 동력으로 해서 무수한 인간 형상을 만들지만 그 형상은 무질서한 의지만큼이나 제대로 된 형상이 되지 못한다. 불운한 사색자는 자기중심적 의지를 통해 모든 인간 형상을 통제하려고 하지만, 실제로 만들어진 형상은 자신의 통제를 벗어나게 되고 이를 통제하기 위해 또 다른 사색을 거듭함으로써 결국 자기중심성에 함몰되고 마는 것이다. 인간의 감정과 사고가 온전히 결합하지 못할 때 인간의 창조력은 자기중심적 의지를 자가생산하는 "삼키는 힘the Devouring Power"이 됨을 보여준다고 할 수 있다. 이 과정은 추론의 힘이 작용하는 양태라고 할 수 있는데, 블레이크는 이를 좀 더 철학적인 진술을 통해 다음과 같이 제시한다. 특히 이 대목은 앨비언의 아들들의 사유방식이라는 점에서 앨비언보다 한 단계 더 나아간 방식으로 추론의 힘이 작용하는 예라고 할 수 있다.

> 그들은 모든 본질을 표현하는 특성이라고 불리는
> 두 개의 대극을 취하여 선과 악이라고 칭한다.
> 그 대극들로 하나의 추상을 만들어내는데, 이는 자신이 유래한

---

9 오르크도 유리즌과 마찬가지로 블레이크의 작품에서 다양한 모습으로 등장한다. 『로스의 노래The Song of Los』에 잘 드러나듯이 오르크는 혁명의 불길을 나타내며 새로운 창조의 원동력으로 제시된다. 실제로 오르크의 불길을 접한 유리즌은 유대의 땅으로 도망가고 그가 만든 모든 책들은 녹아버린다.

본질을 부정하는 것, 즉 자신의 몸을 살해하는 것만이 아니다.

그것은 모든 거룩한 동료들을 죽이는 것이기도 하다.

이것이 추론의 힘, 모든 것을 부정하는 추상적인 반대의 힘이다.

인간의 유령, 신성한 추론의 힘인 것이다.

그 신성함 속에 황폐의 상징인 흉측한 우상이 봉인되어 있다.

(10 Blake 153)

　존재의 실체들이 특성의 '옷'을 입고 대극의 형태를 띠게 되면서 이 대극의 싸움이 끊임없이 일어날 때 블레이크는 이를 『천국과 지옥의 결혼』에서 창조와 발전의 원리로 파악한 바 있다. 문제는 그 대극을 선과 악이라는 도덕적 개념으로 추상화하는 데서 발생한다. 다른 식으로 풀면, 도덕의 발생은 인간의 욕망에 깃든 창조적 대극을 추상화시켜서 선악의 이분법으로 고정시키면서 악을 부정하고 선을 선양함으로써 그 체계의 신성함을 영구화하려는 데서 비롯된다. 추상화 자체의 메커니즘이 부정을 통해 얻어지는 한편 이 추상화의 정당성, 즉 부정과 배제의 합리성이 도덕률로 고착되는 것이다. 실체의 단계에서 추상의 단계로 넘어갈 때 작동하는 부정의 원죄를 가리면서 이를 타인에게 전가하여 덮어씌우는 것이 선악의 이분법에 내재된다. 일종의 자기기만이 합리화됨으로써 "황폐의 상징인 흉측한 우상이 봉인"되는 셈이다.[10]

---

10 도스코는 이를 종교적 오류와 합리성의 오류를 결합한 예라고 한다(Doskow 51). 한편 콕스는 부정이 추상화 과정에서 생기는 대상의 단순한 재현에 불과하다고 하면서 블레이크가 이 부정이라는 개념을 단순히 정신적 현상으로만 보지 않고 무시무시하게 체화된 권력과 유령으로 그린다고 주장한다(Cox 232).

6. 생명을 위한 지성의 전쟁

블레이크는 "선과 악의 싸움은 지식의 열매를 먹는 것이다. 진리와 오류의 싸움은 생명의 나무열매를 먹는 것이다"(*A Vision of The Last Judgment* Blake 563)라고 밝힌 바 있다. 선악의 싸움이 문제가되는 것은 인간 본성에 내재한 특성들 간의 싸움을 선악으로 체계화하고 그 체계를 다시 인간에게 적용하여 인간을 선한 인간과 악한 인간으로 나누기 때문이다. 이 구절에 이어지는 대목에서 블레이크가 이신론자들과 기독교도들에게서 공통으로 읽어낸 편협성은 이러한 추상적 이분법 자체에 내재된 오류라고 할 수 있다. 극단적인 이성주의와 배타적인 신앙이 이러한 오류를 내면화했을 때자신들만의 주장과 교리를 진리로 내세우면서 타자를 공격하고 억압하며 배제하는 결과를 가져올 수 있다는 것이 블레이크의 생각인 것이다.

블레이크가 지성의 중요성을 말하면서도 억제되지 않은 욕망이야말로 지성의 실재가 되어야 함을 강조한 것도 이런 이유에서이다.

신성함이 천국의 입장료는 아니다. [천국에서] 내쳐진 자들은 모두 다 지성의 부재로 그들 자신의 욕망을 갖지 못해, 다양한 빈곤의 술책과 모든 종류의 잔혹함으로 다른 사람들의 욕망을 억제하고 통제하는데 자신의 삶을 허비했던 자들이다.

(*A Vision of The Last Judgment* Blake 564)

인간이 고유한 욕망을 발현하려면 지성의 발휘가 전제되어야한다. 지성이 부재한 상태에서의 억제되지 않은 욕망은 타인에 대한 폭력과 억압을 낳을 수 있다는 것이다. 제아무리 신성한 척해도 지성이 부족하면 천국에 들어갈 수 없음을 블레이크가 강조한 것도 이 때문이다. 이 "신성한 바보"의 욕망이 제국주의적 야망, 정치적 압제, 경제적 빈곤, 성적 억압 등 다양한 방식으로 인간의 근원적 자유를 억압할뿐더러 타인의 욕망을 억압하는 데 자신의 삶을 허비함으로써 스스로의 자유도 부정한다는 것이다. 따라서 "지성의 실재"란 따라서 타인의 욕망을 억압하지 않는 토대 위에서 자신의 욕망 발현과 인간의 삶에 대한 통찰을 결합시키는 일종의 지혜이다. 이 통찰력은 생래적으로 주어진 것이 아니라 경험을 통해 성취되지만, 이 경험을 특정한 잣대로 재단하면 블레이크가 비판하는 알레고리로 귀착되고 말 것이다. 그것은 "신성한 바보"의 논리인 선악의 율법체계를 다시 도입하는 일이다.

그러나 지성의 연마를 통한 자연스런 욕망의 발현이 한 개인의 자유를 성취하는 방법이 될 수는 있지만 그러한 욕망들이 충돌할 가능성은 항상 잠재한다. 이때 타인의 욕망 발현을 억제하는 "신성한 바보"가 되지 않으려면 우선은 그러한 욕망 발현의 근거가 되는 "지성의 실재"가 참다운 것인지 판단할 수 있는 또 다른 근거가 필요하다. 블레이크가 지성의 전쟁을 통해서 성취되는 우애를 강조하는 것도 이런 이유에서이다. 이 지성의 전쟁에서 지성의 실재에 대한 판단 근거는 블레이크에게는 생명이다. 즉, 생명의 본성과 질서에 입각하여 상상력을 발휘하고 사고하는 것이 중요하다. 블레

이크는 영불전쟁, 국가권력의 횡포, 빈부격차, 제도종교의 혹세무
민이 인간의 생명을 앗아가고 자유를 억압하여 인간 사이의 우애
가 파괴되는 현실을 목도하면서 생명을 위한 지성의 전쟁이야말로
인간에게 긴급한 과제임을 역설한 것이다.

4

윌리엄 블레이크의
예술가상

1. 『예루살렘』의 로스와 블레이크의 예술가상

레이먼드 윌리엄스Raymond Williams는 「낭만적 예술가The Ro-
mantic Artist」에서 낭만주의 시인들이 당대의 사회적 문제에 깊은
관심을 기울였다는 사실로 인해 오히려 이들의 작품이 초월적이
고 개인주의적이라고 파악하는 것은 매우 역설적인 평가임을 지적
한다(Williams *Culture* 48-84). 통상 "낭만적"이라는 말 때문에 그들
이 초월적이고 개인주의적이라고 하는 통념이 지금까지 지속된다
고 해도 과언이 아닐 터인데, 윌리엄스도 지적하듯이 낭만주의 시
인들이 개인으로서는 아무리 사회적 문제와 밀착되어 있었다고 해
도 그들의 작품에서는 그러한 사회적 관심사와 개인적 비전이 괴

리된 형태로 나타나는 경우가 많았다. 이러한 괴리를 설명하기 위해 윌리엄스가 주목한 점은 산업혁명으로 야기된 사회적·정치적·경제적 변화에 대해 낭만주의 시인들이 '문화culture' 개념을 뿌리로 하여 매우 다른 종류의 반응을 보였다는 것이다. 윌리엄스에 따르면 이런 역사적 국면에서 예술, 예술가의 사회적 위치에 관한 개념은 근본적인 변화를 경험했다. 가령 예술 환경의 변화에 따른 문학시장의 성장과 제도화로 인해 작가들은 더 이상 독서 대중의 취향과 기호를 무시할 수 없는 상황에 봉착하게 되었다. 낭만주의 시인들은 이 같은 상황에 반발하여 예술 형식의 관습들을 거부하는 한편 독창성·창조성·상상력을 기치로 "본질적인 실재"를 탐구했다는 것이다. 윌리엄스가 사실상 낭만주의기에 이르러 '산업'과 구별되는 대문자 '예술Art'이 등장했다고 본 것도 이러한 맥락에서이다(Williams *Keywords* 33-34).

윌리엄 블레이크는 우리에게 시인으로 더 익숙하지만 윌리엄스가 예술가와 구별하여 "'지적'이거나 '상상적'이거나 '창조적인' 목적이 결여된 숙련된 육체노동자"(Williams *Keywords* 33)로 분류하는 '장인'의 일종인 판화가이기도 했다. 블레이크는 자신의 판화 작업을 예술적 성취로 이해했지만 예술가로서 제대로 된 대접을 받지는 못했다. 당대의 진보적인 지식인들과 공화주의 예술가 사이에서조차 블레이크는 예술가라기보다는 예술소매상으로 취급받았고 이러한 지식인과 예술가들이 활동하는 공적 영역에서 배제되기 일쑤였다(Mee 222-224). 블레이크는 예술가와 장인 사이에서 자기분열을 경험할 수밖에 없었고 예술에 적대적인 '시장' 논리와 불화를 겪을 수밖에 없었던 것이다. 또한 그의 예술적 성취에 대한 평가는 극단적으로 엇갈렸지만, 그의 작품에서 '광증'을 읽어내려는 로버트 사우디Robert Southey의 논평에서처럼 대체로 부정적이었다(Bentley 40-41). 이러한 자기분열과 불화와 부정적 평가를 경험하면서 블레이크는 만년으로 갈수록 상상력과 예술적 행위로 표현되는 진정한 삶과 자신의 일상적 실존 사이의 대조를 날카롭게 인식하게 되었다(Frye 253). 따라서 블레이크의 고민은 예술적 실천의 장 자체가 상업주의의 그물망에 포획된 상황에서 어떻게 자신의 예술적 이상을 실현할 것인가로 모아졌고, 그러한 정서적·이념적 고투가 그의 신화시에 등장하는 로스라는 인물에 투영되었다. 블레이크는 자신이 살던 시대의 사회정치적 격변을 개인적 위기로 경험했고, 이러한 개인적 위기를 거대한 우주적인 사건으로 투사했다(Cooper 586).

『예루살렘』에는 앨비언, 앨비언의 자식들, 그리고 베일라가 공유하고 있는 '체계'에 대항하여 주인공 로스가 새로운 '체계'를 창조하려고 분투하는 과정이 잘 나타나 있다. 본고에서는 이러한 로스의 투쟁 과정에서 드러나는 예술가의 문제를 면밀히 검토하려고 한다. 로스는 한편으로는 극중 인물로 등장하고 다른 한편으로는 블레이크적 창조를 대변하는 인물로 등장해서 이 작품 전체의 윤리적·지적 중심 역할을 하면서 오류에 빠진 앨비언을 구원하는 임무를 맡고 있는바, 로스의 창조 작업이 블레이크에게는 새로운 역사 건설의 과업과 밀접한 연관이 있음을 밝히려고 한다.

2. "예술을 파괴하는 가식적인 예술"

블레이크 당대에 판화가로서 생존하기 위해서는 일정한 후원제도와 예술시장에 의존해야만 했다(Crehan 62). 블레이크가 쓴 상당수의 편지에서 자신의 '고객'을 잃을까봐 조심스레 말하는 그의 노심초사를 읽어낼 수 있다. 판화라는 작업 자체가 문헌적 텍스트를 시각적으로 보여주는 '삽화'를 제작하는 일이라는 점에서 예술시장에 의존하는 것을 피할 수 없다. 텍스트 저자의 의도를 충실히 반영해야 하는 것은 물론이거니와 그 텍스트를 가급적 많이 팔아야 하는 출판업자의 상업적 이해에 부합해야 하기 때문이다. 블레이크는 자신의 불리한 위치를 자각하고 있었고 종종 우회적인 방법으로 예술시장에 대한 비판을 내놓았다. 가령 블레이크는 자신의 후원자이자 고객인 윌리엄 해일리William Hayley에게 보낸 편지에 우연히 만난 화가인 조너선 스필스버리Jonathan Spilsbury로부터 받은 편지글을 첨부한다. 다른 화가의 편지글을 논평하는 형태로 해일리의 비위를 건드리지 않으면서 자신의 입장을 개진한 것이다.

그가 말하기를 직업으로서 그림그리기를 그만두었다고 하더군요. 그것도 박수를 받을 만하다고 생각합니다만 그가 남몰래 재미로 그림그리기를 실천한다면 유행하는 물감 칠이나 하는 지루한 일에 고용되어 예술과 재능을 희생한 대가로 쥐꼬리만 한 돈이나 받을 때보다는 훨씬 더 훌륭한 화가가 될 수 있다고 생각합니다. 그는 자신이 예술을 사랑하기 때문에 예술을 실천하는 일을 그만두지 않을 것이며, 이것만이 돈의 성공은 아닐지라도 진정한 예술의 성공을 가져오고 결국 그 노고에 값하는 일이 될 것이라고 했습니다.

(Blake 755)

여기서 블레이크가 문제 삼는 것은 직업인으로서의 화가와 예술가로서의 화가 사이에 심화된 간극이다. 전자의 작업이 자신의 재능이나 예술적 실천과는 무관하게 돈벌이를 위해 주문자의 요구에 순응하는 일이라면, 후자의 작업은 예술에 대한 사랑을 바탕으로 자신의 재능을 실현하는 일이다. 물론 후자의 경우도 예술가의 사회적 소외를 불러올 수 있고 이른바 '예술을 위한 예술'로 귀착될 수 있다.[1] 하지만 당장은 예술가를 시장과 자본에 종속시키는 '체계'에 대한 블레이크의 문제의식이 체험적으로 위의 편지글에 투영되어 있다. 예술시장의 주인이이어야 할 예술가들은 뒷전으로 물러나고 이른바 감정가들이 작품에 대한 평가와 유통에 막대한 영향력을 가지고 있었다. 이들의 견해가 주로 저널을 통해 유통되면서 예술시장의 담론을 장악했는데, 블레이크는 이러한 상황에 대해 누구보다도 비판적이었다. 예컨대 블레이크는 자신이 존경하는 화가인 헨리 푸젤리Henry Fuseli에 대한 『먼슬리 매거진Monthly

---

1 실제로 빅토리아 중기의 예술비평에서 블레이크의 예술적·사회적 고립이 비평가들에게 흥미로운 주제로 떠올랐다. 이들은 주로 이 고립을 미학주의를 표방하는 폐쇄적인 예술그룹인 라파엘전파Pre-Raphaelites 사이에서 블레이크가 인기가 있었다는 사실과 연결했다 (Trodd 42-43). 이러한 평가는 예술에 대한 블레이크의 발언과도 어긋난 것일 뿐만 아니라 블레이크의 예술이 갖는 정치적·혁명적 성격을 애써 무시하는 태도라고 할 수 있다.

Magazine』의 혹평을 문제 삼는 편지글을 편집자에게 보냈다. 그 요지는 예술작품에 대한 제대로 된 안목도 없는 감정가들이 특정한 기준, 즉 색감의 구성에 따라 푸젤리의 작품을 평가하면서 그 그림에 깃든 독창적인 면모를 보지 못했다는 것이다.

영국 아마추어들의 취향은 과도하게 플랑드르와 네덜란드에서 수입한 그림들에만 의존하여 형성되어왔습니다. 그 결과 우리 나라 사람들은 그림이라는 주제에 관해서는 쉽게 주눅 들게 됩니다. 그래서 "나는 그림은 감정할 줄 모릅니다"라는 말을 흔하게 듣습니다. 하지만 영국인이여! 사람은 누구나 그림의 감정가가 되어야 합니다. 그리고 자신의 감각을 믿으면서 이른바 감정가의 전문성에 현혹당하지 않은 사람은 누구나 자기가 이미 감식가임을 알아야 합니다.

(Blake 768)

여기서 아마추어라고 지칭되는 사람들은 스스로 전문가라고 자처하는 미술품 감정가들을 가리킨다. 이들은 화려한 색감을 자랑했던 플랑드르의 페테르 루벤스Peter Rubens나 네덜란드의 렘브란트 판 레인Rembrandt van Rijn의 색감 구성을 하나의 표준으로 삼아 후대 화가들의 그림을 재단하는 형식주의적 편향을 보인다는 것이다. 자신들의 비평적 표준을 저널을 통해 유통함으로써 일정한 권위를 행사했기 때문에 일반인들은 그러한 권위에 주눅이 들어 그림에 대해 독자적으로 판단하기를 꺼려했다는 것이다. 블레이크가 영국인들에게 자신의 감각을 믿으라고 요청하는 것도 이 때문이다. 블레이크가 당대의 영향력 있는 화가이자 '문화권력'이었던 조슈아 레이놀즈Joshua Reynolds의 작품에 비판적인 주석을 달면서 제시한 견해 역시 이러한 상황을 배경으로 한다. 그 비판의 핵심에는 사회적 포섭과 배제의 정교한 규약 역할을 하면서 실제로는 권력의 자기이해와 후원제도의 참혹한 현실을 합법화하는 '점잖은 문화'가 놓여 있었다. 장인 계급으로서 예술가적 자부심과 독립성을 가지고 있던 블레이크는 시장과 권력과 위선에 장악된 당대 문화예술계의 '고상한 헤게모니'에 분노할 수밖에 없었던 것이다(Thompson *Witness* 110-114). 레이놀즈에 대한 비판적 주석에 포함된 다음 시를 보도록 하자.

> 인류를 타락시키려거든 우선 예술을 타락시켜라.
> 백치들을 고용하여 차가운 빛과 뜨거운 그늘을 그리게 하라.
> 최악의 졸작에는 높은 값을 쳐주고 최고의 작품에는 치욕을 안겨주라.
> 무식한 노동으로 모든 곳을 채우라.
>
> (Blake 635)

"무식한 노동"은 상상력과 비전을 실현하는 예술과는 동떨어진 지루한 반복으로 기계적 노동에 가깝다. 예술가가 합당한 평가와 정당한 대가를 받지 못하고 무의미한 노동에 복무해야 하는 상황은 블레이크에게 그 자체로 "치욕"이 아닐 수 없다. 어드먼의 설명에 따르면 이러한 예술시장의 황폐화는 예술가로서 블레이크의 사회적 입지를 상당히 약화시켰다. 1805년 즈음만 하더라도 블레이크는 다양한 작가와 출판업자들의 프로젝트에 따라 판화와 도안 제작을 하느라 분주했다. 하지만 예술시장을 장악하고 있던 미술상의 농간과 사기에 속아 대중에게 자신을 알릴 기회를 박탈당하기도 했다. 그래서 블레이크는 자신의 돈벌이보다 좀 더 큰 기획에 관심을 갖게 되었고 영불전쟁이라는 불안한 정세 속에서 예언적 예술 프로그램을 만들어내고자 했다. 즉, 예술을 통한 경쟁이야말로 전쟁보다도 효과적으로 영국을 적으로부터 지켜낼 수 있는 방법이라고 본 것이다. 예술에 대한 열정과 고국에 대한 사랑을 결합시키려는 애국적·인문주의적 시도는 영웅적이고 역사적인 사건과 인물에 대한 회화적 재현으로 나타났다. 하지만 이러한 시도는 국가적 보조와 개인적 후원을 받지 못했다. 블레이크는 스스로 카탈로그를 제작하여 단독 전시회를 개최했지만 시장과 대중과 저널의 반응은 냉담했다. 블레이크의 역사화歷史畵에 대한 이런 냉담한 반응은 블레이크가 일반적인 애국주의적 역사화의 관습을 따르지 않았기 때문이다. 가령 트라팔가Trafalga 해전의 영웅이었던 넬슨 Nelson 제독에 대한 재현에서 전쟁영웅 넬슨과 인류 해방의 표상인 그리스도를 대립시킴으로써 넬슨 안에 잠복하고 있는 '사탄'을 노출시켰다. 따라서 전쟁영웅을 숭배하는 분위기에서 블레이크의 그림은 『이그재미너Examiner』와 같은 저널을 통해 "광인의 낙서"로 낙인찍히게 되었다. 블레이크가 『예루살렘』에서 대중으로부터 자신을 고립시켰을 뿐만 아니라 민중으로부터 미래의 인간적 비전을 차단하는 당대 제도권의 "품팔이꾼들"을 암시하는 악한들을 등장시켜 비판한 것도 이런 맥락에서이다(Erdman *Prophet* 434-461). "예술을 파괴하는 가식적인 예술"(Blake 185)이 영국민과 인류를

"타락"시키고 있다는 것이 예술가로서 블레이크의 현실인식이었던 셈이다. 이러한 타락한 예술을 멸절시키는 일이야말로 블레이크에게는 '최후의 심판'에 해당한다.

3. 로스와 로스의 유령: 자기중심적 위선의 드라마

『예루살렘』에서 로스는 영원의 세계를 지향하는 예술가로 등장한다. 그리고 그의 육체는 영국, 나아가 인류를 대표하는 앨비언이 거하고 있는 '생식'의 세계에 있는 것으로 그려진다. 이는 앨비언이 빠져 있는 거짓과 오류에 대하여 블레이크가 자신의 자각을 분명히 하기 위해서라고 할 수 있다. 앨비언이 빠져 있는 잠의 성격을 분명히 하는 일이야말로 그를 잠에서 깨어나게 하는 일과 불가분의 관계에 있는 것이다(Mitchell 185). 따라서 블레이크에게 예술적 창조란 거짓의 파괴와 진리의 수립을 동시에 뜻한다. 그러나 다른 한편으로 거짓의 파괴는 우선적으로 "거짓을 영원히 벗어던질 수 있도록 거기에 형태를 부여하는Giving a body to Falshood that it may be cast off for ever"(12 Blake 155) 작업이다. 예술적 창조는 일차적으로 오류의 구체적 실상을 드러낼 수 있는 지성의 틀을 만들어내는 일이 되는 것이다. 『예루살렘』의 문맥에서 보면 로스의 예언적 과업은 앨비언이 더 이상 타락하지 않고 타락한 세계와 대면하여 깨어날 수 있도록 "정신의 칼"을 벼리는 일이다(Otto 116). 하지만 로스 역시 앨비언 세계의 일부이므로 앨비언의 오류로부터 완전히 자유로울 수는 없다.

나는 네 겹의 인간을 본다. 치명적인 잠에 빠져 있는 인간,

그의 타락한 발현체, 유령과 그것의 잔인한 그림자.

나는 과거, 현재, 미래가 내 앞에서 한 번에 존재함을 목격한다.

오 성령이여 당신의 날개로 저를 떠받쳐주소서!

제가 그 길고 차가운 휴식에서 앨비언을 깨우도록.

칼집에 들어 있는 음산한 칼 같은 베이컨과 뉴턴, 그들이 주는 공포는

쇠로 만든 채찍처럼 앨비언 위에 걸려 있다. 거대한 뱀처럼

그들의 추론이 내 사지를 감싼다, 나의 세세한 관절에 생채기를 내며.

(14 Blake 159)

이 대목에서 앨비언으로 대표되는 인간의 전락은 네 겹으로 나타나 있다. 우선 잠(영적 죽음)에 빠져 있는 인간, 그리고 그 죽음 때문에 전락한 예루살렘, 앨비언의 영혼을 지배하고 있는 추론의 힘인 유령, 여성 의지를 체화한 그림자 베일라가 결합된 국면이다. 예언자로서 블레이크는 과거, 현재, 미래를 보지만 불안이 없지 않다. 프랜시스 베이컨Francis Bacon과 아이작 뉴턴Isaac Newton이 추론(타락한 이성)이라는 "쇠로 만든 채찍"이 되어 뱀처럼 그의 사지를 감고 작은 관절 하나하나에 모두 상처를 내기 때문이다. 마지막 행(Infold around my limbs, bruising my minute articulation)의 "articulation"이 관절이라는 뜻과 함께 문장의 조음調音이라는 중의적인 의미를 갖는다면 블레이크의 시적 발화를 방해하는 것은 앨비언의 정신을 지배하고 있는 추론적 이성이 되는 셈이다. 로스의 입장에서 볼 때 앨비언의 구원은 앨비언의 오류에 빠질 수도 있다는 자각과 함께 끊임없이 새로운 체계를 창조해야 함을 의미

한다. 다른 이의 체계에 구속되지 않으면서 끊임없이 "그의 유령과 이성의 비율을 변화시켜alterd his Spectre and every Ratio of his Reason" 마침내 "별개의 공간a separate space"을 만들어내는 작업이다(91 Blake 252). 이렇게 보면 블레이크의 '창조'는 한편으로는 '오류'를 제거하는 작업이면서 그 자체로 '오류'로 굳어질 가능성을 내포하기에 그야말로 부단한 자기혁신과 세계 창조가 동반되어야 하는 성격을 지닌다.

이런 점에서 로스가 겪고 있는 창조의 고뇌를 로스와 로스의 유령 간의 영적 싸움으로 그린 것은 매우 효과적인 극적 장치라고 할 만하다. 일차적으로 유령은 타인의 체계에 구속된 목소리로 말한다는 점에서 이데올로기를 내면화한 자아의 일부이다.[2] 『예루살렘』 1장에서 로스의 유령의 등장은 앨비언이 영혼의 질병을 앓고 예루살렘이 비실체가 되는 국면과 일치한다. 뷸라Beulah의 딸들은 "영원의 형상Immortal Form"(5 Blake 148)을 유지시키고 있으나 그의 영혼을 깨어나게 하는 힘은 없다. 그들의 역할은 휴식과 애도에 국한된다. 앨비언이 빠져 있는 "비실체Non-Entity"의 심연은 "추상의 철학Abstract Philosophy"이 예수의 몸인 "상상력Imagination"을 먹어치우는 "혼돈의 진공the Chaotic Void"이다(5 Blake 148). 그것은 앨비언의 아들들의 "별 모양의 바퀴the Starry Wheels"(5 Blake 148)가 강력하게 돌아가고 있는 세계이다. 여기에서 유령은 추상

---

2 퍼버는 유령을 세속적인 규범에 동의하는 로스의 정신으로 규정한다(Ferber *The Social Vision* 99). 이는 기본적으로 맞는 지적이지만 쉽게 규정할 수 없다는 점이 바로 유령의 특징이기도 하다.

의 철학을 대표하는 어둡고 불투명한 그림자로 상상력의 사제인 로스를 집어삼키기 위해 나타난다. 따라서 로스의 유령이 앨비언의 논리를 그대로 반복하는 것은 당연한 일이다. 로스의 유령이 앨비언처럼 우정을 저주하고 나선 것이 앨비언과 유령의 상동성을 보여주는 좋은 예이다.[3] 로스의 내면 갈등이 극심하게 그려진 이유는 이렇듯 유령이 로스의 바깥뿐만 아니라 안에도 존재하므로 유령의 말을 승인하는 순간 유령이 물들어 있는 지배체제의 이데올로기에 매몰될 위험이 있기 때문이다. 바깥에 있는 적인 앨비언의 아들딸과 안에 있는 적인 유령은 공모관계에 있는 것이다.

> 이렇게 유령은 말했다. 그대는 계속 파멸해갈 것인가?
> 이 기만적인 우정이 그대의 생명을 완전히 빼앗아갈 때까지 말이다.
> 그[앨비언]는 물처럼 그대를 마시는데! 포도주처럼 그대를 통 속에
> 부어버리는데! 그대의 딸들은 포도밭에서 짓밟히고
> 그대의 아들들은 그의 이익을 위해 황소에 의해 짓밟혀
> 경작되고 써레질당하는데! 그대의 강탈당한 발현체는 그의
> 기쁨의 정원이구나! 그의 모든 아들들의 유령이 당신을 조롱한다.
> 그들이 한때 숭배했던 그대의 궁전들을 어떻게 조롱하는지를 보라!
> 이제 완전히 폐허가 되었구나, 앨비언 때문에! 기만과 우정 때문에!
>
> (7 Blake 149)

---

3 로레인 클라크Lorraine Clark의 지적대로 이러한 유령의 모습은 로스가 자신의 "영원한 자아eternal self"를 억압한 결과를 구현하고 있다고 할 수 있다(Clark 63). 바로 그렇기 때문에 "거룩한 계시"에 등을 돌린 앨비언과 유령은 비슷한 모습으로 등장하는 것이다. 비슷한 논평으로 예언적 소명을 회의한 결과 로스 내부에서 유령이 "이질적인 힘alien power"으로 나타난다는 폴 영퀴스트Paul Youngquist의 주장(Youngquist 153-154)을 들 수 있다.

유념할 점은 진정성을 가장한 유령의 말이 화자의 언급에서 드러나듯이 현세적인 논리와 눈물과 공포로 로스를 유혹하려는 의도에서 나온다는 것이다. 그러나 유령의 유혹이 로스의 내면에서 일어나고 있는 갈등의 한 양상이라는 점에서 이 유혹의 말에는 우정을 배반한 앨비언에 대한 로스의 분노가 들어 있을 수밖에 없다. 로스의 모든 것이 결국에는 앨비언의 "이익"을 위해 전유되는 한편 "그들이 한때 숭배하던 궁전들"이 앨비언의 아들들의 유령에 의해 파괴되는 상황에 대한 분노를 반영한 것이라고 볼 여지는 있다. 그러나 이 "폐허"의 원인이 유령이 주장하듯이 "기만적인 우정"에만 있는 것은 아니다. 원인은 우정 자체를 부정하는 앨비언뿐만 아니라 이런 논리를 그대로 추인하는 유령 자신에게도 있는 것이다. 그렇기 때문에 유령의 말은 다분히 자기기만적 성격을 띠게 된다. 요컨대 앨비언과 로스의 유령의 "기만적인 우정"이 현실에 대한 강렬한 회의감과 미래에 대한 전망의 결여를 낳는 것이다. 이러한 전망의 결여는 현실에 대한 안이한 경험주의적 인식으로 이어진다.

유령은 "그대는 내가 보는 것을 보지 못하는구나! 용광로들에서 일어난 일을thou seest not what I see! what is done in the Furnaces!"(7 Blake 149)이라고 말하면서 "보는 것"과 "일어난 일"을 같은 것으로 생각한다. 즉, 자신이 본 것이 역사의 진실이라는 말이다. 이런 전제에서 유령은 타락의 역사를 경험주의적으로 '해석'해서 로스에게 제시한다. 그 역사란 『네 조아들』과 『예루살렘』에서 반복적으로 등장하는 타락의 장면으로, 고통의 용광로에서 신음하는 리바와 용광로에 봉인된 자가 러바인지도 모르고 기뻐하는 베일라, 러바와의 권력투쟁에서 이겼으나 자신도 러바의 운명처럼 되지 않을까 불안해하는 유리즌의 모습으로 그려진다. 그런데 이 대목은 『네 조아들』에서는 일종의 코러스 역할을 맡고 있는 뷸라의 딸들에 의해 전달되어 그 객관성이 이미 확보된 사실이다. 블레이크가 이 동일한 사건을 로스의 유령을 통해 들려주는 것은 같은 사실이 전달자의 성격에 따라 독자에게 다른 의미로 전달될 수 있음을 보여주기 위해서이다. 유령은 경험적 사실을 진리 혹은 지혜인양 믿고 있다는 점에서 하나의 사건이 해석의 과정을 거쳐 이데올로기로 활용되는 과정을 보여준다.

예술가로서 로스는 "나는 이 모든 것을 모르지만 이보다 더 나쁜 것을 안다I know not this! I know far worse than this"(7 Blake 150)고 반박하면서 유령을 설득한다. 로스가 보여주는 "더 나쁜 것"은 유럽과 아시아를 가로질러 자행된 살육의 현장과 거기에서 죽어간 희생자들의 모습이다. 이로써 유령은 "전에는 안에서 보고 느꼈던 것을 바깥에서 보았다He saw now from the ou[t]side what he before saw and felt from within"(8 Blake 151). 여기에서 로스와 유령의 차이가 분명해진다. 유령의 시야가 협소한 것은 자신의 내부에서 일어나고 있는 변화를 자신의 외부에서 벌어지고 있는 일들과의 관련 속에서 파악하지 못하기 때문이다. "나는 나 자신이 아닌/앨비언을 위해 행동한다I act not for myself/for Albions sake"(8 Blake 151)는 로스의 선언도 자신의 과업 자체가 역사적인 성격을 띤다는 자각에서 나온다. 유령에게 이런 자각이 없는 까닭은 "위선적인 자기중심성hypocritic Selfhoods"(8 Blake 151) 안에

간혀 있기 때문이다. 유령은 용광로의 "통제할 수 없는 유일한 주인uncontrolld Lord of the Furnaces"(8 Blake 151)이 로스라는 점을 알고 그 앞에 무릎을 꿇지만 이는 로스의 생명을 탐하기 위한 "위선적인 자기중심성"에 불과하다.

> 그대는 나의 오만이자 독선이다. 나는 그대의 실체를 알게 되었다.
> 그대는 내 앞에 거대하고 강력하게 나타났다.
> 그대의 순결을 가장하는 불경한 가식은 산산이 찢겨야 한다.
> 그대의 거룩한 분노와 심오한 기만은 나에게 통하지 않고
> 그대는 결코 앨비언의 유령이 가진 세 겹의 형상을 띠지 못하리라.
> 나는 살아 있는 자 중 하나이니 내 고양된 분노를 비웃지 말라.
> 그대가 나의 삶에서 쫓겨났다면, 내가 산정에서 죽었다면
> 그대는 동정과 사랑을 받았을지도 모른다. 하지만 나는 지금 살아
> 있노니
> 그대가 약탈을 멈추지 않는다면 나는 그대를 위한 영원한 지옥을 만
> 들겠노라.
>
> (8 Blake 151)

인용문에서 문제가 되는 것은 "거룩한 분노"라는 구절이다. 블레이크가 『천국과 지옥의 결혼』에서 "정직한 의분의 목소리는 신의 목소리the voice of honest indignation is the voice of God"(12 Blake 38)라고 말했던 것처럼 로스의 "고양된 분노"가 이에 해당한다면 유령의 분노는 신성을 빙자한 자기중심적 분노일 뿐이다. 따라서 "거룩한 분노"는 "순결을 가장하는 불경한 가식"과 마찬가지로 "심

오한 기만"이 된다. 앨비언의 유령이 스스로 지상의 신으로 군림하려고 한다면 로스의 유령은 그러한 신을 가식과 기만으로 속이려 하고 있는 것이다.

유령은 로스의 말을 듣고 그를 자신과 동일시하지만 동시에 그를 "적enemy"(10 Blake 153)이라고 부르면서 차별화한다. 그러나 이런 차별화 자체가 유령 자신이 얼마나 왜곡된 가치체계에 사로잡혀 있는지를 보여줄 뿐이다.[4] 즉 유령의 자기연민에는 신에 대한 왜곡된 관념이 자리 잡고 있으니, 이 율법적 신의 희생자로 자신을 설정하려는 태도는 이 관념의 공고화에 오히려 기여하는 측면이 있다.

> (…) 지금 나의 슬픔은 최고조에 달했다, 어떤 이의 슬픔에도
> 뒤지지 않을 만큼. 매 순간 슬픔이 점점 쌓여 영원에 이르도록
> 계속된다. 신의 기쁨은 앞으로 나아가는데 말이다.
> 그분은 정의롭기에, 그분은 연민과 동정의 존재가 아니니까,
> 격통을 느끼지 못하니까. 희생과 공양으로 살아가니까,
> 비명과 슬픔에서 기쁨을 느끼며 신성과 고독의 옷을 입은 채.
> 그러나 나의 슬픔도 나아가는구나, 영원히 끝없이.
> 차라리 죽어버릴 수 있다면! 절망! 나는 절망이다.
> 거대한 공포와 격통의 본보기로 창조되었구나.
>
> (10 Blake 153-154)

---

4 페일리는 블레이크가 자신의 산문에서 뉴턴이나 로크의 경험적 합리주의와 동전의 양면 관계에 있다고 비판한 바 있는 동시대 시인인 윌리엄 쿠퍼William Cowper의 종교적 회의가 이런 유령의 모습에 투영되어 있는 것으로 본다(Paley *Energy* 253-254).

유령의 말에도 일말의 진실이 숨어 있다. "희생과 공양"을 강요하는 당대의 제도종교에 대한 비판으로 볼 수도 있는 것이다. 그러나 이 비판이 제대로 된 비판이려면 유령이 신성에 대한 다른 개념을 전제해야 한다. 유령은 블레이크가 강조하는 가슴속에 존재하는 신성에 대한 고려가 없다. 유령은 "희생과 공양"의 신에 대한 반동으로 "연민과 동정의 존재"로 신을 설정하는 오류를 범한다. 유령의 말은 자신의 슬픔과 신의 기쁨을 대비시키며 자기연민을 정당화하는 발언임에 분명하다. 유령은 억압적인 신의 "정반대"임을 강조함으로써 그 신의 희생양임을 자처하는 것이다. 역설적인 점은 그가 "공포와 격통의 본보기"임을 강조하면 할수록 그가 원망하는 신의 "고독"을 닮아간다는 것이다. 유령 역시 이 신처럼 "동정"과 "자비"와 "연민"을 부정하면서 "삶은 내 소멸을 먹고산다Life lives on my/Consuming"(10 Blake 154)는 결론에 도달한다. 그러나 바로 이런 태도가 "연민과 동정"을 타인으로부터 불러일으키려는 심사에서 나온 것임은 명백하다.

4. 예술가 로스의 임무: 골고누자의 이념과 문화의 의미

자기연민과 고독에 시달리는 유령의 모습은 예술가로서 로스의 처지가 "마음에서 벼린 사슬"에서 자유롭지 못하다는 점을 반영한다. 다른 한편으로는 『네 조아들』의 "신의 모임"처럼 로스의 창조 작업을 보호하고 도와줄 존재들에 대한 블레이크의 믿음이 『예루살렘』에 오면 약화되어있다는 것을 의미한다. 다시 말해 『네 조아들』

을 쓸 당시보다 『예루살렘』을 쓰던 시기가 블레이크가 예술가로서 활동하기에 그만큼 어려운 때였던 것이다. "어떤 이도 위안 혹은 희망의 빛줄기를 줄 수 없다comfort none could give! or beam of hope"(10 Blake 154)는 말은 유령에게 해당되지만 로스와 블레이크에게도 해당된다.[5] 『네 조아들』에 등장하는 "신의 모임"과 『예루살렘』에 등장하는 "영원자의 회의"를 비교하면 로스의 처지가 분명히 드러난다. 전자는 앨비언의 타락에 한계를 부여하여 죽음의 잠으로부터 그를 깨워내는 '기계에서 내려온 신deus ex machina'의 역할을 하지만 후자는 그런 역할을 하지 못한다. 영원자들과 로스 간의 간극이 넓어지고 그 간극을 메우기 위한 로스의 노력이 오히려 부각되는 것이다.

요컨대 영원자들은 "모든 인간적인 것들에 무관심한 자들those who disregard all Mortal Things"(55 Blake 204)로 그려진다. 앨비언이 뷸라의 꽃밭에서 아직도 막강한 힘을 유지하고 있는 것을 보고 그들이 놀란다는 사실이 "영원자의 회의"가 "신의 모임"과는 판이하게 다르다는 것을 보여준다. 그들의 관심은 "죽은 자들을 어떻게 할 것인가?what have we to do with the Dead?"(55 Blake 204)이지만 이런 질문을 하는 것 자체가 영원자들의 극중 역할이 미미하다는 방증이다. 블레이크의 체계에서 영원자들은 인간의 생명을 위해

---

5 이러한 블레이크의 처지는 『예루살렘』을 집필할 당시 출판업자들과의 갈등 때문인 것으로 보인다. 블레이크는 카탈로그나 전시회를 통해 "대담하게 말하려는" 노력이 실패로 돌아가자 자신의 작품이 당대의 독자들을 위한 것이 아닌 역사의 기록을 위한 것임을 깨달았다고 어드먼은 지적한다(Erdman *Prophet* 45-61).

지성의 전쟁을 벌이는 자들이라는 점에서 전쟁과 살육의 현실을 타개할 지성의 창출이 그만큼 어려워졌다는 말일 것이다. 또한 영원자들은 완벽한 자유와 조화를 누리는 에덴에 거주하는 자들로 자신들보다 열등하거나 우월한 자를 모르되 "거룩한 선행과 기쁨Divine Benevolence and joy"(55 Blake 204)을 공유하는 집단이라는 점이 유달리 강조된다. 이는 이들과 인간 세계와의 괴리가 심화되었음을 의미한다. 그러한 차이에 대한 인식을 기반으로 영원자들은 일종의 정언명령 형태로 인간 삶의 원칙을 다음과 같이 제시한다.

> 인간의 감각기관들이 완벽한 온전함 속에 보존되어
> 뜻대로 벌레로 축소되고 신들로 확장되게 하라.
> 그리고 나서 보라! 순결이라는 울로의 비전들이 무엇인지를!
> 나무 위의 나방, 쟁기 위의 먼지,
> 노동하는 어깨 위의 땀, 밀 멍석의 왕겨,
> 감미로운 포도압착기의 찌꺼기와 같은
> 울로의 비전들이. 비록 우리가 쟁기질한 이랑에서
> 울고 있는 진흙덩어리에 귀 기울이며 마음대로
> 공간을 축소하거나 확장할 때까지 앉아 있다고 할지라도,
> 혹은 높이 날아 아침의 마차* 위에 오른다고 해도.
> 시간을 축소하거나 확장한다고 할지라도!
> 모두 알듯이 우리는 한 가족! 영원히 축복받은 한 인간이니.
>
> (55 Blake 205)

---

* "아침의 마차"는 에스겔서 1장 4-18절에 나오는 신의 마차를 염두에 둔 표현이다. 여기에서는 신과 함께 승천하는 축복받은 네 영혼이 구름 속에서 화염에 휩싸인 채 마차를 타고 하늘로 올라간다.

나방, 먼지, 땀, 왕겨, 찌꺼기 등은 인간의 행위가 결실을 낳지 못하고 고통과 해악 등의 잔여물만 남기는 상황을 암시한다. 이러한 상황에서 인간의 감각기관은 온전함을 잃어버린다. "울고 있는 진흙덩어리"는 감각의 온전함을 잃어버리고 슬픔과 고통 속에서 살아야 하는 울로Ulro의 인간에 대한 상징이다. 이런 맥락에서 "순결"은 인간 감각의 무한 확장과 무한 축소가 불가능한 상황의 원인이자 결과가 된다. 한마디로 "울로의 비전"은 인간이 창조적 노동을 통해 성취감이나 공동체적 기쁨을 느끼지 못할 만큼 감각이 협소해지고 고착된 상태를 의미한다. 따라서 온전한 감각의 회복을 통하지 않고는 인간 삶의 비참한 상황을 제대로 파악하지 못하고 이미 저질렀던 오류를 반복하고 마는 것이다. 영원자들은 감각을 온전하게 보존하고 있기에 시간과 공간을 확장시키고 축소시키면서 "울고 있는 진흙덩어리"에 귀 기울이면서 영원자나 울로의 인간이나 하나의 가족임을 강조한다. 그러고 나서 이들은 인간적 위엄을 찾고 땅을 경작하려고 한다. 물론 이 경작은 "오류를 예방하는 것prevent error"(55 Blake 205)에 해당한다. 또한 그것은 "세세한 특정성the Minute Particulars"(55 Blake 205)에 힘쓰는 일이기도 하다.[6] 농부가 제대로 된 씨앗을 심어야 제대로 된 결실을 맺듯이 "작은 것들에 관심을 가지고attend to the Little-ones"(55 Blake 205) 인간 삶 전반의 "세세한 특정성"을 되살릴 때 "오류를 예방"할 수 있다는

---

6 블레이크가 "세세한 특정성"을 강조하는 이유는 앞에서도 언급했던 레이놀즈 등이 예술적 실천에서 상상력과 영감을 거부하고 고정된 원칙을 강조했기 때문이다. 이러한 원칙은 관찰로부터 얻은 인상을 추상적 개념으로 만들어낸 것에 불과하다(Witke 218).

것이다. 그렇게 의무를 다하기만 한다면 인간의 비참한 삶은 오래 가지 않을 것이라고 이들은 생각한다. 요컨대 이미 저질러진 오류를 반복하지 않기 위해서는 삶에 대한 예술적 인식을 새롭게 해야 함을 강조한 것이다.

영원자들이 로스의 창조가 견지해야 할 원칙을 제시했다면 이를 실천으로 옮겨야 하는 이는 로스 자신이다. 그 실천이 우선은 "인간의 감각이 완벽한 온전함 속에서 보존Let the Human organs be kept in their perfect Integrity"(55 Blake 205)되는 것을 목표로 한다는 점에서 골고누자Golgonooza의 건설은 로스에게 예루살렘 건설의 첫 단계이다.[7] 골고누자는 지성과 상상력의 회복을 도모하는 '예술의 도시'이기는 하되 최종적인 인간 공동체의 모습으로 제시되지는 않는다. 인류 전체의 자유 공동체인 예루살렘을 건설하기 위한 정신적 전초기지임이 부각된다. 폐허 위에 세워진 이 예술의 도시는 존립이 항상 위태로울 수밖에 없다. 이를 둘러싼 주변은 죽음과 고통과 절망의 땅인 타락한 앨비언의 세계이기 때문이다. 이 세계는 "초목생의 우주The Vegetative Universe"(13 Blake 157)가 지배하는 곳이다. 이 생식의 우주는 일종의 천개天蓋인 "세속의 껍데기the Mundane Shell"(13 Blake 157)로 덮여 있고 그 아래에 "초목생의 지구the Vegetative Earth"(13 Blake 157)가 천저天底를 이루고 있다. 지구의 중심 쪽 영원에서 볼 때 이 우주는 꽃처럼 펼쳐져 있고 세속의 껍데기 바깥쪽 영원에서 볼 때 이 우주는 달걀 모양을 하고

---

7 한 논자는 이 같은 책무의 성격이 예술의 정서적 인식 방식을 통해 묵시록적 잠재성을 회복시키는 데 있다고 지적한다(Frosch 155).

있다. 블레이크가 이 우주를 묘사하면서 강조하는 바는 우주 창조의 에너지도 영원으로부터 나온다는 것이다. "세속의 껍데기"가 안과 밖의 영원이 만나는 장소라는 점이 이를 입증한다. 즉, 내부에서 외부를 향해 팽창하는 영원의 흐름과 외부에서 내부를 향해 팽창하는 영원의 흐름이 만나서 창조되는 것이 "세속의 껍데기"이다.

"세속의 껍데기"가 인간의 정신적·육체적 삶의 거주지라고 할 때, 다시 말해 인간의 문명과 문화를 말한다고 할 때 중요한 것은 어떻게 영원의 흐름을 유지하느냐이다. 골고누자가 이 우주의 중심에 위치해 있고 골고누자의 중심에 로스의 용광로가 있다는 점을 염두에 두면 예술가 로스의 기본 책무는 영원의 흐름을 유지하는 것이다. 로스가 골고누자와 "세속의 껍데기" 사이에 위치하면서 두 세계를 조망하는 것으로 그려진 것도 이런 이유에서이다.[8] 로스는 골고누자의 성벽 주위를 밤낮으로 돌면서 사람들이 거주하는 "덫과 함정과 바퀴와 구덩이와 무시무시한 연자매의 땅The land of snares and traps and wheels and pit-falls and dire mills"(13 Blake 157)을 바라본다.

그는 골고누자의 도시와 소도시들을 본다

베틀들과 연자매들과 감옥들과 오그와 아낙의 작업장들을

8 이는 블레이크의 책무이기도 하다. 1장 초두에서 블레이크는 이렇게 말한다. "나는 쉬지 않고 내 임무를 한다!/영원의 세계를 열고, 인간의 불멸의 눈을 뜨게 한다./내면으로 사유의 세계를 향해/신의 품에서 끝없이 확장하는 영원을 향해I rest not from my task!/To open the Eternal Worlds, to open the immortal Eyes /Of Man inwards into the Worlds of Thought: into Eternity/Ever expanding in the Bosom of God"(5 Blake 147).

아멜렉인들, 가나안인들, 모압인들, 이집트인들을

그리고 6천 년 동안 존재했던 모든 것들을

없어지거나 사라지지 않는 항구적인 것들을.

그리고 존재했던 모든 작은 행동, 말, 일, 그리고 바람을.

창조되려고 울부짖는 지상의 모든 거주자들의 유령들에 의해

끝없이 소멸되고 끝없이 건설되는 그 교회들에 여전히 남아 있는 모든 것들을.

거기에 거주하지 않는 이들에게는 흐릿한 가능성에 불과하나

거기에 들어선 이들에게는 유일한 실체처럼 보이는 것들을.

모든 것은 존재하기에. 한 번의 한숨, 한 모금의 미소, 한 방울의 눈물,

한 올의 머리카락, 한 티끌의 먼지, 이 어떤 것도 사라지지 않기에.

(13 Blake 157-158)

　베틀과 연자매와 감옥과 작업장은 6천 년의 역사 동안 지속되어 온 억압과 착취와 고통스런 노동의 역사를 상징한다. 그렇지만 지금 당장 로스가 본 것은 블레이크가 본 당대의 런던이라고 할 수 있다. 방적기가 돌아가는 감옥과도 같은 작업장이 인간의 창조성(노동)을 수탈하는 현장에 대한 증언인 것이다. 로스는 그런 소외된 노동의 현장에서 사라지기 마련인 "모든 작은 행동, 말, 일, 그리고 바람" 등 창조성의 세세한 측면이 "오류"의 역사를 영속화시키는 "교회들"에 존재한다는 역설적 인식에 도달한다. "한 번의 한숨, 한 모금의 미소, 한 방울의 눈물, 한 올의 머리카락, 한 티끌의 먼지", 한마디로 인간 삶의 "세세한 특정성"을 드러내는 일은 교회의 "거짓에 형체를 부여해서 그것을 영원히 벗어던질 수 있도록

Giving a body to Falshood that it may be cast off for ever"(12 Blake 155) 하는 일과 동일하게 된다. 인간의 오류와 거짓을 영속화하는 교회들이 끊임없이 세워지고 소멸되듯이 골고누자도 끊임없이 세워지고 소멸된다. 교회가 인간 삶(노동)의 "세세한 특정성"을 지우고 여기에 신의 목소리를 입힌다면 골고누자의 건설은 이 "세세한 특정성"을 되살리는 일이 되는바, 이 예술의 세계는 그 자체에 생식의 인간 역사를 내장하는 셈이 된다. 그런 점에서 블레이크의 신화체계가 역사의 '초월'이 아니듯이 골고누자도 현실의 '초월'이 아닌 것이다.

『예루살렘』 1장에서 로스가 건설하려는 골고누자가 '교회'를 대체하는 예술의 도시였다는 점에서 정신적인 성격을 띠는 동시에 물리적 외양이 강조되었다면 3장에서 건설하려는 골고누자의 모습은 내면화된 정신세계로 그려진다.

> 여기 템스강 제방 위에서 로스는 골고누자를 건설했다
> 인간 마음의 문밖, 불라 아래 앨비언의 재단의 암반 가운데에서.
> 두려움과 분노와 격노 속에서 그것을 만들었다.
> 그것은 끊임없이 건설되고 황폐해지는
> 네 겹의 정신적 런던이다. 영원한 노동 속에서,
> 앨비언의 스물네 명 친구의 불타오르는
> 잠자리 주변에, 그리고 무시무시한 네 명의 친구 주위에,
> 용광로와 죽음의 모루는 우레와 같은 큰 소리를 쏟아냈다,
> 앨비언 아들들의 열두 발현체와 주님 안에서
> 발현체의 신비한 결합을 보호하기 위해.

자신의 발현체에서 분리된 인간은 어두운 유령이고
그의 발현체는 영원히 우는 우울한 그림자이기에. 그녀는
자비를 통해 도공의 용광로에서 생식을 받아들인다.
써리 언덕에서 이탈리아와 그리스를 거쳐 히놈 계곡까지
펼쳐지는 뷸라의 장례 유골 항아리들 사이에서.

(53 Blake 203)

골고누자가 건설되는 장소는 템스강 제방, 인간 마음의 문 바깥쪽, 뷸라 아래, 앨비언 제단의 암반 가운데 등 여러 이미지가 겹쳐진 장소이다. 뷸라 아래는 블레이크의 신화체계에서 생식과 울로의 세계인데, 이 세계는 앨비언의 아들들에 의한 러바의 살해로 형상화된 영불전쟁 당시의 물리적·정신적 황폐화가 펼쳐지는 공간이다.[9] 따라서 이러한 지옥과도 같은 현실에 대응하기 위해 로스는 "네 겹의 정신적 런던"인 골고누자를 건설하려고 노력한다. 이 작업에서 앨비언의 아들들이 이미 발현체와 분리되어 어두운 유령이 되었기 때문에 "발현체의 신비한 결합"을 보호하기 위해서는 발현체가 "자비"— 이 대목에서 블레이크가 '연민'이라는 말을 사용하지 않았다는 점에 유의할 필요가 있다 —를 통해 생식의 세계를 받아들여야만 한다. 이는 발현체가 생식을 받아들임으로써 영원에서의 '광채'는 상실하더라도 여전히 신비하게 결합할 수 있는 방식을 찾는다는 뜻일 것이다. 가령 앨비언의 아들들 사이에서

---

9 앨비언의 아들들에 대한 복수심, 앨비언의 아들딸들의 잔혹한 행위가 이 대목 다음에 이어진다는 사실이 이러한 주장을 뒷받침한다.

'자유'라고 불리는 예루살렘이 자비를 통해 생식을 받아들인다면, 자유주의[10]에서 말하는 자유—각 개인이 타인의 자유를 침해하지 않는 한 누릴 수 있는 자유—를 받아들이면서도 인간들 간의 유대가 깨지지 않는 '문화'를 창조한다는 의미라고 할 수 있다.[11] 물론 이러한 문화의 창조가 편협한 애국주의와 상업주의의 만연, 그리고 예술시장의 황폐화라는 블레이크 당대의 현실에 비추어 얼마만큼 실현 가능성이 있는 기획인지는 미지수이다. 중요한 점은 블레이크가 '소유적 개인주의'로 변질된 당대의 자유주의적 계급 문화를 없앨 수 있다고 본 것이 아니라 지성의 전쟁을 통해 '형제애'가 증대될 수 있는 새로운 맥락을 창조하려고 했다는 것이다.[12] 블레이크 이후의 역사에서 이 같은 성격의 기획이 수시로 등장한다는 점은 블레이크의 예지적 사유가 갖는 실천적 측면을 입증해 주는 것이라고 할 수 있다.

---

10 19세기에 출현한 자유주의는 국가의 구속으로부터 벗어나야 할 개인의 권리를 주장하는 이념이다. 이 이념은 처음에는 진보적이었으나 보수주의가 등장하면서 하나의 이데올로기로 변질되어 의식적으로 입법화된 개혁, 이른바 합리적 개혁의 이데올로기로 자리 잡는다(Wallerstein *Liberalism* 10-18).

11 작품의 1장에서 로스가 예루살렘의 의미를 "오 신성한 생식이여, 갱생의 이미지여! O holy Generation! [Image] of regeneration!"(7 Blake 150)라고 규정한 것은 예루살렘이 갱생—"적들 사이의 상호 용서mutual forgiveness between Enemies"(7 Blake 150)—을 가능케 하는 "신성한 생식"이 될 수 있다는 점을 염두에 두었기 때문이다.

12 톰슨은 블레이크가 이 같은 새로운 맥락을 창출함에 있어 자연주의 심리학을 불신했기 때문에 예수의 '영원한 복음Everlasting Gospel'으로 돌아갈 수밖에 없었다고 설명한다(Thompson *Witness* 220-221).

5. 골고누자의 건설과 "세세한 특정성"의 구현

지금까지 로스의 창조 작업이 갖는 의미를 유령과의 싸움과 골고
누자의 건설을 통해 알아보았다. 블레이크가 무엇보다도 강조한
것은 "상상력이라는 거룩한 기예를 발휘할 육체와 정신의 자유the
liberty both of body and mind to exercise the Divine Arts of Imagina-
tion"(77 Blake 231)이다. 블레이크는 상업주의와 속물문화에 장악
된 당대의 예술시장에서 이러한 자유의 소중함을 누구보다도 절실
하게 느낀 바 있다. 실력자의 후원에 의지하고 출판업자의 상업적
요구에 굴복하며 국가적 지원에 목을 매는 기계적 노동에 종사할
것, 아니면 그러한 기만적인 체계의 실체를 드러낼 수 있는 지성의
틀을 만들어낼 것, 그 둘 사이의 선택의 기로에서 블레이크는 후자
의 길을 걷는다. 이 같은 지성을 창조하기 위해 감각의 온전성을
회복하고 이를 통해 삶의 "세세한 특정성"을 발견하는 한편[13] 그러
한 "세세한 특정성"의 구현체인 타인의 창조적 생명력을 북돋아주
는 것이 골고누자 건설의 의미이다.

　이 "네 겹의 정신적 런던"인 골고누자를 발판으로 인간이 도달
해야 할 예루살렘은 예술과 학문의 자유 그 자체이자 예술과 학
문 활동을 통해 이룩되는 지성의 공동체이다. 타인의 '정신적 재
능'을 인정할 수 있는 관계의 창조와 자신의 상상력 및 지성의 발
현이 동일한 과업으로 엮이는 열린 시공간의 감각이 진정한 자유

---

13 블레이크에게 인간의 삶은 예술과 학문 자체이다("What is the Life of Man but Art and Sci-
　ence?" 77 Blake 232).

가 되는 것이다. 이러한 성격의 자유는 블레이크 당대와 역사적 상황이 크게 다르지 않은 오늘의 세계에 더욱더 긴요하다고 할 수 있다.

5

'땅'의 문화적 의미
— 워즈워스의 「마이클」 읽기

1. 워즈워스의 역사복원과 문화의 의미

윌리엄 워즈워스의 「마이클Michael 」이 당대의 사회경제적 현실을 무시했다는 비판은 이제는 익숙한 비평적 전제가 되고 있다(Bate, Jonathan 16). 이러한 비판은 특히 신역사주의 비평가들을 통해 유통되어왔는데, 이들은 워즈워스 비평에서 지배적인 영향력을 행사해왔던 제프리 하트먼Geoffrey Hartman의 입론과 단절을 꾀하는 가운데(Ware 361) 워즈워스의 시에서 억압되거나 대치된 사회경제적 현실을 복원하여 이를 근거로 워즈워스 시의 문제점을 추궁하는 논법을 구사한다. 이러한 접근의 문제점은 워즈워스의 시적 기획에 담긴 진보적 측면을 에써 무시하고 정치경제적 쟁점들을 미학적으로 해결한다는 식의 상투적인 비판을 가한다는 것이다. 이는 비평가가 자신의 기준을 작품에 자의적으로 적용하여 자신이 읽어내려고 하는 요소에만 집중하는 동어반복의 비평이기 십상이다.

가령 근대화의 문제를 논의할 때 여기에는 정치적·경제적 이행뿐만 아니라 문화적 변화가 포함되기 마련이다. 「마이클」의 경우 인클로저Enclosure 운동, 채무 문제, 해체와 타락을 특징으로 하는 도시문화의 발달, 전통적인 가족과 사회적 생산의 해체, 식민지로의 이주 가능성, 농업의 변화, 새로운 사고방식과 시간 경험의 출현, 지역문화와 국가문화의 대립 등 근대성의 다양한 측면들이 서로 결합된 형태로 하나의 이야기 속에 등장한다(Makdisi 6). 워즈워스의 관심은 이와 같은 근대성의 공식적인 역사를 배경으로 여기에서 배제된 주변화된 인물들의 삶을 하나의 이야기를 통해 역사의 지평으로 복원시키는 데 있다.

이 경우 복원의 초점은 이러한 인물들의 노동과 가정생활을 통해 형성되고 계승되는 "가정적인 감정domestic feelings"(Selincourt 260)에 놓여 있다. 이 감정은 사사로운 개인적 감정이 아니라 근대 산업화 과정에서 유실된 공동체적 정서의 발현에 가깝고 당대 현실에 대한 비판을 전제로 그 가치가 중요하게 인식된다는 점에서 워즈워스의 진보적 면모가 살아 있음을 보여주는 증거로 읽힐 수 있다(Ware 364-365). 이 작품에서 마이클이 그렇게도 지켜내려고 한 '땅'이 바로 이러한 정서의 터전이라는 점에서 그 정치적·경제적 의미보다 문화적 의미가 중요하게 부각된다. 그런 점에서 마이클 가족의 이야기는 "가정적인 감정"이라는 문화적 기억의 상실에 관한 이야기이고 넓게 보면 18세기 말부터 19세기 초에 일어난 '문화culture' 개념의 변천 과정의 핵심적 측면을 잘 보여주는 이야기이기도 하다.

윌리엄스에 따르면 18세기 이전에 'culture'는 농작물의 경작과 관리를 기본적으로 의미하면서 인간적 훈련의 과정이라는 비유적 의미가 첨가되었다. 그러다가 18세기와 19세기 초에 이르러 "정신의 일반적 상태 혹은 습성"이라는 의미로 사용되면서 독립적인 용어로 굳어진다. 나아가 "사회 전체의 지적인 발전 상태", "일반적인 예술 전체", "물질적·지적·정신적 삶의 전체 방식"이라는 의미로 진화한다. 요컨대 문화 개념의 변화는 사회적·경제적·정치적 삶의 변화에 대한 반응의 기록이며 그러한 변화의 속성을 알아볼 수 있는 지도 역할을 한다는 것이다(Williams *Culture* 15-16). 윌리엄스의 견해에 비추어볼 때, 워즈워스가 「마이클」에서 시도한 역사복원 작업은 경작을 의미하는 문화 개념과 인간 정신의 발전이라는 나중의 문화 개념을 농촌 공동체의 체험적 진실을 통해 통합했다는 데 의의가 있다. 본고에서는 여기에 주목하여 마이클의 곤경과 선택이 한 개인의 문제가 아니라 역사적 격변기에 발생한 문화적 기억의 계승 문제라는 점을 강조하면서 워즈워스의 역사복원 작업이 갖는 의미를 살펴보고자 한다.

2. "가정적인 감정"과 워즈워스의 '다른' 역사

「마이클」을 해석함에 있어 찰스 제임스 폭스Charles James Fox*에게 보낸 편지는 작품을 이해하는 중요한 실마리가 된다. 대표적인 신역사주의 비평가인 마조리 레빈슨Majorie Levinson도 이 편지에 주목하여 자신의 논지를 펼치는데, 시의 중심 서사가 편지에 그려진 정치적·사회적·경제적 상황과 분명한 관련을 맺고 있음에도 시인이 화자의 매개를 거쳐 이러한 관련성을 독자가 보지 못하도록 한다는 점을 지적하는 데 주력한다(Levinson "Spiritual Economics" 708). 물론 이 편지에는 당시의 역사적 상황을 짐작케 해주는 여러 가지 사실들, 가령 소작농의 몰락이나 전면적인 산업화, 과도한 세금 부과, 임금과 생필품 가격의 불균형 등이 등장한다. 하지만 레빈슨은 워즈워스가 이 편지에서 그토록 안타까워했던 자작농의 몰락이라는 문제도 바로 그런 맥락에서 등장하는 "가정적인 감정" 자체에 초점을 두기보다는 역사적 현실을 미학적 상상으로 치환置換, displace하는 경향을 폭로하고자 하는 신역사주의적 비평의 소재로 활용할 뿐이다. 따라서 이 편지는 원래 문맥이 사상된 채 워즈워스의 "낭만적 이데올로기the romantic ideology"**를 적발해내기 위한 정황 증거로 활용되는 것이다. 그러나 실제로 이 편지는 "가

---

* 휘그 정치인으로 워즈워스 당대에 가장 진보적이고 급진적인 입장을 대변했다.
** 신역사주의적 낭만주의 비평을 대표하는 제롬 맥건의 용어이다. 그는 대표작『낭만적 이데올로기The romantic ideology』에서 영국 낭만주의 문학을 환멸의 문학으로 이해하면서 그들의 이상주의적 기획을 부르주아 계급의 자기기만으로 규정했다(McGann *The romantic ideology* 1-14).

정적인 감정"이 갖는 의미를 사회경제적 변화를 전제로 재정립하는 한편 워즈워스가 「마이클」을 집필한 의도를 분명하게 보여주고 있다. 특히 여기에서 '땅'이 "가정적인 감정"의 바탕이 된다는 점에서 이 둘의 관계를 규명하는 일이야말로 작품 해석의 관건이 된다고 할 수 있다. 워즈워스는 조그만 땅뙈기를 조상으로부터 물려받아 경작해온 자작농들 사이에서 유달리 "가정적인 감정"의 힘이 강하게 나타나고 그러한 감정의 힘은 당시에 새롭게 나타난 고용 노동자들과 농장주들, 그리고 제조업에 종사하는 빈민들 사이에서는 생각할 수 없는 것이라고 못 박은 다음 아래와 같이 말한다.

> 그들[자작농들]의 작은 땅뙈기는 그들의 가정적인 감정들의 항구적인 집결지 역할을 하는바, 그 감정들이 기입되는 서판으로서 그렇지 않았으면 망각되었을 수많은 경우에 그 감정들을 기억의 대상들로 만든다. 그것은 사회적 인간의 본성에 알맞은 하나의 샘으로 여기에서 그의 마음이 의도한 만큼이나 순수하게 애정이 날마다 공급된다. 이러한 부류의 사람들이 급속히 사라지고 있는 것이다.
>
> (Owen 101)

우선 이 대목은 레빈슨이 말한 경제적인 것과 미학적인 것의 대립을 허용치 않는다. 땅과 "가정적인 감정"은 마치 서판 위에 기입된 글자처럼 긴밀하게 결합해야만 비로소 존재의 의미를 획득한다. 따라서 땅은 가정적인 감정들이 수렴되는 집결지이자 그 감정들이 발원하는 샘이다. 땅은 "가정적인 감정"이 숙성되는 토대가 되는 것이다. 또한 "가정적인 감정"은 단순한 개인적 감정이 아니라 "사회적 인간의 본성"과 맞닿아 있는 공동체적 정서를 형성한다. 마이클이 타자와 맺고 있는 관계, 그리고 들판에서의 노동이 우선적으로 이와 같은 정서의 관점에서 묘사되는 것(Allen and Roberts 459)도 이 때문이다. 이와 같은 정서의 가치는 그것이 상업주의의 기본 전제인 사유화privatization를 거부하는 공통의 것 the common이라는 데 있다(Baron 71). 따라서 「마이클」이 상상적 초월을 통해서 역사적 사실을 배반한다는 레빈슨의 주장(Levinson "Spiritual Economics" 717)은 오히려 워즈워스가 이 시를 통해 보여주고자 하는 역사, 이를테면 자영농의 몰락에 병행된 "가정적인 감정"의 상실이라는 역사를 지워버리고 만다. 이 시는 사회적 범주가 초월되고 있다는 환상보다는 사회적 범주의 지속성과 복합성 속에 존재하는 예술적 잠재성에 대한 믿음에 기반하고 있다(McEathron 26)고 해야 할 것이다.

사실 시인화자는 마이클의 이야기가 독자에게 어떤 의미를 지니는지 시의 도입부에서 밝히고 있다. 화자는 지나가는 사람에게는 눈에 띄지 않을 돌무더기와 관련된 이야기를 하겠다고 함으로써 인적이 없는 산골에 살았던 사람들의 삶을 복원시킨다는 분명한 목적을 제시한다. 고적한 느낌을 자아내는 배경에 위치한 돌무더기는 한편으로 망각의 증표이지만 다른 한편으로는 기억의 입구인 것이다. 마이클의 이야기는 돌무더기가 상징하듯이 매우 소박하지만 워즈워스는 여기에 위엄을 부여한다. 화자도 밝히고 있지만 워즈워스는 이야기의 배경이 되는 그라스미어Grasmere에 살아

보았기 때문에 여기에 살던 이들의 삶에서 우러나오는 강건함과
애정의 성격을 누구보다도 잘 알고 있었다(Gill 182).

> 그래서 이 이야기는 내가 아직 책에 무관심했지만
>
> 자연의 힘을 깨닫고 있었던 소년 시절,
>
> 자연물의 부드러운 작용에 이끌려
>
> 내 것이 아닌 정념에 공감하게 되고
>
> 되는대로 불완전하게나마
>
> 인간에 대해, 인간의 마음과 인간의 삶에 대해 생각하도록
>
> 나를 이끌어주었다.
>
> (27-33 *LB* 218)*

한마디로 마이클 이야기는 자연 속에서 성장한 화자에게 공감
의 능력과 인간 삶에 대한 사유의 능력을 키워준다는 것이다. 시인
화자는 마이클 이야기의 청자이자 이를 전달해주는 화자를 겸하
고 있는 셈인데, 이렇게 됨으로써 마이클 이야기는 세대를 관통해
독자들에게 전달된다. 바로 이 전승의 방식 자체가 마이클이 뿌리
를 내리고 있는 삶의 전승 방식과 유비類比를 이루는바, 결국 이러
한 유비의 근원에는 "자연의 힘"이 가져다준 유기적 순환성이 놓여
있다고 할 수 있다. 이 이야기는 순환적 공간과 시간을 특징으로
하는 마이클의 경험과 상상적인 연속성을 확보하기(Wiley 60) 위

---

* 시 본문의 인용은 행, 출처 약어, 출처 페이지 순으로 표시한다. 별도의 표시가 없으면 5장
  에서 인용된 시는 모두 「마이클」이다.

한 방법으로 독자에게 공감과 사유의 능력을 요청하면서 그 자체로 이러한 능력을 배양하고 있다. 마이클이 자연에서의 노동을 통해 체득했던 것을 독자들이 이야기를 통해 배워나가기를 주문하는 것이다. 워즈워스의 시에서 자아가 역사를 부인하기 위해서 자연의 옷을 입는다는 비판(Liu 11-12)도 있지만, 「마이클」에서 자연은 자아로 하여금 지배적인 역사서사에서 배제된 '다른' 역사를 경험할 수 있게 해준다고 할 수 있다. 따라서 이야기가 마이클의 경험을 온전히 전달할 수는 없지만 이야기를 통해서 그 경험은 역사적 의미와 가치를 지니게 된다.

3. 마이클의 "땅"과 문화적 유산

마이클은 매우 성실하고 소박한 인물로 그려졌지만 마이클의 인물됨에 대한 평가가 그리 간단하지는 않다. 이는 우선적으로 마이클에 대해서 워즈워스가 갖는 생각이 남다르기 때문이다. 워즈워스는 마이클의 묘사와 관련하여 "인간의 마음에서 가장 강력한 두 개의 애정인 부모의 애정과, 상속, 가정, 개인적·가족적 독립에 대한 느낌을 포함한 재산, 즉 토지 재산에 대한 애착으로 인해 애간장 태우는 강한 정신과 생생한 감수성을 가진 사람을 묘사하려"(Selincourt 322) 했다고 밝힌 바 있다. 이 인용문을 단순화하지 않기 위해서는 작품과 관련하여 부모의 애정과 토지 재산에 대한 애착이 어떤 성격을 지니는지 분명히 할 필요가 있다. 우선 루크Luke가 마이클의 "기쁨"이 되는 이유는 "자연의 경향에 따라 소멸될 것이 틀림없는 시점에 / 희망과 진취적인 생각들, / 그리고 불안함에 동반하는 활기를 가져다주기"(154-157 *LB* 222) 때문이다. 다시 말해 루크는 조상으로부터 물려받은 삶의 방식을 이어나갈 수 있으리라는 희망을 안겨주기 때문에 더욱더 지극한 사랑의 대상이 된다. 땅에 대한 애착도 땅이 조상의 삶을 이어나가는 데 중요한 거점이 되기 때문에 생겨난다. 루크와 땅은 조상의 삶을 이어나가는 데 필수적인 요소이고, 바로 그렇기 때문에 이들에 대한 애정이 더 강렬해지는 것이다. 따라서 마이클이 빚보증을 잘못 서서 땅을 남의 손에 넘길 위기에 처했을 때 그의 선택은 복잡할 수밖에 없다. 땅과 루크를 모두 잃지 않기 위해서는 루크가 도시로 가서 돈을 벌어 고향에 돌아와서 그 돈으로 저당을 푼 다음 땅을 경작하면서 조상의 삶을 이어받아야 하는 것이다.

그렇다면 마이클에게 조상의 삶이란 어떤 의미를 지니는가? 물론 이 삶은 작별의식을 거행하는 대목에서 드러나듯이 일반적으로 전통이라는 말로 담을 수 있는 것이다. 제임스 K. 챈들러James K. Chandler의 지적대로 이 시의 특징은 전통의 다양한 의미들이 맺고 있는 관계(Chandler *Second Nature* 162)를 보여준다는 것이다. 그러나 무엇보다도 이 전통의 핵심에는 제도나 관습으로는 포괄할 수 없는 정신과 감수성이 놓여 있다. 이야기의 초반부에 마이클의 강한 정신과 생생한 감수성을 보여주는 대목들을 배치한 것도 이런 이유에서이다. 마이클의 경험은 외부의 자연과 내면이 상호작용하는 가운데 형성되는 정서적 경험이 주를 이루기 때문에 시인이 이를 얼마나 여실하게 그려내는가가 시의 성패를 좌우한다고 할 수 있다. 이러한 상호작용 자체가 화자 자신이 말한 공감과 사유 능력의 배양에 필수적인 역할을 하기 때문이다. 이 작품 속에 등장하는 사물들, 예컨대 집 안의 등불이나 루크에게 만들어준 지팡이 등은 마이클의 삶을 증거하고 보존하는 데에서 그 의미를 갖는다. 이런 관점에서 화자는 마이클의 노동 공간인 들판과 언덕이 마이클의 정신 형성에 지대한 영향을 미쳤음을 말하면서 이것들을 인간이 전유할 수 있는 외부의 상이 아닌 기억과 감정의 '집결지'로 묘사한다.

> 즐거운 정신으로 그가 공동의 대기를 들이마셨던 들판,
> 활기찬 발걸음으로 그렇게 자주 올랐던 언덕,
> 그것들은 그의 마음에 수많은 사건들을 새겨두었다,
> 고난, 기술 혹은 용기, 기쁨 혹은 두려움을.
> 그것들은 마치 한 권의 책처럼
> 그가 구조하고 먹이고 재워준 말없는 동물들에 대한
> 기억을 보존하고 있었다.
> 그런 행위들에는, 물론 그 자체만으로도 고마운 일이지만,
> 명예로운 이득에 대한 확신이 연결되어 있었다.
> 그러한 들판과 언덕들은 (…)
> 그에게는 맹목적 사랑의 기쁜 감정이었고
> 삶 그 자체에 녹아 있는 기쁨이었다.
>
> (65-79 *LB* 219-220)

레빈슨은 마이클이 느끼는 기쁨을 자연을 남용하지 않고 노동

한 결과로 받게 되는 보상이라고 주장하는데(Levinson "Spiritual Economics" 711), 이는 레빈슨 특유의 경제적 관점이 작품 해석을 강박한 주장이라고 할 수 있다. 이 대목은 노동의 터전인 자연이 마이클의 정신과 무관한 것이 아님을 밝히는 맥락에서 등장한다. 즉, 자연이 마이클의 정신 형성에 어떤 역할을 하는가가 중요하고 마이클이 느끼는 "기쁨"도 보상적 요소라기보다는 이러한 정신 형성의 본질적 요소에 속한다고 할 수 있다. 따라서 주목을 요하는 것은 인간 정신과 적극적인 상호작용을 하는 들판과 언덕의 주체적 성격이다. 이는 인간의 감정이 자연물에 투사되거나 자연물이 인간의 정신을 반영하는 것이 아니라 인간과 자연이 노동을 매개로 서로 영향을 주고받는 가운데 경험의 '공동' 주체가 됨을 함축한다. 마이클의 "활기찬 발걸음"이 "새겨진" 그 언덕이 "그의 마음에 수많은 사건들을 새겨두"듯이 자연에 대한 인간의 작용은 그 자체로 인간에 대한 자연의 작용을 포함하고 있다. 따라서 마이클이 체험했던 기쁨과 두려움은 "책"의 비유에서 알 수 있듯이 마이클 내부에서 일어나면서 동시에 자연에 새겨진 것이다. 마지막 두 행에서처럼 들판과 언덕이 "기쁨" 자체가 된다. 마이클이 루크에게 물려주고자 하는 전통의 핵심에는 바로 이러한 기쁨이 놓여 있다. 루크가 마이클과 노동하면서 물려받는 것도 바로 이런 성격의 문화적 체험이다.

하지만 이내 만 열 살이 된 루크가
강한 산바람을 이겨낼 수 있게 되면서

힘든 일이나 지루한 먼 길도 마다하지 않고

매일같이 아버지와 더불어 산꼭대기까지 올랐을 때

그리하여 아버지와 아들이 동료가 되었을 때

아버지 목동이 사랑했던 것들이 이제 더 사랑스러워졌다는 것,

그 아이로부터 어떤 감정들, 발현물들, 즉 태양으로 치면 빛이요

바람으로 치면 음악인 그런 것들이 우러나왔다는 것,

그 노인의 마음이 다시 태어난 듯했다는 것을

굳이 말할 필요가 있겠는가?

(204-213 LB 223)

이 대목에서는 아버지와 함께 노동하면서 루크의 감정과 개성
이 완성되어가는 과정을 서술하고 있다. 마이클이 자연 속의 노동
에서 체득했던 것을 루크가 물려받은 과정으로 애정의 교류와 연
대가 함께하는 교육의 과정이자 전통의 전수 과정이다. 땅에 뿌
리내린 생명들처럼 루크는 아버지의 전통에 착근함으로써 자연
스레 성장하는 것이다. "발현물들[이] (…) 우러나왔다는 것"은 이
러한 자연스러움을 표현한 말이다. 마이클이 다시 태어났다는 느
낌을 갖게 된 것도 그가 느꼈던 기쁨을 루크가 공유하고 있기 때
문이라고 할 수 있다. 마이클과 루크 사이의 "사랑의 고리links of
love"(412 LB 229)가 단단히 채워져가고 있음을 말해주는 것이다.
이를 서술하는 화자의 어조도 마이클이 느끼는 기쁨에 동참한 듯
수사의문문 형태로 그 기쁨의 당연함을 강조하고 있다.

이렇게 볼 때 마이클에게 땅은 자본화할 수 있는 자산으로서보

다는 조상 대대로 이어져온 경험의 상징물로 다가오는 것(Chan-
dler *Second Nature* 164)이 명백하다. 이 경우 땅은 앞서 살펴본 들
판과 언덕처럼 자연의 일부로 마이클의 정서적 체험이 녹아 있는
장소라는 의미를 지닌다. 문제는 땅이 마이클의 생각과는 무관하
게 자산으로 분리될 위험에 놓여 있다는 사실이다. 마이클에게 땅
의 '사용가치'는 경작과 수확을 넘어서서 문화적 기억의 보존으로
까지 확장되는데, 이것이 자영농으로서 마이클이 가지는 자부심
의 원천이다. 바로 그런 의미를 가진 땅이 단순한 '교환가치'를 가
진 일종의 상품으로 변모하는 것이다. 진정한 땅의 주인은 문화적
기억을 지켜나가고 후손에게 전수해줄 때에서야 비로소 그 자격
을 갖추게 되는데, 물리적 외형에 가격을 매겨 땅을 파는 것은 주
인의 자격을 스스로 포기하는 행위이다. 조카의 빚보증을 잘못 서
서 몰수금을 지불해야 하는 "예기치 않은 불행unforeseen misfor-
tunes"(223 *LB* 224)에 처했을 때 마이클이 문중 땅의 일부를 팔겠
다는 결심을 하다가도 "우리의 이 땅이 낯선 사람의 손에 넘어가
면 / 나는 내 무덤에서도 조용히 누워 있지 못할 것 같다"(240-242
LB 224)고 토로하면서 괴로워하는 이유도 여기에 있다. 마이클의
이러한 곤경은 루크를 도회지로 보내겠다는 결정을 이해하려고 할
때 우선적으로 고려해야 할 사항이다. 레아Lea의 다음과 같은 주
장은 마이클의 이러한 곤경을 적절하게 설명하고 있다.

왜 아버지는 루크를 보내는 대신에 유사한 장애물에 맞서서 스스로
했던 것처럼 땅을 보존하기 위하여 그것을 그가 경작하도록 하지 않는

가? 주요 등장인물과 시인의 동일시를 염두에 둘 때, 우리는 목동의 곤경이 문자 그대로 거짓이라고 할지라도 은유적으로는 진짜임을 알게 된다. 마이클이 땅을 보존하기 위해, 즉 급격히 발전하는 산업의 영역으로부터 "자유롭게" 하기 위해 애쓴 끝에 깨어보니 자본과 신용의 세계가 자신의 노동을 역전시키고 있었다. 결코 분명하게 상술된 바 없는 재산 몰수 자체가 훌륭한 벌이에 대한 확신을 비웃는다. 그의 정서적인 투자들, 그가 본능적으로 심지어 "맹목적으로" 믿었던 가치들은 잠재적인 파산에 직면하게 된다. 위기는 명백히 훌륭한 선택을 허용하지 않기 때문에 노인은 혼란에 빠지게 되는 것이다.

(Lea 60-61)

작품 말미에 등장하는 산골의 급격한 변화를 전제로 할 때, 마이클 자신이 땅을 일궈나가면서 저당을 풀었듯이 루크가 마이클처럼 땅을 경작했더라도 역사의 대세를 뒤집지는 못했을 것이라는 판단이다. 인클로저 운동이 자영농을 몰락시켰듯이 땅 자체가 다른 사람의 손에 넘어가는 것을 피할 수 없다는 생각이다. 마이클의 곤경은 그 자체로는 거짓된 곤경이라고 할 수 있을지도 모르지만 '은유'의 차원에서는 자신의 정서적인 투자가 파산 위기에 있다는 사실에서 비롯된다는 점에서 진짜 곤경이 되는 셈이다. 하지만 작품을 자세히 들여다보면 마이클이 루크를 쉽게 도회지로 보내는 것은 아니다. 루크를 잃게 될지 모른다는 불안감으로 꿈자리가 뒤숭숭해지는 등 아내인 이자벨Isabel이 보기에도 "그의 모든 희망이 사라진"(303 *LB* 226) 것 같은 기색이 역력한 것이다. 말하자면 자신과 루크를 묶어두웠던 "사랑의 고리"가 풀리고 있다는 점을 본능적으로 체감한 것이다. 그렇기 때문에 루크의 안녕을 위해 최선을 다하겠다는 편지를 받고 나서도 마이클은 루크를 쉽게 떠나보내지 못하고 양 우리의 주춧돌을 놓는 것으로 일종의 계약을 맺으려고 한다.

4. 마이클의 성약聖約, covenant과 연민의 의미

작품의 직접적인 맥락에서 마이클이 이별의식에서 두 사람의 삶의 이력을 이야기하는 이유는 그것이 도시에 나가서 루크가 직면하게 될 유혹과 고난을 이겨낼 수 있도록 해주는 도덕적 제어력으로 작용했으면 하는 바람 때문이다. 하지만 독자들은 작품 초반에 이미 폐허가 된 양 우리를 통해 이들의 약속이 파기되었음을 알고 있다. 따라서 워즈워스가 긴 분량을 할애하여 이들의 작별의식을 장엄하게 서술한 까닭은 마이클의 삶이 가지는 시적 의미를 독자에게 재차 강조하려고 했기 때문이다.

내가 화롯가에서 너의 첫 옹알이 소리를 들었을 때
사람의 귀에 그보다 더 사랑스런 소리가 들릴 수 있을까 싶었다.
젖먹이였던 너는 엄마의 가슴에서 즐겁게 노래했지.
한 달이 지나고, 또 한 달이 지나고
나의 삶은 넓은 들판과 산 위에서 그렇게 지나갔다.
그렇지 않았다면 아마 나는 너를 무릎 위에 놓고 키웠을 거다.
하지만 루크야, 우리는 놀이 동무이기도 했단다.

너도 잘 알다시피 이 언덕에서

우리는 나이에 상관없이 똑같이 뛰놀았단다.

나와 놀았지만 소년이 보통 알 수 있는 즐거움 중에

네가 누리지 못한 것은 아무것도 없었다.

(355-366 LB 227-228)

　이 대목은 루크와의 애정이 어떻게 깊어졌는지를 전달해주는데, "사랑의 고리"가 단단해지는 과정 자체가 전통의 전수 과정임을 말해주고 있다. 앞서 화자의 서술에 등장한 내용을 마이클의 입을 통해 전달함으로써 체험적 진실성을 높이고 있다. 여기에서 마이클은 루크와 함께 들판과 언덕에서 노동하고 놀면서 체득했던 "기쁨"이 체화된 감각의 형태로 루크의 행동과 정신에 규준점規準點 역할을 하기를 바라는 것이다. 따라서 주춧돌 놓기 의식은 마이클이 도시로 떠나는 루크의 행위와 정신을 밑받침할 수 있는 문화적 기억의 실체를 확인하는 작업이 된다. 마이클은 가묘에 잠들어 있는 조상들의 삶을 기억하기를 루크에게 요청한다. 그러면서 자신의 삶이 조상에게서 물려받은 땅의 저당을 풀기 위해 평생을 바친 고단한 노동의 삶이었음을 주지시킨다. 마이클은 3주 전까지만 해도 조상에게서 물려받은 땅이 "자유로웠음"을 강조한다. 그것은 자작농으로서의 자부심을 표현하는 말인 동시에 이 땅에서 성장한 '문화'의 자율성을 함축하는 말이기도 하다. 이 땅은 문화적 기억이 녹아 있는 곳이기 때문에 "다른 주인을 견딜 수 없는"(389-390 LB 228) 것이다. 궁극적으로 땅을 원래 상태로 회복시키고자 하는 마이클의 바람은 바로 이런 문화적 기억의 연속성을 유지하고자 하는 것이라고 할 수 있다. 하트먼의 지적대로 워즈워스는 마이클이라는 전형적인 인물을 통해 현재적인 삶으로 이월되어야만 하는 정신의 자질을 그리고 있으며 그러한 정신이 산업화된 사회에서 배양될 수 있는지를 문제 삼는다(Hartman *The Unremarkable* 4-5). 워즈워스가 마이클과 루크의 약속을 마치 신과 인간의 성약처럼 그리는 이유도 여기에 있다고 할 수 있다. 이 계약의 이행 여부에 따라 이후 마이클이 표하고 있는 삶의 방식과 공동체의 연속성이 결정된다고 판단한 것이다.

> 이제 내가 요청한 대로
> 주춧돌을 놓거라. 이제부터 네가 가고 난 다음
> 혹여 나쁜 사람들이 네 동료가 된다면,
> 루크야, 이 양 우리를 너의 닻으로,
> 너의 방패로 삼거라.
> 모든 두려움과 유혹의 와중에도
> 이 양 우리를 네 조상들이 살았던 삶의 표상으로 여겨라.
> 순수했던 네 조상들도 바로 그런 식으로
> 착한 일을 하며 열심히 살았다.
> 이제 작별을 해야겠다.
> 네가 돌아올 때, 여기에서 지금은 없는 건조물을 보게 될 거다.
> 그것은 우리들 사이의 성약이다. 하지만
> 어떤 운명이 너에게 닥칠지라도

나는 너를 끝까지 사랑할 것이고

너의 기억을 무덤까지 가져갈 거다.

(414-422 LB 229-230)

이 대목에서 양 우리 주춧돌이 조상들의 도덕적 삶의 하나의 상징이라는 것은 너무나 명백하다(Chandler *Second Nature* 166). 하지만 더욱 중요한 점은 마이클이 루크에게 우선적으로 당부하는 것이 돌을 놓은 이 '순간'을 기억하라는 것이다. 이는 주춧돌 놓기 의식이 갖는 수행적·교육적 의미를 주지시키는 일이다. 그만큼 도시의 삶이 루크가 헤쳐나가기 힘든 난관들로 가득 차 있음을 마이클이 인식하고 있었다는 뜻이다. 그렇기 때문에 마이클은 이 도시의 삶과는 대조적인 조상들의 삶을 제시함으로써 루크가 약속을 지키는 것이 윤리적 당위임을 강조한다. 하지만 그러한 당위적 삶에 대한 요청에도 불구하고 루크가 다시 돌아올 것이라는 점에 대해서는 확신하지 못한다. 그런 점에서 이 작품에서 주목해야 할 점은 마이클과 루크 사이의 약속이 이행되었느냐의 여부보다 약속이 파기될 것이 자명한데도 마이클이 루크에게 끝까지 간직하리라고 다짐한 애정의 성격이라고 해야 할 것이다. 이 "가정적인 감정"은 땅에서 자라나는 것이고 루크가 자신의 땅을 떠나는 순간 상실될 위험에 처해 있다. 루크가 착실한 삶을 이어가지 못하고 나쁜 길로 빠져 결국 은신처를 찾아 영국을 떠나게 된다는 결말은 개인의 삶을 지탱해주던 지주로서의 "가정적인 감정"이 갖는 중요성을 웅변적으로 보여준다. 동시에 도시의 삶에서는 이러한 감정 자체가 생존할 수 없을 만큼 상업주의적 삶의 방식이 개인들의 의식을 옥죄고 있었다는 증거이기도 하다. 런던은 근대화의 경험을 나타내는 공간적 메타포로, 전근대적 혹은 반근대적 공간들의 힘과 생기를 끌어들이고 소비함으로써 그러한 공간들의 이질적인 흔적들을 없애버린다(Makdisi 27). 루크의 추방은 결국 경험의 질 자체가 판이하게 다른 도시의 삶에서 마이클이 지탱해왔던 삶의 방식이 역사에서 영구히 사라졌음을 의미한다. 인용문에서 마이클은 '기억하기'를 강조하지만 실제로는 '망각의 역사'가 대세가 된 셈이다.

이렇게 볼 때 이 시의 출발점이자 귀결점인 미완성의 양 우리가 갖는 의미는 각별하다. 레빈슨은 양 우리의 폐허가 자연에 재흡수되어 탈역사화됨으로써 마이클의 경험을 이상화된 인간 상실의 경험으로 만든다고 지적한다. 따라서 이 시는 그 역사적 성격을 배반하고 상상적 초월의 형태를 띤다는 것이다(Levinson "Spiritual Economics" 725). 그러나 이 시에서 폐허가 된 양 우리는 공식 역사에서 배제되고 지워진 마이클의 삶과 그 삶의 핵심인 "가정적인 감정"이 갖는 의미를 탐색하기 위한 실마리로 제시된다. 많은 비평들이 마이클의 진정한 상속자가 시인화자와 독자가 됨을 지적하면서 이를 비판적으로 파악하는데, 가령 워즈워스가 마이클의 존재를 조명하기보다 자신의 시적 기획인 "목가적 비전"을 확보하기 위한 하나의 소재로 다루었다는 비판(Lea 59)이 그것이다. 하지만 워즈워스의 관심이 "목가적 비전"에 있지 않다는 점은 루크가 나쁜 길로 빠져 행방이 묘연해진 후에도 화자가 마이클의 삶을 추적하여 독자에게 제시하는 후일담 형식의 결말에서 분명히 드러난다. 이와 같은 설정을 통해 부각되는 것은 마이클의 삶이 갖는 역사적 대표성 내지 전형성이기 때문에 따라서 독자의 뇌리에 남는 것은 워즈워스의 "목가적 비전"이 아니라 자식을 잃은 고통 속에서 스러져 간 한 시골 노인의 애잔한 모습인 것이다.

> 양떼가 필요로 하는 우리를 만들기 위해
> 그는 때때로 저 텅 빈 골짜기로 가곤 했다.
> 그때 모든 사람들이 노인에게 품었던
> 연민은 아직 잊히지 않았다.
> 그리고 그는 날이면 날마다 거기에 갔지만
> 돌멩이 하나도 들어 올리지 않았다고
> 모두들 그렇게 믿고 있다.

(469-475 LB 231)

이 시의 특징이 외부의 사건을 재현하는 데 초점을 맞추고 있기 때문에(David Perkins 16) 실제 화자가 마이클의 처량한 상황에 대해 가지는 구체적 느낌은 충분히 드러나 있지 않다. 하지만 독자에게 이월된 감정으로서의 연민은 이 작품에서 다루려고 했던 "가정적인 감정"의 실체에 접근하는 통로로 작용한다. 이 연민을 불러일으키는 것이 돌멩이 하나도 새롭게 놓이지 않은 채 폐허로 남아 있는 양 우리이다. 이 양 우리는 이야기의 도입부에서 마이클의 삶을 소개하기 위한 매개체였지만 결론부에서는 마이클 가족의 삶을 밑받침했던 문화적 기억을 심층적인 차원에서 환기시킨다. 따라서 작품의 끝에서 마이클이 살던 마을에 큰 변화가 왔어도 마이클 가족의 삶은 독자의 감정 깊은 곳에 자리 잡는다. 이로써 독자는 화자가 제시했던 대로 이 이야기를 통해 내 것이 아닌 감정에 공감할 수 있고 인간의 마음과 인간사에 대해 깊이 생각할 수 있는 기회를 갖게 된다.

5. 마이클의 '땅'과 공동체적 가치

마이클 가족의 이야기는 산업화와 도시화를 특징으로 하는 근대화 과정에서 고통과 상실을 경험했던 수많은 촌부들의 삶을 전형적으로 보여준다. 워즈워스가 이 이야기를 통해 복원하려고 했던 것은 사회경제적 변화와 맞물려 진행된 감정의 역사이고 마이클과 루크의 작별의식은 독자들에게 바로 이 역사의 중요성을 인식시키는 교육의 현장이다. 따라서 독자가 마이클의 진정한 후손이 되는 이 작품의 구조를 역사적 문제의 미학적 봉쇄로 읽어내서는 안 될 것이다. 워즈워스는 노동과 고통의 경험을 통해 계발되는 도덕적·정신적 자질을 자신이 중시하는 평민적 가치의 핵심으로 파악했고, 이러한 경험적 자질의 탐색은 곧 '진정한 감정'의 발견을 통해 이루어진다는 점(Thompson *The Romantics* 14-15)을 마이클 가족의 이야기를 통해서 전달하고 있는 것이다. 특히 마이클이 자연 속에서 힘들게 노동하는 과정 자체가 감성이 배양되고 사유가 단련되는 정신 형성의 핵심적인 계기로 작용함을 부각시킨다. 따라서 그러한 노동의 터전인 '땅'에 대한 마이클의 집착을 그의 시대착오적 성격으로 돌린다면 작품의 의미를 오늘날의 관점으로 재단하는 오류를 범할 공산이 크다. 마이클에게 땅의 경작은 개인이 인격적 성숙을 통해 전통과 공동체의 일원이 되어가는 일에 다름 아니며, 그런 점에서 추상적 합리주의와 상업주의가 지배하는 세계에서 하나의 대안적 인간 발전의 표본이 될 수 있다. 바로 이 점이 「마이클」이 오늘날의 독자들에게까지 감동을 주는 이유가 될 것이다.

6

사회비판과
시적 진실 사이에서
— 워즈워스의 「컴벌랜드의 늙은 거지」 읽기

1. 사회비판과 시적 진실

잘 알려진 이야기지만 빅토리아조 시인이자 비평가인 매슈 아놀드 Matthew Arnold는 워즈워스의 시에 대한 평가와 관련하여 당대의 워즈워스 추종자들이 고평高評한 이른바 철학 장시들을 소박한 짧은 시에 비해 낮은 성취라고 평한 바 있다. 이러한 평가에 핵심적인 잣대로 작용한 것이 바로 '시적 진실'이라는 기준이다. 아놀드에게 워즈워스 시의 핵심 미덕은 감정과 사유의 연속성이 시 속에서 자연스럽게 발전해가면서 독자의 공감을 이끌어내는 시적 전개이다(김재오 「'영문학'의 제도화」 48). 따라서 아무리 고매하고 심오한 사상이 시에서 개진된다고 하더라도 그것은 시의 본령에서 어굿난 "추상적인 장광설"(Arnold IX 49)에 불과하다는 것이다. 아놀드의 평가는 "시는 실재이고 철학은 환영이다"(Arnold IX 48)라는 말로 요약된다. 이러한 기준에서라면 『서정담시집Lyrical Ballads』의 시들을 높이 평가하는 것은 당연할 터이다. 가령 「마이클」의 한 대목을 인용하면서 소박하고 꾸밈없는 자연스러움을 누구도 흉내 낼 수 없는 워즈워스의 문학적 재능으로 꼽기도 한다. 사실 아놀드가 높이 평가한 워즈워스 시의 이러한 면모는 워즈워스 자신이 『서정담시집』의 시들을 통해 성취하려고 했던 바이기도 하다. 그러나 이 시집에 실린 모든 시들이 이러한 성취에 값하는 것은 아니다. 그중에서 「컴벌랜드의 늙은 거지The Old Cumberland Beggar, a Description」(이하 「늙은 거지」)는 발표 당시부터 작품성에 대한 논란이 야기되었다. 찰스 램Charles Lamb은 시가 묘사와 설교로 양분된다고 하면서 후자는 사실상 시의 본령에서 벗어나 있음을 지적한다(Charles Lamb 239). 이러한 비판은 이 시가 늙은 거지의 '유용성'을 주장하는 시라는 점에서 일견 타당성이 있어 보이기도 하지만, 이러한 독법이 이 시에 분명하게 들어 있는 '시적 진실'을 무시하는 것이라면 독자의 공감을 폭넓게 얻기는 힘들 것이다. 워즈워스는 「『서정담시집』 서문The Preface」에서 자신의 시에 가치 있는 목적이 존재한다고 밝히고 있지만, 이 목적은 형식적인 필요성에서 생겨난 뚜렷한 목적이라기보다는 시의 대상이 되는 감정들을 기술하는 과정에서 자연스럽게 따라오는 것임을 강조한다(LB 237). 이런 관점에서라면 늙은 거지에 대한 재현에서 초점은 거지의 내면 고통과 이에 대한 화자의 반성적 공감이어야 하지만, 워즈워스가 직접적인 사회비판이라는 너무나 뚜렷한 "목적"에 치중하다 보니 거지에 대한 묘사가 너무 단순하게 처리되었다고 할 수 있다. 『서정담시집』에 실린 다른 시인 「사이먼 리, 늙은 사냥꾼Simon Lee, the Old Huntsman」과 비교해보아도 「늙은 거지」에서는 화자의 시선이 너무나 일방적이다. 이 시의 화자는 「사이먼 리」의 화자와 달리 시종일관 관찰자의 입장을 고수하기 때문에 늙은 거지의 내면은 독자의 시야에서 완전히 차단되어 있다. 늙은 거지에 대한 묘사가 입체적이지 못해서 독자는 그가 당하는 고난의 실체에 가닿지 못하게 되는 셈이다. 따라서 워즈워스가 사회 불평등을 시 속에서 해결하기보다는 그 불가피성을 인정하지 않았는가 하는 의구심(Chandler "Wordsworth and Burke" 766-777)이 따르게 된다. 심지어 빈자貧者에 대한 워즈워스의 재현은 공리주의적 태도에 반하여 빈자에 대한 즉각적인 공감과 자비를 불러일으키려고 의도한 것이지만, 동시에 빈자는 공동체의 미덕을 주입시키기 위해 끝까지 가난한 상태로 남아야 한다는 비인간적인 신념을 보여준다는 비판(Dick 366-367)까지 받는다. 말하자면 늙은 거지의 유용성이 방향만 달리했지 실제로는 공리주의자들의 시선과 전체적으로 달라지지 않았다는 비판이다.

이러한 비판들을 종합해보면 이 시는 거지의 내면보다는 외양에 초점을 맞추어 묘사하는 한편 화자의 직접적인 목소리를 통해 공리주의 사고방식을 비판하는 방식을 취함으로써 독자의 공감을 자아내지 못할 뿐만 아니라 사회비판으로서 불충분함을 드러내면서 시적 성취에서도 문제점을 남긴다는 결론에 이르게 된다. 하지만 늙은 거지라는 소재를 다루는 데 이러한 문제점이 생기는 것은 불가피한 측면이 있다. 즉, 화자와 늙은 거지는 사회적 위치와 정서적 상황에서 다른 소재보다도 간극이 두드러지는 만큼 이를 형상화하는 데 따르는 어려움도 그만큼 가중되는 것이다. 또한 늙은 거지는 시인과의 사적인 관계에서 출발하여 시 속에 등장하는 것이 아니라 워즈워스가 비판하고자 하는 당대의 사회문제를 보여주는 예시적인 인물로 제시된다는 점을 고려해야 한다. 물론 이러한 불가피성을 인정하더라도 『서정담시집』에 실린 다른 시와 비교할 때 「늙은 거지」에서는 늙은 거지가 자신이 속한 사회에서 소외될 뿐만 아니라 시 자체에서도 시인의 의도와는 다르게 고립된 인물로 머물러 있다. 이러한 맥락에서 우리가 품는 질문은 두 가지이다. 하나는 독자들의 공감을 획득하면서 동시에 사회비판이 가능해지기 위해서는 늙은 거지를 어떻게 재현해야 했는가 하는 질문과 워즈워스가 이에 실패했다면 그 원인은 무엇인가 하는 질문이다. 본고에서는 이러한 질문들을 염두에 두면서 늙은 거지의 재현 문제를 살펴보고 이를 통해 워즈워스의 시에서 시적 진실과 사회비판이 갖는 관계를 따져보고자 한다.

2. 「늙은 거지」: 시적 묘사와 정치적 주장

이 시를 본격적으로 살펴보기 전에 우선 워즈워스가 이 시를 쓰게 된 배경을 알아보는 것이 좋겠다. 워즈워스는 당대의 빈민구호 문제에 대해 다음과 같이 비판한다.

정치경제학자들은 그 즈음에 모든 형태의 구걸 문제뿐만 아니라 직접적이지는 않지만 암암리에 빈민구호 문제와 전면전을 시작하고 있었다. 이 비정한 과정은 수정된 구빈법에 의해 가능한 한 최대한도로 수행되었다. 비록 가난한 사람들을 이웃의 자발적인 기부에 의존하도록 하는 것이 그 목적 중의 하나라는 공언으로 이러한 조치에 만연한 비인간성이 얼마간 위장되었지만 말이다. 그 조치를 제대로 이해한다면 이런 것이다. 그것은 그들[빈민들]을 연합 구빈원의 구호와 기독교적 은총과 신앙의 정신이 박탈된 구호 중간쯤에 있는 어떤 지점으로 밀어넣었다는 것이다. 그[그들이 새로 만들어낸] 구호라는 것이 [착한 사람들의 자발적인 참여가 아니라] 탐욕스럽고 이기적인 사람들에게 억지로 짜낸 것이었기 때문이다. 그러나 사실은 그렇게 함으로써 인간적이고 자비로운 사람을 제외한 모든 사람들이 그들의 모든 소유물을 그들의 불쌍한 동포들로부터 [안전하게] 지켜낼 수 있는 자유를 얻게 된 것이다.

(Grosart 185-186)

워즈워스는 정치경제학자들이 구걸행위를 일종의 사회악으로 치부하여 구빈원에 거지들을 수용하여 사회로부터 추방시키려고 하거나 이웃에게 구호의 책임을 사실상 떠넘김으로써 골치 아픈 사회문제의 해결을 회피하고 있다고 본 것이다. 이런 "비정하고" "비인간적인" 조치는 결국 이기적이고 탐욕스러운 사람들에게 피해가 돌아가지 않는 방향으로 구걸 문제를 처리하는 것이다. 따라서 정치경제학자들이 거지를 보는 시선에는 인격과 인권의 관점 자체가 들어설 여지가 없을 뿐만 아니라 도구적 관점에서 볼 때도 무용지물이라는 판단이 깔려 있다. 워즈워스가 인간적인 관점에서 거지에게도 나름의 쓸모가 있음을 주장하고 나선 것은 이런 배경에서이다.

먼저 도입부를 보도록 하자. 화자는 대로변에서 짐 보따리와 지팡이를 놓고 쉬고 있는 거지를 발견한다. 그가 묘사하는 거지의 행색은 일체의 감정이 배제된 정물화 같은 인상을 준다. 이런 객관적 묘사는 거지에 대한 독자의 감정이입이나 회피를 막는 데 기여한다. 독자와 시적 대상 간의 거리가 일정하게 유지됨으로써 독자의 선입견이 작용하지 않은 상태에서 늙은 거지의 독자성이 부각된다.

> 그는 앉아서 혼자 음식을 먹었다.
> 마비된 손에서 떨어져 흩어지는 것을
> 막으려고 해보지만
> 아무 소용이 없었고 부스러기들은
> 작은 빗줄기처럼 땅바닥에 떨어졌다.
> 작은 산새들이 자신들의 몫이 될 수밖에 없는 그 모이를
> 감히 (단박에) 쪼아 먹지 못하고 지팡이 길이의 반 정도까지 접근했다.
>
> (15-21 *LB* 199)*

이 장면의 묘미는 거지가 자신의 음식을 '낭비' 없이 먹으려고 하지만 어쩔 수 없이 손에서 떨어진 음식이 산새들에게 "모이"로

---

* 시 본문의 인용은 행, 출처 약어, 출처 페이지 순으로 표시한다. 별도의 표시가 없으면 6장에서 인용된 시는 모두 「컴벌랜드의 늙은 거지」이다.

제공된다는 것이다. 거지가 사람들이 준 음식을 버리지 않으려고 애쓰는 것은 이웃이 베풀어준 자선을 소중히 생각하고 있다는 증거이지만, 이 음식이 불가피하게 '버려'지더라도 산새들의 양식이 된다는 점에서 자선은 거지를 거쳐 새들에게까지 확장된다. 그러니까 거지의 '낭비'는 쓸모없는 어떤 것이 아니라 산새들과의 공생에 유용하고도 필수적인 것인 셈이다. 따라서 이 대목은 거지에게 자선을 베푸는 것을 '낭비'라고 생각하면서 자기 재산을 지키려고 애쓰는 탐욕스럽고 인색한 사람들에 대한 우회적인 비판으로 읽을수 있다. 하지만 거지에 대한 이와 같은 효과적인 묘사는 오래 지속되지 않는다. 화자는 거지를 어린 시절부터 알아왔던 존재로 제시하면서 그의 무기력함에 진술의 초점을 맞춘다. 앞의 인용문이 화자와 거지의 정서적 거리를 전제로 이루어진 객관적인 묘사 위주였지만 적어도 화자가 직접적으로 거지를 응시하는 것 같은 느낌을 자아냈다면, 이후의 묘사는 사람들의 눈에 비친 거지의 모습이 등장함으로써 생동감이 약해지고 상투성이 두드러지게 된다. 따라서 앞의 인용문에 드러난 거지의 독자성은 사라진다.

　이렇게 상투적인 묘사로 후퇴하는 이유는 이 시가 너무나 직접적으로 사회비판을 의도했기 때문이라고 할 수 있다. 이는 비슷한 대상을 다루고 있는 다른 시와 비교할 때 명백한 사실이다. 가령 『서곡』에 등장하는 눈먼 거지는 화자에게 어떤 깨달음을 주는 존재로 등장하는데, 여기에서 워즈워스는 거지의 활동보다는 거지의 외양에 초점을 맞춤으로써 사회문제를 숭고의 경험을 위한 계기로 미학화한다고 할 수도 있다(Friedman 137). 눈먼 거지는 화자에게 비인간적인 불가해함을 안겨주지만 깨달음의 매개가 된다는 점에서 그의 독자적 성격은 끝까지 유지된다. 하지만「늙은 거지」에서 워즈워스는 이런 개인적 깨달음을 시적으로 형상화하기보다는 구빈법을 둘러싼 당대의 사회정치 현실에 대한 비판을 먼저 생각했기 때문에 다른 사람들의 눈에 비친 거지의 모습을 제시할 수밖에 없었던 것으로 보인다. 따라서 마을 사람들의 시선 속에서 늙은 거지는 '거지답게' 무기력하고 외로운 존재, 나아가 인간의 경계를 벗어난 유령 같은 존재로 변모된다. 이런 무기력함을 어떤 평자처럼 "현명한 수동성wise passiveness"("Expostulation and Reply" 24 *LB* 103)의 재현으로 보는 것(Salvesen 155)은 늙은 거지가 당면한 현실, 즉 구걸로 연명해야 한다는 사실을 무시한 평가이다. 늙은 거지는 구걸을 위해 끊임없이 돌아다니지만 마을 사람들은 그에게 조금도 관심을 두지 않는다.

> 그의 지팡이는 그와 함께 질질 끌린다.
> 그의 발은 여름 먼지조차도 흩날리지 못한다.
> 그의 표정과 동작은 너무나 고요해서
> 그가 문 앞을 다 지나가기도 전에 오두막의 똥개들은
> 짖는 것에 싫증을 느껴 돌아서기 마련이다.
> 한가한 사람이든 바쁜 사람이든 아가씨든 젊은이든
> 그리고 새 옷을 입은 개구쟁이든 할 것 없이 모두 그를 지나쳐 간다.
> 심지어 천천히 가는 짐마차도 그를 앞서갈 정도이다.
>
> (59-66 *LB* 200)

첫 문장의 주어가 '지팡이'로 설정되었다는 사실 자체가 늙은 거지의 미약한 존재감을 여실히 보여준다. 묘사가 진행될수록 늙은 거지의 존재감은 더더욱 약화되고 결국 아무도 거들떠보지 않는 '먼지' 같은 존재로 변모된다. 늙은 거지가 마을 사람들 눈에 비친 모습대로 그려짐으로써 마치 희극 무대 위에 올려진 광대처럼 정형화된 인물character로 굳어지게 된다. 이 묘사에 배어 있는 해학적인 어조는 늙은 거지에 대한 일반화된 태도를 그대로 반영하는 동시에 진지한 어조로의 급격한 전환이 가져오는 '소격 효과'를 위한 사전포석의 성격이 짙다. 거지에 대한 독자들의 태도 변화를 유도하기 위한 수사 장치인 것이다. 사실 이 대목까지는 거지의 묘사에서 커다란 흠이 발견되지는 않는다. 그런데 모든 이들이 늙은 거지를 그냥 무시하고 지나치는 것에 대해 제동을 거는 방식 자체가 문제적이다. 가령 「결심과 독립Resolution and Independence」의 거머리잡이 노인이나 『서곡』의 눈먼 거지와 대면할 때처럼 화자의 '깨달음'을 강조하는 방식이라면 늙은 거지의 '독자성'으로 되돌아오는 계기적 '사건'이 시의 진행에 반드시 필요했을 것이다. 이를 통해 독자들은 편견과 기계적인 사고습관에서 벗어나 거지의 존재 자체를 다시 숙고해볼 수 있는 계기를 마련했을 것이다.

사실 『서정담시집』의 상당수 시들에서는 독자의 공감을 유도하기 위해 '시적 반전'을 시 속에서 가동시킨다. 「여행하는 노인: 동물의 고요함과 퇴화에 대한 소묘Old Man Travelling: Animal Tranquility and Decay, A Sketch」라는 시가 전형적인 예이다. 이 시에서 화자는 고통에 대한 오랜 인내를 통해 완선한 평화에 이른 것처럼

보이는 노인을 현실을 초월한 '도인'처럼 바라보면서 어디로 가느
냐고 묻는다. 하지만 노인의 대답은 뜻밖이다.

> 나는 그에게 어디로 가는지, 여행의 목적은
> 무엇인지 물었다. 그는 대답했다.
> 그는 먼 길을 가서
> 선원인 그의 아들과 마지막 작별 인사를 해야 한다고.
> 아들은 해전에서 싸우다 팰머스로 이송되어
> 거기 병원에서 죽어가고 있다고.
>
> ("Old Man Travelling" 15-20 *LB* 105)

이 대목에서 독자가 확인하는 것은 평정과 달관의 경지에 이른
노인의 모습이 아니라 죽어가는 아들과의 만남을 앞에 둔 노인의
내면적 고통이다. 인용문에서 아들이 죽어가는 광경이 마지막에
배치됨으로써 시 초반부의 고요하고 평화스런 분위기가 일순간 깨
지면서 고통의 현장으로 독자를 급속하게 끌어들인다. 동시에 시
밖에 존재하는 역사적 문맥이 시 속에 스며들면서 전쟁이 몰고 온
역사의 상흔이 한 개인의 내면적 상처로 탈바꿈하는 과정이 여실
하게 그려진다. 요컨대 이 시의 진행은 앞에서 논의한바 아놀드가
워즈워스의 시에서 발견한 '시적 진실'을 탁월하게 구현하고 있는
셈이다. 사실 이 시가 이러한 성취를 거둘 수 있는 것은 화자 혹은
다른 관찰자의 매개를 거치지 않고 시적 전언이 독자에게 직접 전
달되기 때문이다. 즉, 화자의 실패에도 불구하고 독자가 그 실패를

인식함으로써(McEathron 15) 시적 진실이 효과적으로 드러난다. 이 시에서 시적 반전은 의도적인 것이라기보다는 시의 자연스런 진행에 따른 것이라고 할 수 있다. 이 시는 워즈워스의 시에서 화자와 시적 대상 간의 관계 맺음 혹은 상호작용을 통해 실제로 중요한 것이 드러난다는 평가(Jonathan Lamb 1071)를 그대로 입증하고 있다. 그런데 「늙은 거지」의 경우 화자는 마을 사람들에게 비친 거지의 모습을 제시한 다음 늙은 거지의 독자성으로 되돌아가지 않고 추상적인 진술을 통해 거지의 쓸모를 말한다. 이는 시의 청자를 정치인들로 특정하면서 이 청자들에게 자신의 설득적인 목적을 제시한 것으로 볼 수도 있다(Bialostosky 68). 하지만 이 시의 부제가 "하나의 묘사"라는 점을 상기한다면 이러한 거지에 대한 담론적 제시는 시의 의도 자체를 스스로 거스르는 것이라고 할 수 있다. 따라서 거지에 대한 재현은 마을 사람들 눈에 비친 모습보다도 경험적 차원에서 더 후퇴하기에 이른다. 시가 주장하는 거지의 쓸모는 거지가 겪고 있는 고통 자체에 있다기보다는 고통의 사회적 '가시성', 즉 전시적 효과에 있는데, 그럴수록 거지가 공동체에서 배제되는 역설이 발생한다(Connell 20). 직접적인 사회비판이 승할수록 늙은 거지의 직접성은 독자의 시야에서 멀어짐으로써 그야말로 '설교'로 떨어지고 마는 셈이다. 그렇다면 워즈워스는 왜 이렇게 시를 진행할 수밖에 없었는가? 시가 설교가 되면 당연히 시의 성취로서도 사줄 게 별로 없다는 것은 상식이고 워즈워스도 이를 잘 알고 있었을 터인데 말이다. 우리는 워즈워스가 주장하는 거지의 '쓸모'를 찬찬히 살펴보면서 이러한 '쓸모'를 담론이 아닌 시로 드러낼 수 있는 방법은 없었을까 되물어볼 수 있다.

3. 늙은 거지의 '쓸모': 선행의 기록

먼저 화자의 직접적인 비판을 살펴보자. 화자는 정치인들이 자신들의 재능이나 힘이나 지혜를 뽐내면서도 늙은 거지는 쓸모없는 존재로 여겨 이 성가신 "세상의 짐A burthen of the earth"(73 *LB* 200)을 어떻게 치워버릴까 골몰하는 것을 비판한다. 이는 앞에서 인용한 당시의 구빈법을 직접적으로 겨냥하고 있다. 이에 대해 화자는 세상에서 가장 미천한 존재도 나름의 쓸모가 있음을 주장한다. 그런 맥락에서 거지는 사람들에게 지나간 자선행위를 기억하게 만들고 친절한 마음을 계속 살아 있게 하는 일종의 '기록a record'(81 *LB* 200)이라는 것이다. 여기에서 늙은 거지의 독자성은 사라지고 그의 존재 이유는 공동체의 미덕을 지속시켜주는 역할로 한정된다. 나아가 화자는 거지가 겪고 있는 가난의 사회적 원인에 대해 침묵함으로써(G. E. Harrison 152) 독자들에게 거지를 적극적으로 구제해야 한다는 생각을 심어주지 못한다. 다만 거지가 무의미한 존재만은 아니라는 점, 다시 말해 그냥 무심하게 지나치거나 치워져야 하는 대상은 아니라는 점을 상기시키는 정도인 것이다. 화자의 관심이 거지의 내면보다는 그의 사회적 용도에 초점이 맞추어진 것은 다분히 당대의 정치담론을 의식했기 때문에(Chandler "Wordsworth and Burke" 759-760) 불가피한 측면이 있지만, 이러한 진술 방식이 독자를 설득할 수 있을지는 의문이다. 왜냐하면 사회적 용도의 프레임에 일단 걸리게 되면 동일한 차원에서 진술을 이어가야 하기 때문에 추상성의 비중이 높아지고 그 과정에서 아이러니컬하게도 거지의 존재감은 점점 지워지기 때문이다.

> 거지가 돌아다니는 어떤 곳에서나
> 관례상 그냥 필요해서
> 사랑을 행동으로 옮기고 습관적으로
> 이성理性에 맞는 일을 하게 된다. 하지만 기쁨이 뒤따라와
> 이성이 소중히 여기는 일을 준비한다. 그리고 그렇게 영혼은
> 예기치 않은 기쁨의 달콤한 맛을 통해
> 자기도 모르는 사이에 덕과 진정한 선에 이르게 된다.
>
> (90-97 *LB* 200-201)

화자는 공리주의자들과는 달리 늙은 거지에 대한 선행이 계산적인 "이성"의 산물이 아닌 습관을 통해 마음속에서 우러나오는 자연스런 행동임을 강조한다. 시혜자가 느끼는 기쁨은 사후적으로 뒤따르는 정서적 형질 변화이자 그 자체로 선행에 대한 보답이 된다. 따라서 늙은 거지는 사람들에게 선한 본성을 일깨우고 돋우는 필수적인 존재가 된다. 하지만 이런 표면적인 주장에도 불구하고 이 대목에서 늙은 거지의 존재감은 거의 느껴지지 않는다. 거지는 목적론적 관점에서 파악되어야 하는 하나의 예시적 인물에 가까운 것이다(Dykstra 901-902). 화자의 관심이 거지의 독자성보다는 거지가 일깨우는 선행과 덕성으로 옮겨감으로써 거지의 '현실'과 거지에 대한 '담론' 사이에 심각한 간극이 생긴다. 인용문의 1행에서

여기저기 돌아다니는 거지의 모습을 제시한 다음에 2행부터 '부자연스러운' 진술이 등장하는데, 바로 이 2행에서 느껴지는 갑작스러운 비약은 독자에게는 당혹스러운 경험이자 이 시 자체의 근본적인 문제점을 노출하는 것이라고 할 수 있다. 차라리 시인이 이 인용문에서 주장하는 바로 그 내용, 즉 사람들이 습관적으로 선행을 베풀고 후에 기쁨을 느끼면서 덕과 진정한 선에 이른다는 점을 시적으로 보여주었으면 어땠을까?

　하지만 화자는 추상적인 진술을 계속 이어가면서 늙은 거지의 '도구적' 성격을 더욱 더 부각시킨다. 사람들은 늙은 거지를 볼 때마다 거지가 누리는 특권과 은혜를 떠올리면서 이러한 특권과 은혜가 자신으로부터 비롯되었다는 점 때문에 일시적으로 자축할 수 있는 기회를 얻는다는 것이다. 거지는 자신의 생계를 위해 다른 사람의 자선에 기대게 되는데, 이러한 '특별한 축복'의 수혜자가 됨으로써 사람들의 측은지심을 살아 있게 만든다는 점에서 공동체에서 나름의 역할을 수행하고 있다는 것이다. 그런데 앞서 화자가 마을 사람들이 그를 보고 그냥 지나친다는 것을 강조하면서 그의 유령 같은 면모를 부각시켰다는 점을 상기하면 늙은 거지 안에서 '가치'를 발견한다는 이와 같은 진술은 화자 자신의 수사적 전략에서 나온 것이지 사람들이 실제로 발견하고 느낀 바를 표현한 것은 아니라고 할 수 있다. 즉, 거지의 비존재감을 가치의 담지자 차원으로 상승시키는 과정에서 사람들이 거지에 대해 갖고 있는 인식이 화자가 말하고자 하는 하는 방향으로 갑작스럽게 전환된 것이다. 따라서 독자는 거지가 구걸행위를 통해 연명해나가는 것이 무슨 특권이나 축복까지 될 수 있는지 화자에게 되물을 수도 있다. 화자의 진술이 독자의 경험을 매개하지 않고 전달됨으로써 시는 등장인물—늙은 거지뿐만 아니라 마을 사람들—의 행위와 감정이 제대로 형상화되지 않은 채 그야말로 '설교'에 가깝게 되는 것이다. 워즈워스가 추구하는 '시적 진실'이 신고전주의 시에서처럼 설득을 통해 성취되는 것이 아니라 강력한 느낌을 통해 드러나고 성취되는 것(David Perkins 83)이라는 점에서 이러한 시의 진행은 독자의 공감을 불러일으키지 못한다.

물론 등장인물의 행위와 감정이 완전히 배제된 것은 아니다. 가령 화자는 가장 가난한 사람도 선행을 베풀 수 있는 사람이기를 갈망한다고 말하면서 다음과 같은 예를 든다.

> 내 이웃은 매주 금요일이 오면 꼬박꼬박
> 자기도 가난에 쪼들리는데도
> 찬장에서 끼니를 꺼내와
> 이 늙은 거지의 보따리에 한 움큼 후하게
> 채워주고 나서 들뜬 마음으로 문간에서 돌아와
> 화롯가에 앉아 천국의 희망을 품는다.
>
> (148-154 *LB* 202)

이 대목은 일차적으로 가난한 사람들의 입장에서는 십계명을 지키고 이웃에게 선행을 베풀며 사는 사람들의 삶, 즉 "품위 있는 도덕적인 삶a life of virtuous decency"(126 *LB* 201)에 인간의 영혼을 만족시켜줄 수 있는 것이 많지 않음을 말하기 위한 것이다. 즉,

이런 품격 있는 종교적인 삶을 살아가는 사람들이 베푸는 선행은 "불가피한 자비inevitable charities"(138 *LB* 202)에 불과하고 가난한 사람일지라도 "우리 모두가 하나의 인간 마음을 가지고 있다we have all of us one human heart"(146 *LB* 202)는 원칙에서 선행을 베풀게 되면 거기에서 진정한 기쁨을 얻을 수 있다는 것이다. 하지만 화자의 관심이 영혼의 "기쁨"에 놓여 있다면, 원론적 진술에만 그칠 것이 아니라 거지와의 대면을 통해 이 이웃의 내면에서 일어나는 변화가 어떤 성격의 것이었는지 보다 곡진하게 묘사할 필요가 있었을 것이다. 화롯가에 앉아 천국을 꿈꾸어보는 행동은 종교적인 사람들과 큰 차이가 없어 보인다. 이런 문제는 사실은 구조적이다. 즉, 워즈워스에게 진정한 개별적인 감수성은 사회문제와 연결되면서 이를 뛰어넘는(Sampson 65) 과정에서 획득되는 이중적 성격을 띠는데, 거지에 대한 묘사의 층위에서 거지의 쓸모를 주장하는 담론 차원으로 옮겨짐으로써 작품 전체의 구체성과 현실성이 떨어지는 한편 독자가 등장인물의 감정에 자연스럽게 공감하지 못하게 되는 것이다.

이러한 상황은 시의 진행을 떠맡고 있는 화자에게도 상당한 곤경임에 틀림없다. 「사이먼 리, 늙은 사냥꾼」 같은 시에서도 화자는 이야기를 진행하는 데 곤경을 느끼지만 매우 효과적인 방식으로 헤쳐나간다. 화자가 늙은 사냥꾼인 사이먼 리의 생애를 독자들에게 들려주다가 갑자기 이야기를 중단하고 자신이 사이먼 리를 만난 '사건'을 제시하면서 독자가 거기에서 이야기를 발견하기를 권한다. 사이먼 리가 썩은 나무 그루터기를 곡괭이로 제거하려고 애쓰지만 힘에 부쳐 성공하지 못하자 화자가 나무뿌리를 제거해주었고 이에 대해 사이먼 리가 진심으로 감사했다는 것이다. 화자는 친절한 행위가 냉정함으로 보답받는 세태에 대해 서글퍼하면서 시를 마무리한다. 이러한 마무리는 우선 화자의 이야기 속에서 용감한 사냥꾼으로 등장하는 사이먼 리를 현실로 옮겨옴으로써 독자들이 이야기에서 기대하는 사이먼 리의 영웅적인 면모와는 딴판인 현재 모습을 숙고하도록 만든다.

화자는 시의 초반부에서 초라한 노인으로 늙어가는 사이먼 리를 제시한 다음에 이와는 대조적인 화려한 과거를 이야기를 통해 보여줌으로써 사이먼 리에 대한 인식을 새롭게 하려고 의도했다. 하지만 이야기가 전달되는 과정에서 독자들이 사이먼 리를 낭만적 영웅의 이야기로 받아들일 것을 우려해 다시 현재의 모습으로 시선을 돌린 것이다. 그렇게 함으로써 다시 과거와 현재가 대비되어 사이먼 리의 생애가 독자의 사유 속에서 입체적으로 그려진다. 과거에 비추어볼 때 현재의 사이먼 리는 힘없고 가난한 노인에 불과하지만, 냉정한 세태에서 작은 친절에 감사하는 그의 태도는 그의 화려한 과거가 펼쳐졌던 공동체의 미덕을 독자에게 상기시킨다. 따라서 화자의 이야기 속에서 그려진 다소간 낭만화된 사이먼 리의 과거도 구체적인 현실성을 띠게 된다. 결국 가난하고 힘없는 인물을 독자들이 공감할 수 있도록 어떻게 재현할 것인가라는 문제 자체가 시 속에서 맥락화되면서 시가 성공적으로 마무리된다고 정리할 수 있다(*LB* 61-65). 반면 「늙은 거지」를 마무리하는 대목에서 화자는 자연과 구빈원을 대조하며 늙은 거지가 있어야 할 곳은 자연임을 강조한다. 즉, 늙은 거지가 자연 속을 떠돌아다닐 수 있도록 그냥 내버려두라는 것이다.

> 그러니 그를 지나가게 내버려두라, 그의 머리에 축복을!
> 세파가 인도한 그 거대한 고독 속에서
> 그가 오로지 자신만을 위해, 비난받지 않고, 상처받지 않고
> 숨 쉬고 사는 것처럼 보이는 동안은
> 하늘의 자애로운 법이 그의 주변에 놓아둔 선善을
> 그가 짊어지고 가도록 놔둬라.
> 그에게 생명이 붙어 있는 한
> 그로 하여금 배우지 못한 마을 사람들을
> 친절한 일들과 차분한 생각으로 이끌도록 그대로 둬라.
> 그러니 그를 지나가게 내버려두라, 그의 머리에 축복을!
> 그가 돌아다닐 수 있는 한, 그에게 계속 계곡의 신선한 바람을 호흡
> 하게 하라.
> 그의 피가 싸늘한 공기, 겨울의 눈과 싸우도록 내버려두어라.
> 황야를 휩쓰는 특허받은 바람에 휘날려
> 그의 흰 머리카락이 주름진 얼굴을 때리도록 내버려두어라.
> 활기 있는 조바심을 가져오는 그 희망을 존중하라.
> 그의 마음속에 마지막 인간적 관심을 품게 하니까.
> 근면이라는 이름을 잘못 붙인 구빈원이
> 그를 감금하지 말기를!

(164-173 *LB* 202-203)

우선 구빈원에 대한 언급은 이 시의 주된 청자가 당대의 정치인들임을 보여주는 것이며 이 시를 당대의 사회경제적 맥락에서 읽어야 할 필요를 확인시켜준다(Connell 22). 화자는 당대의 구빈법을 다분히 의식하고 자활이라는 명목으로 거지들을 한곳에 모으는 수용소보다는 차라리 자연 속을 떠돌아다니며 구걸을 하는 편이 낫다고 주장한다. 싸늘한 공기나 겨울이나 세찬 바람도 자활원의 부자유와 열악한 환경보다 낫다는 것이다. 그리고 구걸행위도 "마지막 인간적 관심"이자 "희망"이 된다는 점에서 희망 없이 죽어가야 하는 비인간적인 수용소 생활보다 낫다는 것이다. 물론 이러한 화자의 주장이 당대의 정치인들을 향하고 있고 구빈법에 따른 사회지리적 제약에 대한 비판(Wiley 124)을 전제하고 있다는 점에서 늙은 거지에게 자유를 누리게 하라는 요청이 사실상 방치에 가까운 것이 아니냐는 비판은 적절하지 않을 수도 있다. 실제로 '하도록 내버려두어라'라고 반복되는 표현은 자유방임주의laissez-faire를 패러디했다고 볼 소지도 있다. 문제는 자유방임주의의 자유와는 성격을 달리하는 늙은 거지의 자유가 심도 있게 다루어지지 않았다는 것이다. 이 시는 앞서 주목했던, 새와 끼니를 공유하는 늙은 거지의 모습으로 되돌아오면서 끝맺음되는데, 이는 늙은 거지가 누리고 있는 독자적인 자유가 더 이상 천착되지 않았다는 증거이다.

4. 워즈워스의 사회적 비판과 시적 실패

「늙은 거지」에서 워즈워스는 당대의 사회구호책이 안고 있는 근본적인 문제를 제기한다. 공동체에서 쓸모없다고 여겨지는 부랑아나 거지들을 구빈원에 수용함으로써 사회로부터 격리시키는 정책은 비인간적이고 반인권적인 처사임을 분명히 한다. 워즈워스는 늙은 거지가 선행의 미덕을 일깨우는 나름의 '쓸모'가 있음을 주장하면서 그를 자연 속에서 살다가 죽어가도록 내버려두라고 요청한다. 하지만 이러한 워즈워스의 요청이 거지를 구제하는 실질적인 해결책이 아님은 분명하다. 다만 당대의 비인간적 관행에 대해 제동을 걸기 위해 이런 요청을 한다고 보아야 할 것이다. 워즈워스의 이러한 사회비판이 의미가 없는 것은 아니지만, 동시에 이러한 비판 과정에서 시적 진실의 성취와 독자의 공감 확보라는 워즈워스 특유의 시적 기획은 실패로 돌아갔다고 볼 수 있다. 늙은 거지와의 직접적인 대면을 통해서 그의 내면에 도사리고 있는 고통을 드러냄으로써 독자에게 사유의 공간을 열어주면서 공감을 유도하지 못한 것은 『서정담시집』이 의도한 목적을 달성하는 데 실패했다는 것을 의미한다. 『서정담시집』의 중요한 측면인 이야기가 구성되지 못하고 추상적인 진술이 시의 상당 부분을 차지한 것도 이러한 실패의 한 양상이라고 할 수 있다.

이러한 시적 성취의 실패는 사회비판과 시적 진실의 결합이 얼마나 어려운 것인가를 보여준다. 만약 워즈워스가 늙은 거지의 개별성에 좀 더 관심을 가졌더라면 서사를 구성하는 데 큰 어려움이 없었을 것이다. 가령 「폐가The Ruined Cottage」에서처럼 전쟁 미망인 마거릿Margaret의 곡진한 개인사가 곧 거대한 역사가 되는 방식으로 시를 진행했으면 사회비판을 겸한 시적 진실의 성취가 가능하지 않았을까 싶기도 하다. 하지만 마거릿은 공동체의 일원으로 존재하면서 그 공동체가 직면해야 할 공동의 운명을 대표적으로 보여주는 전형적인 인물이라는 점에서 공동체에서 배제된 늙은 거지에게 같은 관점에서 접근하기는 힘들었을 것이다. 마거릿은 자신의 신산스러운 삶을 친숙한 도붓장수에게 말하는 반면 늙은 거지는 시종일관 침묵하고 화자 또한 그의 삶 자체에 큰 관심이 없는 것도 이러한 사회적 위치의 차이에서 비롯된다. 늙은 거지를 공동체에 소속시키기 위해 그가 갖는 그 나름의 '쓸모'를 주장하는 것이 관념에 머문 시도였다면 이는 늙은 거지라는 특수한 존재를 납득할 만한 인물로 형상화하기가 그만큼 어려웠다는 것을 의미한다(*RC* 42-72). 「늙은 거지」가 시적으로 실패했다면 그것은 워즈워스 스스로가 확대하려고 했던 사회적 공감과 소통의 장으로 늙은 거지를 끌어오지 못한 데서 비롯되었다고 할 수 있다. 이 시는 '자연'이 늙은 거지의 근거지가 되어야 한다고 주장하면서 끝맺음되는데, 바로 이런 마무리는 '인간' 공동체에 편입되지 못하는 늙은 거지의 처지를 역설적으로 보여준다고 할 수 있다.

7

고통, 쾌감, 그리고
공감의 문제
— 워즈워스의 시와 시론

1. 버크와 워즈워스: 고통과 쾌감의 문제

저명한 문학이론가인 프레드릭 제임슨Fredric Jameson은 「쾌감:
정치적 쟁점Pleasure: A Political Issue」이라는 글에서 후기자본주
의 시대를 배경으로 쾌감의 정치성을 다각도로 검토한 끝에 "쾌
감"에 대한 정치적 분석이 이중적 내지는 알레고리적이 되어야 한
다고 지적한다. 여기서 알레고리적이라 함은 특정한 쾌감을 정치
적 쟁점으로 주제화—가령 성 해방이나 문화적 활동으로 파악하
는 것—하는 동시에 사회 전체에 대한 체계적인 혁명적 변화, 이를
테면 유토피아의 상으로 받아들이는 것을 의미한다. 이러한 동시
적이고 이중적인 영역들에 대한 고려가 없을 경우 정치적 요구는

이런저런 한정된 집단의 미시정치학 속에서 지엽적인 쟁점으로 환원되고 더 이상 정치적으로 큰 진전을 기대하기 어렵다는 것이다(Jameson 73-74). 이러한 제임슨의 분석작업은 쾌감을 주어진 사회나 생산양식과 동떨어진 사적인 추구 대상으로 생각하거나 상품화의 논리에 포섭되어 물화의 길을 걷고 있다고 손쉽게 재단하는 시각에 일정한 교정을 요구한다고 할 수 있다. 제임슨은 특정한 쾌감 내부에 사회적 관계 전체를 변화시킬 수 있는 잠재력이 있다고 믿는다. 그렇다면 이러한 쾌감은 그 성격상 기존의 재현체계를 벗어나야 하지만 제임슨이 보기에 아무리 순치하기 어려운 쾌감도 종교나 파시즘에 쉽게 동화될 수 있다는 점 때문에 근본적으로 쾌감을 보는 시각을 재조정해야 함을 역설한다. 그래서 그가 제시한 것이 바로 에드먼드 버크의 "숭고sublime" 개념이다.

공포에 대한 쾌감이자 고통에 대한 미학적 전유인 "숭고"는 그 대상을 통해 직관의 계기를 마련해 상상력으로도 재현할 수 없는 순전한 비재현적 힘 그 자체를 지각하게 만든다는 것이다(Jameson 72). 따라서 이때의 쾌감은 주체가 자기보존에서 벗어나 이 같은 비재현적 힘을 체험하는 순간을 일컫는다고 할 수 있다. 하지만 버크는 비재현적 힘을 초월적 존재 혹은 신의 관념으로 대치시킴으로써 기존의 재현체계를 다시 불러들인다고 제임슨은 지적한다(Jameson 72). 결국 버크는 "숭고"의 반사회적 성격(Eagleton 54)을 완화시켜 체제 내로 포섭함으로써 제임슨이 말하는 혁명적 잠재력을 봉쇄한 셈이다.

이 같은 버크 미학의 보수적 측면은 버크의 영향을 받았다고 알려진 워즈워스와 비교할 수 있는 중요한 쟁점이다. 가령 챈들러는 좋은 취향의 원칙들이 관습과 습성을 통해 숭고와 미의 극단적인 감정들을 순화시켜주는 긍정적 역할을 한다는 버크의 견해를 워즈워스가 이어받고 있다고 주장한다(Chandler *Second Nature* 76-77). 물론 버크가 숭고와 미를 통합할 수 있는 방법을 찾을 수 없었다는 점은 분명하지만(Eagleton 55), 미의 원천을 숭고의 원천과 결합시키려고 부단히 애썼다는 점 또한 사실이다. 이 문제는 버크에게 숭고의 원천인 고통이 어떻게 미의 원천인 쾌감을 산출하는가로 정식화된다. 하지만 전통과 경험을 중시하는 버크의 미학적·정치적 보수주의를 '진보적인' 워즈워스를 보여주는 『서정담시집』 읽기에 적용할 수 있을지는 의문이다.[1] 물론 버크와 워즈워스 모두가 고통, 쾌감, 그리고 공감의 문제를 공히 중요한 문제틀로 설정하고 있는 것은 사실이지만 내부를 들여다보면 같은 용어를 사용하면서도 이러한 문제에 접근하는 방식은 판이하게 다르다. 간단히 말해서 버크가 이러한 문제를 미학적 차원에서 다룬다면 워즈워스는 사회적 의제로 다루고 있다. 따라서 이들 간의 차이에 주목하면 워즈워스의 시론과 시가 갖는 정치적 성격이 분명해질 것이다. 본고에서는 「『서정담시집』 서문」(이하 「서문」)에서 주장된 고통의 재현과 쾌감의 문제를 버크의 주장과 비교해서 살펴본 다음에 이 문제와 관련하여 『서정담시집』에 실린 「마지막 양The Last of the Flock」

---

1 실제로 챈들러는 「컴벌랜드의 늙은 거지」를 분석한 다른 글에서 거지에 대한 묘사가 마치 동물의 묘사와 같다고 하면서 워즈워스에게 보편적 심성에 대한 인정과 사회적 불평등의 불가피성이 공존한다고 설명한다(Chandler "Wordsworth and Burke" 766-777).

을 분석하면서 워즈워스 시론과 시의 정치성을 따져보고자 한다.[2]

2. 「서문」과 고통·쾌감의 재현

버크가 고통을 쾌감의 원천으로 파악할 때 참조하는 가장 중요한 사항은 자기보존의 원칙이다. 가령 적당한 노동이 근육과 신경을 단련시켜 상상력이나 다른 정신활동을 활발하게 함으로써 우울증이나 절망이나 자살을 예방한다는 것이다(Burke *Inquiry* 135). 여기에서 인간의 노동은 창조적·적극적 활동이라기보다는 인간을 둘러싼 내외적 위험에 대처하기 위한 소극적 활동으로 파악된다. 따라서 노동은 사회적 생산 활동이 아닌 개인적 경험으로 축소될 가능성이 높고 실제 노동을 통해 경험하게 되는 고통의 근원에 대한 성찰도 불가능해진다. 물론 버크의 논의가 정치경제학적 영역이 아니라 미학의 영역에서 이루어지고 있기 때문에 이 같은 비판이 부당할 수도 있다. 하지만 비극을 논하는 자리에서처럼 고통의 예술적 재현과 쾌감의 관계를 파악하는 방식 역시 자기보존의 원리에 입각하고 있다. 이러한 입장이 보수적 심성을 배양하는 데 일조한다는 점은 명백하다.

　우선 버크는 실제 상황에서의 고통과 문학적으로 재현된 고통

2　자크 랑시에르Jacques Rancière는 「서문」이 재현의 위계에 반하여 감정의 소통과 감흥의 전달을 시의 목표로 삼았다는 점을 높이 평가하면서 워즈워스의 시 쓰기를 "공화주의 시학"의 전범으로 규정한다(Rancière 17-19). 이러한 감정의 소통과 감흥의 전달이 어떻게 가능해지는가를 따져보는 데에서 고통의 재현과 쾌감의 문제는 핵심적인 사안이라고 생각된다.

을 나누어서 설명한다. 전자의 경우 실제 역사에서 일어난 사건이 중심이 되는데, 이때 타인의 고통을 보고 기쁨을 느끼는 것은 고귀한 존재가 불행에 빠졌을 때 갖게 되는 연민 때문이라고 설명한다(Burke *Inquiry* 45-46). 그렇다면 왜 연민이 기쁨을 가져오는가? 버크에 따르면 창조주가 인간을 공감의 끈으로 묶어두어 타인의 고통에 관심을 기울이게 하는데 바로 이런 관심이 기쁨의 원천이 된다는 것이다. 그리고 이 기쁨에는 불안이 섞여 있기 마련이고 그 불안을 해소하기 위해 타인의 고통을 완화시키려는 노력을 하게 된다고 주장한다(Burke *Inquiry* 46). 하지만 이런 논리 역시 노동의 고통과 쾌감을 논할 때처럼 자기보존의 원칙에 입각해 있다. 요컨대 버크의 설명은 인간 사이의 유대에 공감이 핵심적인 원리로 작용하고 있음을 보여주지만 공감 자체가 어떻게 생성되고 발현되는지에 대한 대답이 되기에는 역부족이라고 할 수 있다.

한편 버크는 재현된 타인의 고통을 비극의 효과와 관련하여 논의한다. 버크는 비극이 일단 모방이라는 점에서 아무리 훌륭한 비극 작품이라도 그것이 실제 상황에서의 고통에서 느끼는 공감, 그리고 거기에서 발원한 쾌감에 미치지 못함을 주지시킨다. 일례로 관객들은 아무리 탁월한 비극 작품을 관람하더라도 극장이 무너진다는 외침을 들으면 모두 자리를 뜨고 만다는 것이다(Burke *Inquiry* 47). 버크의 이런 설명은 문학적 재현의 고유한 성격과 기능에 대한 고려 없이 경험적 현실과 비교했을 때 열등한 것이라는 전제에서 출발한 것이라고 할 수 있다. 버크는 문학적 재현이든 실제 상황이든 인간은 타인의 고통에 공감할 수 있는 능력을 타고나고 바로 이 공감 능력이 타인의 고통에서 기쁨을 느끼는 원동력이 되며 실제 상황이 더 많은 공감을 이끌어낸다는 입장을 취한다. 이런 입장은 공감을 보편적 인간 본성으로 전제하기 때문에 이것이 버크 당대에 얼마나 현실적응력을 가졌는지는 의문이다.

워즈워스는 버크가 괄호를 쳐두었던 당대의 사회문제를 전면에 부각시키는 가운데 고통의 재현과 쾌감, 그리고 공감 문제에 초점을 맞춘다. 소박한 촌부들의 삶을 소재로 선택하고 그들의 언어를 시어로 채용한다는 주장(*LB* 235-236) 이면에는 당대 취향의 타락에 대한 강한 비판이 깔려 있다. 곧 변덕스런 작가의 취향으로 인해 사람들의 공감과 유리된 자의적인 표현이 만연하는 사태를 경계하는 한편 범람하는 대중문화 상품들이 사람들의 판단력과 분별력을 마비시키는 현상을 우려한 것이다. 당대 문화상품들은 기본적으로 자본의 논리에 따라 만들어진 것들이며, 대중은 상품을 소비하듯이 감정을 소비하면서 체제에 안주할 가능성이 농후하다. 따라서 「서문」의 중요한 과제 중 하나는 이런 상황이 독자를 일부러 자극하여 산출하는 쾌감과 자신의 시가 독자에게 주는 쾌감의 차이를 보여주는 일이다.

공감은 늘 쾌감에 의해 증가되기 마련이다. 나는 오해받기를 원치 않는다. 하지만 우리가 고통에 공감할 때에도 그 공감은 언제나 쾌감과 미묘하게 결합함으로써 발생하고 지속된다. 특정한 사실들을 고찰함으로써 얻어진 어떠한 지식, 즉 어떠한 원리들도 언제나 쾌감에 의해 형성된 것이고 쾌감을 통해서만 우리에게 존재한다.

(*LB* 248)

이러한 관점에서 워즈워스는 시인이나 과학자 모두에게서 지식(앎)이란 쾌감이라고 단언한다. 하지만 전자와 후자의 결정적인 차이는 동료 인간에 대한 보편적 공감이 그 앎 속에 들어 있느냐의 여부이다. 시는 그런 공감을 지향한다는 점에서 모든 앎의 숨결이자 더 섬세한 정신이라는 것이다. 시에서 앎의 형성과 쾌감의 발생이 불가분의 관계이고 그 같은 관계의 바탕에는 공감의 원리가 놓여 있음을 말하는 것이라고 할 수 있다. 이런 주장은 얼핏 보면 버크의 주장과 크게 어긋나지 않는 것 같다. 그러나 워즈워스의 경우 쾌감의 발생이 단순히 감정의 산출만은 아니며 앎이 단순한 사실의 종합이 아님을 역설한다는 점에서 쾌감을 정서적 반응으로만 보는 버크와 차이를 보인다. 그렇다면 워즈워스에게 해야 할 질문은 타인의 고통에 대한 공감이 어떤 식으로 쾌감과 결합하고 시인은 그러한 쾌감을 산출하기 위해 어떻게 고통을 재현해야 하는가, 그리고 이러한 재현 과정에서 형성되고 전달되는 앎의 성격은 어떤 것인가 하는 것이다.

사실 워즈워스에게 이 문제는 핵심적인 사안이라고 할 수 있다. 가령 「폐가」에서 도붓장수가 청년 화자에게 해주는 다음과 같은 말도 동일한 문제의식의 소산이다.

"우리가 심지어 죽은 사람의 불행을 헛되이 희롱하고
거기에서 분별심도 없고 미래에도
도움이 안 되는 그런 순간적인 기쁨을
끌어내는 데 만족하는 마음을 가진 사람들이라면

그것은 방자한 짓이고 모진 비난을 받아야 마땅할 걸세.

우리는 구슬픈 생각 속에서도

덕을 북돋아주는 힘이 종종 발견되고

항상 발견될 수 있음을 알고 있다네.

그렇지 않다면야, 나는 몽상가이고

실제로 한가한 몽상가일 따름이네.

그것은 평범한 이야기로 감동적인 사건들도 별로 없는 이야기라네.

구체적인 형식도 거의 없는 고요한 고통의 이야기라네.

하지만 천박한 감각을 가진 사람은 잘못 이해할 수 있고

생각하지 않는 사람은 거의 알아들을 수 없는 이야기라네."

(221-236 RC 59)

시 전체의 화자인 청년이 마거릿 이야기를 듣고 재미와 흥미를 느끼면서 더 해달라고 요구하자 마거릿 이야기의 전달자인 도붓장수가 세태를 비판하는 동시에 이야기의 성격과 청자의 자세에 대해 말해주는 대목이다. 독자가 이야기를 흥밋거리로 생각하여 순간적인 쾌감을 끌어내려는 태도를 취하면 이야기에 담겨 있는 덕을 북돋아주는 힘을 발견할 수 없다는 것이 이 대목의 핵심적 전언이다. 그런 순간적인 쾌감을 독자에게 제공하기 위해 작가는 가급적이면 선정적인 사건을 자극적인 언어로 전달할 가능성이 있는 만큼 독자가 어떤 마음자세를 갖느냐 하는 것은 작가가 이야기를 어떻게 쓰느냐와 긴밀히 연결된다. 워즈워스가 「서문」에서 시인의 자질 가운데 외부의 자극 없이 생각하고 느낄 수 있는 "자발성"(<i>LB</i> 237)을 중요한 요소로 강조한 것도 이런 맥락에서이다. 그리고 이

러한 자질은 독자에게도 해당된다는 것이 이 대목에서 강조하는 바이다. 따라서 타인의 고통을 진정으로 이해하기 위해서는 "사유와 함께 자라는 공감"이 필요한 것이다. 그리고 이러한 성격의 공감이 함께할 때에야 비로소 진정한 의미의 "쾌감"이 산출된다고 할 수 있다. 워즈워스에게 정서와 지성은 시의 창작 과정에서 통합되고(Easterlin 51-52), 이러한 통합된 감수성은 독자가 시를 이해하고 거기에서 기쁨을 얻는 데 핵심적 역할을 한다.

물론 워즈워스의 이런 입장에 대해 비판이 없는 것은 아니다. 가장 전형적인 비판은 역사적 변화가 인간의 분별력과 취향을 타락으로 몰고 갔다는 것을 주장하면서도 여전히 파괴될 수 없는 인간 본성을 상정한다는 점에서 "본질주의"의 혐의에서 자유로울 수 없다는 것이다(Pfau 243). 그러나 워즈워스가 상정하는 인간 본성이라는 것이 고정된 실체로 존재하는 것이 아니라 사유와 감수성의 훈련을 통해 형성되는 어떤 것이라는 점을 상기할 필요가 있다. 고통받는 존재에 대한 공감도 원래부터 인간이 공감을 타고났기 때문이 아니라 말하자면 정서적 계몽의 과정을 거쳤기 때문에 가능한 것이다.

이와 관련하여 워즈워스가 고민하는 것도 실제 상황에서의 고통과 문학적으로 재현된 고통 간의 차이를 드러내는 일이다. 재현된 고통이 실제의 고통에 미치지 못함을 강조하면서도 동시에 문학적 재현은 독자에게 쾌감을 산출한다는 점에서 실제의 고통을 목격하는 것보다 긍정적임을 역설한다. 버크가 문학적으로 재현된 고통이 공감과 쾌감의 산출에서 실제의 고통보다 열등하다고 생각한 반면에, 워즈워스는 문학적 재현이 갖는 고유한 기능을 십분 인정한 셈이다. 물론 워즈워스는 문학적 재현이 실제 상황의 엄중함을 대체할 수 있다고는 보지 않는다. 시인이 아무리 자신이 생각하고 느낀 바를 표현하는 능력이 탁월하더라도 그가 사용하는 언어는 그 생생함과 진실성 면에서 실제 삶에서 발화되는 언어에 미치지 못하기 때문이라는 것이다. 이는 실제의 고통을 언어로 대체할 수 없다는 자각이면서 그 고통에 가깝게 재현해야 한다는 의지의 표현이라고 할 수 있다. 중요한 점은 이러한 자각하에서 고통을 재현하되 쾌감을 산출하는 일이 실로 지난하다는 것이다. 워즈워스는 사람들이 실제로 사용하는 언어에서 불쾌한 요소를 배제하는 "선택의 원칙"을 강조하지만 이 쾌감의 산출 방식을 명쾌하게 설명한 것은 아니다. 그런 점에서 워즈워스 스스로가 밝힌 시 창작 원리를 주의 깊게 살펴볼 필요가 있다.

나는 시란 강력한 감정의 자발적인 흘러넘침이라고 말해왔다. 그것은 고요함 속에서 회상된 정서로부터 발원한다. 그 정서는 일종의 반응으로 고요함이 서서히 사라질 때까지 숙고되고 이전까지 숙고의 대상이었던 감정과 유사한 감정이 서서히 산출되어 그 자체로 실제로 마음에 자리 잡는다. 이러한 분위기에서 일반적으로 성공적인 시작詩作이 시작되고 이와 유사한 분위기에서 시작이 계속된다. 하지만 어떠한 종류이건 어느 정도이건 이러한 정서는 다양한 원인에서 비롯된 다양한 쾌감에 의해 완화되어 어떠한 감정이건 간에 자발적으로 기술하는 과정에서 마음은 전체적으로 즐김의 상태가 된다. 이제 본성이 그렇게

즐김의 상태에서 그렇게 채용된 존재를 보존하려고 유의한다면 시인
은 그렇게 자신에게 제시된 가르침에서 배움을 얻어야 하고, 그가 독
자에게 전달하려고 하는 감정이 무엇이든 간에 독자의 정신이 건전하
고 활기차다면 그 감정이 항상 초과량의 기쁨을 동반할 수 있도록 특
별히 유의해야 한다.

(LB 251-252)

우선 염두에 두어야 할 점은 워즈워스가 인간은 외부 자극 없
이도 느끼고 사고할 수 있다고 강조한다는 것이다. 이때 외부 자
극이란 선정적이고 말초적인 상황이 인위적으로 감정을 유도하
는 것을 의미한다. 이와는 달리 "자발성"은 어떤 상황에 대한 반응
이되 그 반응이 인간의 심성에서 자연스럽게 우러나오는 것을 의
미한다. 앞의 인용문은 바로 그런 자연스런 감정이 어떻게 산출되
는지를 보여주고 있다. 그래서 여기에 중요하게 개입되는 것이 바
로 "숙고contemplation"(<i>LB</i> 252)라는 인지적 과정이다. 이 숙고 과
정은 "강력한 감정의 자발적인 흘러넘침"을 위해 그 감정을 양생하
는 과정이라고 할 수 있다. 실제 상황에서 느꼈을 법한 감정과 유
사한 감정이 되기 위해서는 그 감정의 뿌리를 향한 탐색이 필요하
다. 문학적 재현이 그 감정의 강도와 자유로움에서 실제 상황에 미
치지 못함을 전제하는 워즈워스의 입장에서 "고요함 속에서의 회
상"은 실질적이고 본질적인 행동과 고통을 마음속에 불러일으키는
작업이라고 할 수 있다. 여기서 워즈워스는 원래의 감정과 숙고를
통해 재생된 감정의 차이를 전제하고 있기는 하지만, 전자를 실체

화하여 후자를 전자의 그림자 정도로 치부하지는 않는다. 따라서 원래의 감정이 재생 과정에서 자의적으로 변질될 가능성이 있다는 주장(Pinch 853-852)은 설득력이 떨어진다. 이 경우 감정의 재생은 원래 있던 것이 재생산된다는 의미보다는 "자발적인 흘러넘침"이라는 말이 암시하듯이 무정형의 감정이 숙고의 과정을 거쳐 의식에 일정한 형태로 떠오르는 것을 의미한다. 따라서 고요함이 더이상 유지되지 못하고 사라지는 것은 당연하다. 그 감정이 고통스런 감정일 경우 특히 시인은 거의 참을 수 없을 정도로 숙고 과정에 자신을 내맡겨야 한다는 충동에 시달리기 때문이다(Leavis *The Critic* 35). 따라서 이러한 회상 혹은 숙고의 작용은 과거의 경험과 감정에 수동적으로 반응하는 것이 아니라 거기에서 실제로 중요한 것이 무엇인지를 발견하는 과정(Jonathan Lamb 1064-1085)이라고 할 수 있다. 이런 깨우침은 고통의 재현 과정에서 얻는 쾌감의 원천이다. 쾌감과 시적 진실은 범주적으로 분리되어 있지만 경험적으로는 분리될 수 없는 셈이다(Bialostosky 31). 워즈워스가 독자에게도 정신의 건강함과 활기참을 요구하는 것은 이런 이유에서이다. 독자가 시인이 느끼는 강력한 감정을 경험하려면 수동적인 입장으로 물러설 것이 아니라 적극적으로 사유하고 숙고해야 함을 역설한 것이다. 요컨대 강력한 감정이 시작 과정이나 독서 경험에서 자의적으로 변질되지 않기 위해서는 그 감정의 개별성을 최대한 보존하되 이를 사유를 통해 보편적인 차원으로 확대해야 한다는 뜻이다.

특히 『서정담시집』의 경우 상당수의 시들이 화자를 통해 고통받는 존재의 감정과 경험을 들려주는 방식으로 이루어진 점을 상기할 때 화자와 시적 대상의 관계 설정이 감정의 개별성 보존과 보편적 차원으로의 확대에 무엇보다도 중요하다. 화자의 성격에 따라 한편으로 고통의 감정이 섣불리 추상화·일반화될 수 있고 다른 한편으로 그 감정 자체가 외부로 소통되지 않은 채 고통받는 존재의 내면에 고립될 수도 있기 때문이다. 고통받는 존재의 재현과 공감 및 쾌감의 문제에서 핵심적인 사항은 결국 화자와 시적 대상의 관계인 셈이다. 워즈워스가 시작에서 극적인 부분이 실제 언어로부터 멀어지고 시인 자신의 어법으로 채색될수록 결함이 있다는 점을 밝히는 한편 시인이 자신의 특징적 언어를 사용해야 할 때는 극적인 부분에서가 아니라 화자로서 말하는 게 적절하고 필요한 대목에서라고 못 박은 것도 시적 대상과 화자 사이의 관계가 그만큼 중요하다는 방증이다. 즉, 화자는 고통받고 있는 존재의 내면을 내면대로 드러내되 이를 통해 독자에게 사유의 공간을 열어주어야 할 필요가 있다는 말이다. 그렇지 않을 경우 시는 고통 자체를 물신화시켜서 상황을 선정적으로 묘사할 수 있기 때문이다. 워즈워스의 이야기 시가 독자에게 감상적인 반응보다는 일종의 감수성 '훈련discipline'을 요구하는 것(Dykstra 922)도 이런 까닭에서이다.

내용적인 측면에서 시인과 시적 대상의 적절한 관계 설정에 따른 공감의 획득과 사유의 확장이 고통을 쾌감으로 전환하는 주요한 기제라면, 형식적인 측면에서 운율meter은 고통의 문학적 재현을 쾌감으로 이끌어주는 핵심적 장치이다. 문제는 이 같은 운율에 대한 설명이 실제 삶의 언어를 시어로 채택한다는 워즈워스의 지론과 상치되지 않을까 하는 점이다. 사실 운율적 언어가 실제 삶의 언어와 일치하지 않는다는 것은 상식에 가깝다. 워즈워스도 자신의 시 언어가 실제 삶의 언어와 닮아 있지만 운율적 상황에서는 크게 다르다는 점을 인정한다. 워즈워스는 운율을 통해 얻는 쾌감이 상이성 속에서의 유사성을 지각하는 인간 정신 활동의 위대한 원천임을 상기시키면서 이것이 도덕적 감정과 깊이 관련을 맺음을 강조한다. 단순히 시의 형식을 위해 도입되는 리듬의 기계적인 반복이 아니라 애처로운 상황과 감정이 독자의 마음속에서 지속될 수 있도록 하는 일종의 정서적 구동장치인 셈이다. 다음에서는 「마지막 양」을 분석하면서 지금까지의 논의를 점검해보도록 하자.

3. 「마지막 양」의 고통과 공감

새뮤얼 테일러 콜리지는 「마지막 양」의 도입부를 예로 들면서 워즈워스의 언어가 모든 계급에 통용되는 말이고 문장구조도 정확히 하층민의 것이 아님을 밝힌 바 있다(Sampson 61). 해당 대목을 인용해보자.

> 나는 먼 고장에 있었다.
> 하지만 나는 여태까지
> 건장한 어른이, 다 큰 어른이 공공도로에서
> 혼자 울고 있는 것을 자주 본 적이 없다.
> 하지만 영국 땅에서, 그리고 넓은 도로에서

그런 사람을 만났다.

그는 넓은 도로를 따라가고 있었는데

그의 볼은 눈물로 젖어 있었다.

슬픈 표정이었지만 강건해 보였다.

그리고 그의 팔에는 양 한 마리가 안겨 있었다.

(1-10 LB 79))[*]

이 대목에서 강조된 것은 어른 남성이 대로에서 공개적으로 울고 있다는 사실이다. 화자는 이 상황을 자못 당황스럽게 받아들인다. 그러니까 "건장하고" "강건한" "어른"이 "넓은 도로에서" 운다는 사실을 쉽게 이해할 수 없는 것이다. 이러한 상황의 의외성은 독자에게 울고 있는 사람에 대한 강한 궁금증을 불러일으킨다. 이 남자의 팔에 안긴 양과 이 남자의 슬픔이 모종의 관계가 있음을 암시하는 방식으로 이야기가 전개되는 것도 이러한 궁금증을 증폭시킨다. 그렇다면 이 대목에 하층계급의 언어가 사용되지 않았다는 콜리지의 지적은 적절한 것인가? 이 도입부에서 전제되는 것이 화자와 울고 있는 어른 사이의 거리감이라는 점을 상기할 때 콜리지의 지적은 초점을 빗나갔다고 할 수 있다. 건장한 한 남성 어른이 대로에서 운다는 사실이 화자에게 정서적 충격으로 다가왔음은 분명하다. 따라서 이러한 당혹스러운 상황을 나타내기 위해서는 화자자신의 언어가 사용될 수밖에 없다. 시인이 자신의 특정한 언어를

---

* 시 본문의 인용은 행, 출처 약어, 출처 페이지 순으로 표시한다. 별도의 표시가 없으면 7장에서 인용된 시는 모두 「마지막 양」이다.

사용하는 게 적절할 때가 있다는 「서문」의 주장은 이런 상황을 염두에 둔 것이라고 할 수 있다. 원문에 나타난 동일어휘의 반복(예를 들면 "어른man", "넓은 도로broad highway")는 화자가 느끼는 당혹스러움을 독자에게까지 전달하고 있다. 그런 반복의 효과는 압운에서도 여실히 드러나는데, 콜리지가 지적한 또 다른 사항인 문장 구조의 부적절성, 이를테면 압운을 위해 문장을 의도적으로 도치시키는 방식은 시에 독특한 음악성을 부여하면서 화자가 느낀 정서적 당혹감을 드러내준다. 시의 도입부에서 울고 있는 남자의 이야기로 시작하는 것이 아니라 화자가 이 남자를 만나게 된 경위와 그 만남의 순간에 느낀 당혹감에 초점을 맞추는 것은 독자에게 이 남자가 겪고 있는 고통이 익숙한 성질의 것이 아님을 강조함으로써 독자의 사유 공간을 열어두려는 시도라고 할 수 있다. 따라서 건장한 남자의 눈물과 그의 팔에 안긴 양이라는 풍경의 낯섦을 해소하는 방향으로 시가 전개되는 것은 당연하다. 「서문」에 관한 논의에 비추어보았을 때 관건은 이 낯섦을 이해와 공감으로 전환시키면서 독자에게 쾌감을 선사할 것인가 하는 것이다.

그는 나를 보았다. 그리고 뭔가를 감추고
싶은 듯 몸을 돌렸다.
그러고 나서 코트 자락으로
짜디짠 눈물을 애써 닦으려 했다.
나는 뒤따라가 이렇게 물었다.
"이보게 친구, 뭐 때문에 괴로워하는가? 뭐 때문에 그렇게 우는가?"

"부끄럽기 짝이 없네요! 이 튼튼한 양 때문에

눈물을 흘린답니다.

오늘 양 우리에서 가져왔는데

이놈이 남은 마지막 양입니다."

(11-20 LB 79)

　울고 있는 남자는 눈물을 보이지 않으려고 하지만 화자는 거듭 이 남자의 괴로움과 눈물에 관심을 보임으로써 남자의 내면으로 한 발짝 다가서려고 노력한다. 특히 화자는 남자가 흘리는 눈물을 '짜디짜다'고 생각하는데, 이는 이 남자의 슬픔이 단순한 성격의 것이 아님을 말해준다. 이 눈물을 억제할 수 없다는 점을 알아차린 것이다. 따라서 바로 그런 슬픔을 유발하는 것이 무엇인가에 대한 물음이 이어지는 것은 당연하고 이 물음에 대한 답을 통해 남자는 자신의 곡절을 말할 수 있는 기회를 얻는다. "마지막 양" 역시 '튼튼함'이 부각되면서 남자와 거의 동일시됨으로써 이 남자의 절박한 처지가 더욱더 잘 드러난다. 이 "마지막 양"은 한마디로 남자가 의지해야 하는 마지막 수단이다. 따라서 독자의 관심은 자연스럽게 이러한 처지에 몰리게 된 경위에 쏠리고 그 경위를 서술하는 남자의 말에 귀 기울여야 할 필요가 생긴다. 단순히 남자의 슬픔에 동화되는 것이 아니라 남자의 삶의 이력을 성찰의 자세로 바라보아야 하는 것이다.

　남자의 이야기를 요약하면 한 마리에서 시작한 양떼는 점점 불어나 결혼과 부의 축적을 가능하게 해준 원동력이었는데 이제 다시 한 마리로 줄어들었다는 것이다. 이는 곧 현재 남자가 지극히 가난해졌다는 뜻이기도 하다. 4연의 마지막 대목처럼 마지막 양까지 팔면 가족 역시 사라지게 될 처지에 놓이는 것이다. 3연과 4연에서 양떼와 자신의 가계가 공동 운명에 놓이게 된 상황을 서술하는 남자의 어조에는 기본적으로 슬픔이 배어 있지만, 동시에 이 서술에는 상당히 논리적인 화법이 동원된다. 남자의 이야기를 통해 양의 건강성이 남자와 남자가 속해 있는 가정 및 공동체의 건강성과 긴밀히 연결되어 있음이 밝혀진다. 더불어 이제 그런 양자의 건강성이 동시에 파괴될 위기에 놓여 있음이 드러난다. 한 마리에서 시작한 양이 다시 한 마리가 되는 과정은 원환적圓環的 구조를 이루면서 이 남자의 삶이 역사의 한 장면으로 떨어져나가 아스라이 멀어져가는 고립된 풍경처럼 제시된다. 그리고 그러한 풍경은 어떤 대표성을 띠면서 그 당시 농촌의 삶을 전형화하는 효과를 낳는다. 따라서 독자는 이 남자의 슬픔이 개인적 고통을 넘어선 시대의 산물임을 인식하게 되는데, 5연은 이러한 인식을 더욱 심화시켜준다.

"선생, 저는 여섯 명의 애들을 먹여 살려야 했어요.
곤궁한 시기에 힘든 일이었죠!
자부심은 꺾였고, 우리는 비탄에 잠겨
교구에 구제를 요청했답니다.
그들이 말하기를, 나는 부자라는 겁니다.
양들이 고지에서 풀을 뜯어먹고 있는데,
거기에서 양들을 데려와

그것으로 빵을 사는 게 온당하다는 겁니다.

'이렇게 하시오. 우리가 어떻게 가난한 사람의 몫을

당신에게 줄 수 있단 말이오'라고 그들은 큰소리쳤답니다."

(41-50 *LB* 80)

남자의 처지는 본인이 아니면 제대로 이해하기 힘든 고통이다. 교구 담당자들과 같은 타인들은 남자를 부자라고 생각하고 남자의 비탄을 제대로 이해하지 못한 채 양을 팔라고 스스럼없이 이야기 할 수 있다. "양들이 고지에서 풀을 뜯어먹고 있"다는 교구 담당자들의 인식에는 사람들도 굶어 죽어나가는 판에 양들의 배를 불리는 게 뭐가 중요하냐는 식의 힐난이 숨어 있다. 그 당시 목동들이 가계를 운영하기 위한 재화를 획득하는 방법은 앞서 논의한 「마이클」에서 이미 제시된 바 있다. 이 시에서 마이클은 주로 양을 키우고 불려가는 과정에서 양털을 팔아 생계를 유지한다. 한마디로 양이 새끼를 낳아 양떼가 늘어나면 그만큼 양모 생산이 늘어나 가계 수입이 증진되는 방식이다. 여기에는 자연스런 재생산구조가 자리 잡고 있기 때문에 특별한 위기가 오지 않는 이상 이런 방식이 유지된다고 할 수 있다. 그런데 앞의 인용문을 보면 이런 재생산구조를 위협하는 외적 요인 때문에 양의 사용가치보다는 교환가치가 더 중요해진다. 즉, 양은 빵을 사기 위해 팔아야 할 상품으로 변모한다. 하지만 이 방식은 재생산을 할 만큼의 시간적 여유가 주어지지 않는 이상 가계의 파산을 불러올 가능성이 농후하다.

이 남자에게 더 큰 고통은 애정을 다해 키운 양떼와 사랑스런 아이들 사이에서 양자택일을 해야 한다는 것이다. 이전에는 애들이 사랑스러운 만큼 양들 또한 사랑스러운 존재였는데, 이제 후자에 대한 사랑을 철회해야 하는 것이다. 이것은 단순한 물질적 빈곤의 문제가 아니라 정서적 공황을 유발하는 사태이다. 뭇사람들에게는 불가피한 선택이 남자에게는 비상식적인 선택의 강요가 되는 셈이다. 이 남자가 양과 자신의 관계를 말하는 대목을 시인이 연이어 제시하는 것도 이러한 선택이 그에게 얼마나 커다란 양심의 가책이 되었는지를 보여줌으로써 독자의 도덕적 의식을 일깨우기 위해서라고 할 수 있다. 교환과 매매로 이루어진 상업주의적 생활 방식에 익숙해진 독자의 내면에 균열을 일으켜 남자가 느끼는 고통에 동참하게 하는 것이다. 특히 남자가 양을 팔 때마다 심장에서 핏방울이 떨어지는 것 같았다고 하는 대목에서 독자는 관찰자 입장을 견지하기가 쉽지 않고 남자의 고통에 동참할 수밖에 없게 된다. 이는 단순한 감정적인 동일시라고 볼 수는 없고 이 남자의 처지에 대한 앎이 동반된 것이라고 할 수 있다. 이때의 앎은 이미 존재하는 지식을 습득하는 차원이 아니라 독자가 시를 읽는 과정에서 얻게 되는 '발견적heuristic' 지식이라는 점에서 쾌감의 원천이 된다고 할 수 있다. 이는 독자의 지각이 상업주의 이데올로기가 채워놓은 '마음이 벼려낸 족쇄'에서 벗어나는 해방의 경험이면서 공동체의 감각이 확장되는 계기이기도 하다.

　워즈워스가 『서정담시집』의 「발문Advertisement」에서 독자는 『서정담시집』에 실린 시들을 읽을 때 "낯섦strangeness"과 "어색함aukwardness"과 싸워야 한다고 말한 것도 이런 맥락에서 이해할 수 있다(*LB* 7). 이 "낯섦"과 "어색함"은 관습적 인식의 틀을 깨면서 타자에 대한 개방성을 유도하는 방편인데, 이 시의 도입부에 등장하는 남자의 부끄러움에 대한 이유가 밝혀지면서 독자는 허를 찔리는 경험을 하고 이를 통해 관습적 인식으로부터 벗어날 수 있는 계기를 마련한다.[3] 단순히 건장한 어른 남자가 울고 있는 것이 아니라 자식처럼 사랑했던 양을 팔아야 한다는 사실이 이 남자가 울고 있는 진짜 이유이다. 남자는 자신의 행위를 "사악한 짓wicked deeds"(71 *LB* 81)으로 생각하면서 어떤 평화나 안락도 찾을 수 없을 정도로 수치심을 느껴서 집을 떠나 숨을 곳을 찾아다녔다고 고백한다. 또한 양떼가 늘어날 때는 애들을 더욱더 사랑했는데 양떼가 줄어들면서 아이들에 대한 사랑도 줄어들었다고 한다. 집안이 곤궁해져서 양을 한 마리씩 처분해야 하는 상황은 남자에게 생계의 어려움뿐만 아니라 정서적 빈곤 상태를 유발한 셈이다. 시의 후반부에 이를수록 남자의 외양이나 행동거지보다는 그의 내면으로 관심의 초점이 옮겨짐으로써 독자는 남자가 당하고 있는 "극심한 고통sore distress"(86 *LB* 81)의 성격을 십분 이해할 수 있게 되는데, 이는 화자의 개입이 절제되었기 때문에 가능한 결과이다. 시가 남자의 이야기로 끝남으로써 화자는 이야기의 전달자보다는 남자의

3 『서정담시집』에 수록된 「여행하는 노인: 동물의 고요함과 퇴화에 대한 소묘」라는 시 역시 독자의 관습적 인식을 깨는 시적 반전을 포함하고 있다. 이 시에서 화자는 고통에 대한 오랜 인내를 통해 완전한 평화에 이른 것처럼 보이는 노인에게 어디로 가느냐고 묻는다. 하지만 뜻밖에도 노인은 자신의 아들이 전투에서 부상을 입고 병원에 후송되어 죽음을 앞두고 있고 자신은 이 아들과 마지막 작별 인사를 나누기 위해 병원으로 가고 있다고 말한다. 여기에서 독자가 확인하는 것은 평정과 달관에 이른 노인의 모습이 아니라 노인의 내면에 들어차 있는 고통의 실재이다.

이야기를 들어주는 청자로서의 역할을 하게 된다. 따라서 시의 마지막 구절인 "오늘 양 우리에서 가져왔는데 / 이놈이 남은 마지막 양입니다"(99-100 *LB* 81)라는 대목은 동일한 내용을 최초로 언급했던 때와는 다른 울림을 갖는다. 앞에서는 남자가 자신의 사정을 이야기하게 된 계기로 언급되지만 이제는 독자의 "합리적 공감rational sympathy"(*LB* 251)이 전제된 터라 이 남자의 딱하고 절박한 처지를 독자의 뇌리에 각인시키는 효과가 있다.

4. 공감, 쾌감, 그리고 사회적 변화

이제까지의 논의를 정리해볼 때 고통의 재현을 통해 시인이나 독자가 얻는 쾌감은 상당 부분 재현 대상에 대한 공감적 이해에서 비롯되었다고 할 수 있다. 그것은 시인이나 독자가 자신의 관습적 인식을 깨고 그 고통에 대해 깊이 숙고함으로써 감정의 개별성을 몸소 체험했을 때 가능한 경지이다.[4] 시의 대상은 개별적·지엽적 진실이 아니라 "일반적이되 작동하는general and operative"(*LB* 247) 진실이라는 워즈워스의 지론도 이런 시적 체험을 전제로 한 것이다. 시를 통해 드러나는 것은 과학적 진실과도 다르고 일반적인 철학적 진실과도 다른 구체적 실천성을 가진 진실인 셈이다. 따라서 시적 진실이 "작동"하기 위해서는 무엇보다도 시인이나 독자가 시

---

4 이러한 종류의 개별성이란 슬라보예 지젝Slavoj Žižek이 말하는 보편성에 다름 아니다. 지젝은 보편성이 개별성들을 담아내는 중립적 용기容器가 아니라 개별성들의 투쟁 자체임을 지적했는데, 이는 이데올로기적 보편성을 해체하면서 개별성이 스스로를 보편화하는 과정임을 말하는 것이라고 할 수 있다(Žižek 30).

적 대상에 대해 적극적으로 관심을 보여야 한다. 바로 이러한 적극성을 워즈워스는 사유의 이름으로 제시한다. 이 사유의 과정은 주체가 자기동일성으로부터 벗어나 타자에 대한 개방성을 확대하는 과정인데, 바로 이 과정에서 쾌감이 산출된다. 워즈워스가 공감이 쾌감에 의해 배가된다고 했을 때처럼 타자에게 열려 있는 상태가 주체에게는 기쁨의 경험이 되는 셈이다.[5] 워즈워스의 시학에서 이 경험이 감정적 도취나 동일시로 전이되지 않는 까닭은 이러한 개방성을 끝까지 확보하려는 사유의 힘이 작용하기 때문이다. 따라서 워즈워스에게 공감이란 버크의 경우처럼 인간 본성에 내재한 속성의 확인이라기보다는 타자와의 적극적인 관계 맺기를 통해 형성되고 성장하는 것이며, 이것은 그 자체로 탈주체적 쾌감의 산출로 이어진다고 할 수 있다. 본고의 서두에서 '쾌감'을 사회 전체에 대한 체계적인 혁명적 변화라는 정치적 쟁점으로 주제화할 필요가 있다는 제임슨의 주장을 소개했는데, 워즈워스가 시론에서 주장하고 시를 통해 실천한 쾌감의 산출이 이러한 사회의 혁명적 변화를 가져올 수 있는지는 별도의 논의에서 본격적으로 따져보아야 한다. 하지만 이 논의를 통해 분명해진 점은 워즈워스에게 쾌감의 산출은 독자의 근본적인 인식 변화를 목표로 하고 문화적 토양 자체의 혁신을 전제로 한다는 점에서 사회의 혁명적 변화에 창조적 동력을 제공한다는 것이다. 쾌감을 모든 가치 판단의 기준으로 설정했던 공리주의가 결국 개인의 이기심과 탐욕을 합리화하고 타인의

---

5 지젝에 따르면 주체는 자기동일성이 아니라 항상 "자신 밖으로 나가 있음ecstasy"을 통해 존재하는 진공과도 같은 것이다(Žižek 45).

고통에 대한 무감각을 초래했으며 오늘날 이러한 경향이 여전히 지속된다는 점을 상기할 때 워즈워스 방식의 쾌감 산출은 대중이 자신의 협애한 세계인식에서 벗어나 타자의 삶에 대한 실질적 감각을 되찾는 데 중요한 역할을 한다고 할 수 있다.

8

워즈워스의 "자연" 재론

— 영문학의 '주체적' 수용 맥락에서

1. 워즈워스의 "자연"과 영문학의 '주체적' 수용

영문학의 수용 문제는 『안과밖』창간호부터 뜨거운 쟁점이었다. 일반적으로 말해서 영문학을 비롯한 외국문학은 특정 언어와 지역을 매개로 이루어지는 문화 생산물이지만 그 속에 깃든 사유와 경험은 그러한 특정성을 벗어나 보편적인 성격을 띤다. 따라서 '주체적' 수용을 주장할 때도 이 같은 양면성을 충분히 고려해야 한다. 외국문학의 수용과 관련하여 주체적인 영문학 연구의 가능성을 타진하면서 윤지관은 "공감과 적대감의 절묘한 배합"이라는 백낙청의 명제에 대해 "서구문학 연구에서 주체적 관점의 필요성과 신식민적 상황의 민족 현실을 감안하고 있으며, 서구 보편주의의 허구성이나 이데올로기적 성격에 대한 환기와 아울러 우리 입장에 서면서도 배타적이지 않는 서구문학 읽기를 모색하는 가운데 나온 것"이라고 부연한다(윤지관 54). 윤지관도 인정하듯이 보편성과 특수성에 대한 변증법적 인식에 기반한 문학작품 읽기는 간단치 않은 문제이다. 여기에 더해 보편성의 근거가 되는 '문학적 가치'가 무엇인가도 문제이다. 탈구조주의나 탈식민주의 등 포스트 담론들이 '문학적 가치'를 탈신비화하면서 아예 가치에 대한 무관심을 조장하는 예가 하나의 유행이 되기도 했다. 그도 그럴 것이 '문학적 가치'라는 것을 평가할 수 있는 합의할 만한 규준이 따로 없고 문학이 사회·역사와 분리될 수도 없기 때문에 문학에 부여하는 어떠한 '보편성'도 이데올로기로 비판받을 가능성이 매우 높다(김영희 100-106). 따라서 외국문학의 수용과 관련하여 '문학적 가치' 운운하면 서구 보편주의의 허구성을 제대로 꿰뚫어보지 못한 순진한 문학주의에서 벗어나지 못한 것으로 비판받기 십상이다. 문학작품이 특정한 역사적 조건의 산물이어서 이런저런 이데올로기에 침윤되어 있기 때문에 그 작품의 가치를 평가할 수 있는 보편적인 기준을 설정하기가 어려운 것은 사실이다. 하지만 외국문학의 '주체적' 읽기를 주장할 때 서구적인 읽기와 본질적으로 다른 제3세계적 읽기를 설정하는 것은 편협한 읽기가 될 위험이 있으며, 나아가 탁월한 문학작품에 담긴 저항과 연대의 가능성을 무시하는 꼴이 될 것이다(백낙청 20-21). 이러한 상황을 감안할 때 "공감과 적대감의 절묘한 배합"은 난제 중의 난제임에 틀림없다. 이 명제가 난제임을 감안하고 좀 더 유연하게 생각해보면 외국문학뿐만 아니라 자국문학 읽기에서도 "공감과 적대감"이 개입될 수밖에 없다는 것은 당연한 상식이다. 아니, 거의 모든 문학작품에서 독자의 공감을 사는 부분과 그렇지 못한 부분—적대감까지 불러일으킬 정도는 아니더라도—이 있기 마련이다. 이렇게 보면 "공감과 적대감의 절묘한 배합"이라는 것도 어떤 작품이든 그것을 온당하고 적실하게 읽어내는 작업에 내재적으로 작용하는 비평 원칙으로 볼 수 있다. 즉, "공감과 적대감의 절묘한 배합"은 작품에서 잘된 부분과 그렇지 않은 부분을 가려내는 비평적 실천의 핵심 요소라는 것이다. '주체적' 읽기라고 해서 서구적인 읽기와 본질적으로 다른 읽기를 설정할 수 없는 것은 이런 이유에서라고 할 수 있다.

이렇듯 영문학의 수용 문제는 꽤나 복잡한 맥락을 전제로 다양한 쟁점들을 야기하는 사안이다. 그렇지만 『안과밖』 창간호에서 이 문제를 제기하던 상황과 그로부터 20년 가까이 지난 현재의 상황은 크게 달라져서 영문학의 수용 문제가 큰 주목을 끌 것 같지는 않다. 대학 내에서 이루어지는 구조 개혁의 국면에서 인문학의 위상은 날로 추락하고 있고 거대담론으로 이루어진 쟁점들을 차분하게 생각하고 논의할 여건도 마련되어 있지 않다. 그렇지만 이런 상황에서도 교육 현장에서 교수자는 인문학으로서 영문학의 교육적 가치에 대해 생각하지 않을 수 없고, 바로 그러한 교육적 가치의 문제는 영문학의 수용 문제와 결부될 수밖에 없다. 교수자가 학생들을 대상으로 영문학 작품을 가르칠 때 단순히 번역과 내용 정리만 해주는 게 수업의 전부가 아니라면, 학생들이 작품을 제대로 이해하고 평가할 수 있도록 작품의 세부내용을 작품을 둘러싼 역사적·문화적·정치경제적 맥락들과 연결시켜 설명하는 것은 문학 수업의 핵심 과정이라고 할 수 있다. 이 과정은 영문학 작품 읽기를 통해 학생들의 비평적 능력을 향상시켜 나와 타자, 그리고 세계에 대한 사유의 지평을 넓혀가는 것을 목표로 한다는 점에서 인문학적 실천의 현장이자 영문학의 수용이라는 사건이 벌어지는 현장이 된다고 할 수 있다. 연구 영역에서 영문학의 수용에 관한 관심이 현격히 떨어진 작금의 상황에서도 교육 영역에서 영문학의 수용은 수업 현장에서 여전히 사유되고 실천되는 셈이다.

필자의 경우 워즈워스의 시를 가르칠 때마다 스스로 워즈워스의 작품을 어떻게 수용하고 있는가(수용할 것인가) 자문해본다. 이러한 물음은 워즈워스에 대한 평가에서 가장 문제가 되는 '자연'을 어떻게 볼 것인가 하는 또 다른 물음으로 연결된다. 흔히 많은 학생들이 워즈워스를 '자연의 시인'이라고 알고 있고, 이 점이 워즈워스의 작품을 긍정적으로 보게 만드는 요소인 것은 사실이다. 그러나 이러한 워즈워스의 긍정적인 면모도 하나의 신화라는 것이 최근 비평들의 주된 견해이다. 이 같은 견해를 따를 경우 워즈워스의 시에서 딱히 '문학적 가치'를 이야기할 만한 작품들이 있을까 하는 의문이 들기도 한다. 워즈워스의 '자연'에 어떤 이데올로기가 투여되었다면 이를 드러내어 지적하는 것은 그의 시에 대한 올바른 이해와 수용에 필수적일 것이다. 하지만 그러한 이데올로기를 지적하는 작업이 평자의 비평적 이데올로기를 덧씌워서 결과적으로 작품의 '가치'를 폐기하는 일이 되지는 말아야 할 것이다.

이와 같은 문제의식에서 본고에서는 워즈워스의 '자연'이 왜 이데올로기의 싸움터가 되었는지를 간략하게 밝히고, 대표적인 탈식민주의 비평가인 사리 맥디시Saree Makdisi의 논리가 가진 문제점을 지적한 다음, 워즈워스의 『서곡』에 등장하는 "시간의 점들spots of time"을 분석하면서 인간의 감정과 기억이 펼쳐지는 현장으로서의 '자연'이 워즈워스 시의 수용과 관련하여 어떤 의미를 지니는지 살펴보고자 한다.

2. 워즈워스의 "자연"과 영국성

워즈워스의 시에 등장하는 "자연"이 단일한 구도에 수렴된다고는 볼 수 없다. 인간 정신과 상호작용하면서 기억과 감정의 '집결지' 역할을 하는 것으로 그려지기도 하고, 시적 화자에게 숭고의 감정을 불러일으키는 엄청난 규모를 가진 물리적 환경으로 제시되기도 한다. 따라서 일정한 해석적 틀로 담아내기에는 너무나 다양한 양상을 띨 뿐만 아니라 시적 주체와의 관계도 작품 내부의 상황을 섬세하게 살펴야 그 면모를 분별할 수 있다. 하지만 최근의 비평들은 대체로 워즈워스의 "자연"에 비판적으로 접근하여 모종의 이데올로기가 투여되었다는 입장을 취한다. 가령 신역사주의 비평은 워즈워스의 시가 억압하거나 왜곡하거나 지워버렸다고 주장하는 역사적 현실을 적발해내어 시적 재현의 이데올로기성을 비판하는데, 이 같은 접근 방식은 워즈워스 시의 '가치'를 탈신비화하는 데 주력한다. 이런 입장은 워즈워스의 시적 재현에 '자연주의적' 세부의 진실성이 없다고 공박하는 꼴인데, 이러한 비판은 시라는 장르의 독자적 위상을 무시하는 발상이라고 할 수 있다. 따라서 '문학적 가치'에 관심을 가진 독자라면 쉽게 수긍할 수 없는 비판 방식이라고 할 수 있다. 다른 한편, 워즈워스의 "자연"에 대한 탈식민주의적 접근 방식 역시 부정적이기는 마찬가지이다. 신역사주의에 비해 정도는 덜 하지만 워즈워스의 "자연" 재현이 갖는 이데올로기적 성격이 제국주의적 무의식의 형태로 관철된다는 입장을 취하기 때문이다. 문제는 워즈워스가 보수화되면서 자기만의 방식으로 영국의 제국주의에 복무한 혐의가 짙은 시들을 생산했다는 점이다. 굳이 탈식민주의적 비평이 아니더라도 워즈워스의 후기 시에서 농후해진 보수적 색채의 그림자를 이전 시들에서 찾고자 하는 것은 그리 어려운 일이 아니다.

워즈워스의 보수화와 제국주의에 대한 찬미와 관련하여 『유람 The Excursion』의 성격을 논하는 자리에서 국내의 한 논자는 "나폴레옹의 패색이 짙어지고 영국의 민족주의가 유럽을 제패하고 워즈워스가 '도덕적 생명을 부여하는' 대상이 영국 바깥으로 무한정 확대될 때 그의 외견상 무해한 영국 사랑은 의도적이든 아니든 대단히 위험한 정치적 함의를 지닌다"라고 지적했다. 워즈워스의 민족주의는 영국 정부에 대한 충성보다는 비판이 강하지만 성실성을 기반으로 하는 영국인의 정체성을 시인 자신이 내면화하여 이를 인류 전체의 경험으로 확대하려는 시도 자체에 제국주의적 무의식이 작동하고 있다는 것이다(박찬길 『시인과 혁명』 371-372). 워즈워스의 민족주의적 자각이 영국의 근대화에 비판적인 입장을 취하는 것은 사실이지만, 바로 그 근거가 되는 영국의 '자유'가 전 인류가 따라야 할 하나의 표준이자 모범으로 제시되기도 한다. 예컨대 「도버해협 근처 계곡에서 쓴 시」와 같은 소네트를 보자.

여기, 우리의 고국 땅에서 다시 돌아왔다.

꼬끼오 우는 수탉, 소용돌이 모양의 연기,

저 종소리, 건너편 풀밭에서

소매가 하얀 셔츠를 입고 뛰노는 사내아이들,

백악의 바다 기슭에 부서지는 파도 소리,

이 모두가 영국의 것. 나는 종종

기쁜 마음으로 켄트의 녹음 우거진 골짜기들을 둘러보았지만

이렇게 흡족한 마음이 든 적은 없었다.

유럽은 아직도 속박되어 있다.

하지만 그 생각은 다음 기회로 미루자.

나의 고국이여, 그대는 자유롭다.

이렇게 친근한 동행자를 곁에 두고

한 시간 동안 축복을 느끼면서 다시 영국의 풀밭을 밟으며

듣고 보는 것은 충분한 기쁨이자 긍지이다.

("Composed in the Valley near Dover" 1-14 Hutchinson 243)

이 시는 워즈워스가 아미앵 조약Treaty of Amiens 기간에 프랑스를 방문한 후 영국으로 돌아와서 영국의 자연을 보고 느낀 기쁨을 다루고 있다. 유럽의 속박과 영국의 자유를 대비시키는 가운데 영국의 자연에서 느낀 감각의 해방감을 한껏 칭송하고 있다. 그렇게 함으로써 영국의 자연은 자본주의 근대화의 터전인 도시에서는 찾

아볼 수 없는 영국성의 한 특질로 표상된다. 특히 시작부터 "여기"라는 지역성을 강하게 환기한 후 "우리"라는 주어를 사용함으로써 영국민의 동질성을 부각시켜 민족주의적 정서의 고양을 목표로 한다는 점을 분명히 한다. 화자가 느끼는 "고국"의 자연에 대한 애정, 나아가 영국에 대한 애정은 동행자인 도로시Dorothy의 공감과 인정을 통해 하나의 "긍지pride"로 승화된다. 이러한 긍지가 전 인류가 추구해야 할 가치가 되어야 한다고 주장하는 순간, 그것은 말하자면 문화제국주의의 출발점이 된다. 사실 워즈워스의 이 같은 민족주의적 자각은 영국인이 아닌 독자에게는 불편함을 자아낼 수밖에 없다. 특히 화자가 느끼는 기쁨과 만족감이 자연스럽게 전달되지 못하기 때문에 더 그러하다. 즉, 이 시는 자연에서의 감각의 자유를 이야기하는 듯하지만 여기에서 자연은 주체의 특수한 경험이 매개된 공간이 아니라 풍경화와 같은 전형적인 '그림'으로 제시되어서 워즈워스의 의식이 어떤 이념에 '속박'되어 있는 것처럼 보이는 것이다.

이렇듯 워즈워스가 문화제국주의의 혐의를 받는다면 그 근저에는 워즈워스의 민족주의적 자각과 이에 따른 자연 찬미가 놓여 있다고 할 수 있다. 워즈워스의 자연 예찬이 빅토리아조 낭만주의 담론의 중추인 심미적 국가주의에 이념적 기초를 제공했다는 지적이 나오는 것은 이런 맥락에서이다. 19세기 중반에 접어들면서 정치권력 없이 경제력으로 지배계급이 된 영국 중산층의 속물성을 견제하고 노동계급의 개혁 요구를 막아내면서 체제를 수호하기 위해서는 당대의 개혁 담론인 공리주의나 편협한 도덕주의와 자유방임주의로는 사회통합을 이뤄낼 수 없다는 합의가 이루어진다. 이런 합의하에 개인에게 국민이라는 정체성을 부여함으로써 사회통합을 유도하려고 했던 것이 낭만주의 담론을 기반으로 하는 심미적 국가주의였다(유명숙 183-185). 이런 분위기 속에서 워즈워스는 영문학 교육과 연구에서 하나의 거점이 된다. 1880년에 전문적인 비평과 연구 및 학문적 기초 작업을 통해 문학 연구와 출판이 하나로 결합되었고, 그 즈음에 결성된 워즈워스협회Wordsworth Society는 영국성의 함양을 주요한 목적으로 삼았다. 이러한 맥락에서 워즈워스의 시와 호반 지역은 영국성의 정수로 추앙받게 되었고 워즈워스의 『서곡』은 '시인의 정신적 성장'이라는 작품 주제를 넘어서서 '한 국가의 성장'으로 고양되었다(Reid 69-70).

3. "낭만적 제국주의": 맥디시의 탈식민주의적 워즈워스 읽기

필자는 이러한 문화민족주의적 워즈워스 전유와 아놀드의 워즈워스 평가를 비교한 바 있다. 아놀드는 기본적으로 문화민족주의와 거리를 두고 당대의 영문학을 평가한다. 그는 진정한 문화민족주의를 국가성 또는 지방성을 탈피한 유럽성 또는 국제성에 두었고 당대의 문화민족주의적 영문학 연구는 오히려 지방성의 표본이라고 보았다. 이런 관점에서 아놀드는 워즈워스 추종자들이 최선의 작품이라고 주장한 장시들보다 소박한 작품들에서 워즈워스의 탁월함이 드러난다고 주장했다(김재오 「영문학」 45-46). 아놀드의 입장이 "보수화된 부르주아 민족주의자들의 이데올로기적 전유로부터 워즈워스를 구해낸 보편적이고 국제주의적인 문화적 통찰력"(박찬길 「초기 영문학」 32)에서 비롯된 것임은 분명하다. 문제는 아놀드가 워즈워스의 시에서 발견한 '보편성'을 어떻게 볼 것인가 하는 것이다. 아놀드는 "워즈워스의 시가 위대한 것은 자연이 주는 기쁨, 소박하고 원초적인 애정과 의무감으로 우리에게 제공한 기쁨을 워즈워스가 느낄 때 비범한 힘을 동반하기 때문이다"(Arnold VI 51)라고 말한 바 있다. 이 같은 아놀드의 언급은 「『서정담시집』 서문」에서 워즈워스가 목표로 한 바인 고통받는 촌부들의 삶에 대한 공감적 이해와 여기에서 비롯된 '쾌감'을 인간 정서의 보편성으로 자리매김하는 발언이라고 할 수 있다(김재오 「고통」 12-31). 아놀드가 워즈워스의 시에서 감동의 원천으로 파악하는 "자연이 주는 기쁨"은 그 자체로는 보편적인 성격을 띤다고 하겠지만 어떤 맥락에서 제시되느냐에 따라 '특수한' 목적에 봉사할 수도 있다. 그리고 바로 이 점을 지적하는 것이 탈식민주의 비평의 주된 독법이다.

워즈워스의 자연시가 자본주의 근대화의 문제점들을 비판할 수 있는 대항적인 성격을 띠면서 인간 정신에 복원력을 제공했지만 그것이 문화제국주의적 인식소認識所로 작용할 수도 있다는 것이 맥디시의 핵심 주장이다(Makdisi 66-69). 워즈워스의 자연시가 영국성과 내적으로 긴밀히 연결되어 있고 나아가 문화적 전통의 우수성을 영국 외부로 확산시키는 매개체가 됨을 주장한 셈이다. 한편으로 아놀드적 워즈워스 평가의 온당성을 인정하지만 다른 한편으로 아놀드 당대의 문화민족주의자를 비판하는 논리로 이 온당한 평가를 다시 보는 작업을 수행하는 것이다. 맥디시의 입론은 문학적 가치의 보편성이 가지는 가능성과 한계를 동시에 짚어내면서 워즈워스의 시를 읽어내려고 하는 만큼 외국문학으로서 워즈워스의 시를 어떻게 수용할 것인가의 문제에 대해 많은 시사점을 던져준다. 따라서 그 논리를 차분하게 짚어볼 필요가 있다. 맥디시는 워즈워스가 자연에서 발견한 '복원력'을 런던으로 대표되는 근대화와 위기의 세계, 한마디로 공포의 세계로부터 벗어나 개인적 의식의 숭고성으로 도피함으로써 얻게 되는 주체의 안정성으로 파악하고 있다. 런던은 고독한 관찰자의 위치를 엄청난 시각적 스펙터클과 혼란과 분별되지 않는 동질적인 흐름으로 위협하기 때문에 워즈워스는 좀 더 안정적이고 이해 가능한 장소를 하나의 피신처로 만들어내야 할 필요성을 느꼈다는 것이다(Makdisi 43).

워즈워스가 자연이라는 공간을 스스로 만들어내면서 추구한 것은 런던을 버리면서 달아나고자 했던 근대화의 거대한 변화 과정, 그리고 전원적인 잉글랜드(웨일스, 아일랜드, 그리고 스코틀랜드는 말할 것도 없고)를 변모시키고 있던 그 변화 과정으로부터의 도피 또는 피신이다. 여기서 워즈워스가 구성하는 자연 이미지들의 특정한 측면이 중요해진다. 이 이미지들은 시간의 이미지인 동시에 공간의 이미지이다. 워즈워스의 자연 이미지는 시간의 점이다(워즈워스의 1802년 소네트에 등장하는 웨스트민스터 다리에서 관찰된 런던처럼 말이다). 하지만 그 시간의 점은 비판적인 관점에서 볼 때 "자연적인natural" 것이 아니라 (⋯) 경험과 관습의 **인간적인** 가능성으로 이해될 필요가 있다. 그것은 정확히 워즈워스의 시에서 자연 그 자체의 본모습인 인간적인 가능성이다.

(Makdisi 51-52, 원저자 강조)

여기에서 맥디시가 주장하는 것은 다음과 같다. 첫째, 워즈워스가 식민화 과정과 병행해서 일어난 근대화 과정의 문제를 정면으로 돌파하려 하지 않고 자연에서 도피처를 찾았다는 것이다. 둘째, 이러한 도피처 또는 피신처로서의 자연은 근대화 과정에서 도시와 마찬가지로 변모의 과정에 있었던 물리적 환경으로서의 자연이 아니라 "이미지"로서의 자연이라는 것이다. 셋째, 이 이미지화된 자연은 근대의 시간이 침투하는 것에 저항하는 인간적인 가능성을 의미한다는 것이다. 문제는 이러한 "시간의 점"으로서의 '자연'이 근대성의 타자로 정의될 수 있을 뿐 그 자체로 역사를 설명할 수 있는 방법이 없다는 것이다. 그렇기 때문에 근대화의 역사적 과정과 사회적 관행이 잠재한 공간으로 제시될 수 있을 뿐이라는 것이다. 나아가 맥디시는 이 같은 대안적 공간이 실패로 돌아갈 수밖에 없는 이유를 그것이 근대화의 역사를 주도한 부르주아적 주체에 의해 구성된 인식론적인 공간이기 때문이라고 본다. 그러니까 맥디시가 보기에 워즈워스 기획의 핵심적인 모순은 근대화에 대한 저항의 거점을 마련하려는 시도 자체가 근대화 이념에 바탕을 둔 문화적 관행이었다는 것이다.

이 같은 맥디시의 주장을 따르다 보면 빅토리아조 문화민족주의자들의 워즈워스 '숭배'를 전도시키면서 아놀드가 상찬한 워즈워스 자연시의 미덕까지 탈신비화하는 길로 들어서게 된다. 그 같은 미덕들이 근대화 및 이에 연동된 식민주의의 문제들을 독자들이 세세히 파고들 수 없도록 하는 '이데올로기적 봉합'의 기능을 수행하는 것으로 비판받기 때문이다. 따라서 이 같은 탈식민주의적 전도와 탈신비화는 워즈워스의 자연시에 담긴 '문학적 가치'를 해체하고 전복하는 데에 비평적 초점을 맞추게 된다. 워즈워스를 어떻게 가르치고 연구할 것인가 하는 문제에서 문화민족주의와 탈식민주의는 상반된 입장인데도 워즈워스 시의 '문학적 가치'를 왜곡하거나 부정함으로써 영문학의 '주체적' 수용에 오히려 걸림돌로 작용할 수 있는 것이다. 여기에서는 이러한 점을 전제하고 "시간의 점들"을 다시 검토하면서 영문학 수용의 맥락에서 워즈워스의 시에 담겨 있는 '문학적 가치'를 다시 따져보기로 한다.

4. "시간의 점들": 감정과 자연

주지하다시피 『서곡』의 "시간의 점들Spot of Time"에는 이 명칭으로 불리는 12권의 일화 두 개 말고도 1권의 "새집 훔치기" 일화나 6권의 "심플론 고개 넘기" 일화, 14권의 "스노든산" 일화 등 유사한 성격을 지닌 경험들이 포함되기도 한다.* 따라서 "시간의 점들"을 이해하기 위해서는 작품 전체를 논의의 대상으로 삼아야 할 것

---

* 1850년 판을 기준으로 설명했다. 8장에 인용된 시는 모두 『서곡』 1850년 판에 수록되어 있고, 다른 판을 사용할 경우에는 따로 표기했다. 시 본문의 인용은 권, 행, 출처 약어, 출처 페이지 순으로 표시한다.

이다. 본고에서 12권의 일화들에 집중하는 이유는 이 일화들이 상상력의 손상과 회복이라는 맥락에서 등장한다는 점에서 맥디시가 비판적으로 바라본 워즈워스적인 자연의 "복원력"이라는 주제를 검토하기에 적합하기 때문이다. 이 일화들은 자연 묘사 면에서 다른 일화들과 질적으로 다르고 기억과 회상의 관점에서도 좀 특별한 데가 있다. 따라서 상상력이 어떻게 손상되었고 이러한 특별한 일화들이 어떻게 하나의 치유책으로 제시되는지를 살펴볼 필요가 있다. 우선 시인은 윌리엄 고드윈William Godwin의 이념에 심취했지만 이내 실망했고 이 같은 도덕적·정신적 위기를 겪는 과정에서 자연에 의지했음을 고백한다. 자연에서 마음의 평정을 찾았으며 자연에 대한 사랑의 열정을 여전히 간직하고 있었다는 것이다. 하지만 이 열정이 전과는 달라졌음을 밝히면서 그 이유를 설명한다. 특히 1805년 판에 이때의 정서적 혼란과 정신적 위기가 한층 분명히 드러나 있다.

> 그렇게 나는 기이하게도 나 자신과 싸웠다.
> 새로운 우상을 숭배하는 광신도로서
> 세상과 담을 쌓은 수도승처럼
> 지난날의 힘의 모든 원천에서
> 마음을 단절시키고자 부단히 노력했다.
> 마법사가 지팡이를 휘두르기만 하면
> 순식간에 궁전이나 숲이 사라지듯이
> 나 역시 기꺼이 삼단논법식 말들과
> 손쉽게 시용할 수 있는 논리의 마법을 써서

지난 세월과 다가올 날들에

인간이 살고 있는 모든 곳에서

온 인류를 하나의 형제로 만들어왔고

앞으로도 그렇게 할 저 정념의 신비를

영혼에서 제거해버렸다—이성이

그러한 형제애를 고양시키고

세련되게 만들기 위해 지금까지 행해왔고,

앞으로도 행할 모든 노력에도 불구하고 말이다.

(1805 11: 74-90 The Prelude 468)

시인은 한때 자신의 정신을 지배했던 "논리의 마법"이 영혼에서 "감정의 신비"를 제거함으로써 세상을 보는 눈이 달라졌음을 고백한다. 통합적인 사유가 아니라 "광신도"처럼 하나의 이념—여기서는 이성—을 지나치게 숭배한 나머지 세상과 단절된 채 선험적인 논리로 현실을 재단했다는 반성이다. 이어서 이성의 언어는 작품의 활력을 잃게 만들어 시인의 책에 "공백an emptiness"(90)을 만들어냈다고 진단한다. 워즈워스가 상상력을 회복하기 위해서는 무엇보다도 "정념의 신비mysteries of passion"(85)를 회복해야 하는 셈이다. 사실 시인이 말하는 "정념의 신비"가 무엇을 의미하는지는 정확히 알 수 없고 시인 스스로 이것을 설명하려고 한다면 다시 한번 "논리의 마법"에 휘둘릴 수도 있을 것이다. 이 상태는 이성의 언어로는 접근하기 힘들고 깊은 감각적 체험을 통해 도달할 수 있되 세상을 인식하고 인간과의 관계를 만들어가는 데 필요한 통합적 정서임이 분명하다. 또한 "신비"라는 말이 암시하듯이 시인의 무의식에 작용하고 있어서 '결여'를 느끼는 순간 그 실체가 확인되는 감성적 중추라고 할 수 있다. 이 심오한 정서를 복원하기 위해 극복해야 할 것은 분석적이고 추론적인 이성의 영향만이 아니다. 오감 중 하나인 시각이 정신에 절대적인 지배력을 행사하는 현상, 이를테면 눈이 가슴을 지배하는 "시각의 폭정the eye (…) the most despotic of our senses"(1805 11: 127-129 *The Prelude* 474)에서 비롯된 "생생하지만 깊이는 없는vivid but not profound"(1805 11: 143) "외적인 감각에의 도취a transport of the outward sense"(1805 11: 142)에서도 벗어나야 한다는 것이다.

전체적으로 워즈워스의 반성이 주를 이루지만, 넓게 보면 서구 근대성의 핵심을 이루었던 계몽주의적 이성이나 시각중심주의에 대한 비판을 담고 있다. 이러한 비판의 근거는 워즈워스에게는 물론 "자연"이다. 자연이 모든 감각을 서로 맞대응하게 하고 감각과 감각의 대상이 되는 사물들이 자유와 힘이라는 위대한 목적에 봉사하도록 한다는 것이다. 그러니까 자연이 인간의 감각들을 통합적으로 작용하게 하여 인간에게 한 가지 감각에 구속되지 않는 자유와 힘을 준다는 말이다. 맥디시가 말하는 이미지화된 자연이 시각에 의해 파악되고 구성되는 자연을 의미한다고 할 때, 워즈워스는 자연의 작용을 통해 바로 그 이미지화된 자연이나 이미지화하려는 인간의 의식 자체를 비판하는 셈이다. 이러한 맥락에서 워즈워스는 시각에 구속되어 자연을 바라보던 자신의 습성을 상상력의 타락과 연관시키고 이러한 습성을 벗어나게 해준 계기로 "시간의 점들"을 제시한다.

우리 존재 안에 있는 시간의 점들은

매우 탁월하게 활기를 되찾게 해주는 힘을

지니고 있어, 우리가 그릇된 견해와

논쟁적인 사고 또는 사소한 일이나

반복되는 일상사에서 주어지는

더 무겁거나 더 치명적인 마음의 짐으로 우울해할 때,

우리의 마음은 거기에서 자양분을 받아 부지불식간에 회복된다.

그 힘은 쾌감을 진작시키고

우리의 마음에 깊이 스며들어

고양된 순간에 우리를 더욱 드높여주고

전락한 순간에 우리의 기운을 북돋아준다.

(12: 208-218 The Prelude 479)

이 대목의 핵심은 "시간의 점들"이 마음 깊은 곳에서 거의 무의
식적으로 정신의 상처를 치유해주는 힘으로 작용한다는 것이다.
인간 정신이 공허의 나락으로 빠져들면서 바닥을 모르고 추락할
때 "시간의 점들"은 강력한 힘으로 그 추락을 막아내면서 회복의
길로 들어서게 만드는 것이다. "시간의 점들"은 기억이지만 인간
의 의지로 불러낸 기억이 아니며, 따라서 시공간적으로 재구성하
여 객관적 사실의 형태로 재현할 수 있는 것은 아니다. 이러한 이
유로 "시간의 점들"의 특징은 "경험의 내용이 아주 구체적이고 미
세하면서도 그 구체성이 경험의 의미를 명시적으로 담은 바의 구
체성은 아니라는 데에 있다"(엄용희 121). 즉, 매우 특수한 경험이
면서도 그 경험이 무엇을 의미하는지 정확히 말해지지는 않는 것

이다. 이 경험은 외부 자연물과 인물에 대한 '인상'과 '이미지'의 배치로 재현되어 있지만, 이때의 이미지는 시적 화자의 의식에 의해 구성된 것이라기보다는 무의식에 기입되어 지워지지 않는 '자국mark'과 같은 성격을 지닌다. 사실 이런 종류의 경험이 "쾌감"과 "소생"과 "자양분" 등의 긍정적인 힘으로 작용한다는 것에는 선뜻 이해되지 않는 측면이 있다. 인간 정신에 하나의 '자국'을 남기는 경험이란 대개 불쾌함을 동반하기 마련이기 때문이다. 이렇게 볼 때 과거에 경험한 정서상의 불쾌함이 어떻게 극복되면서 치유의 힘으로 작용하는지가 "시간의 점들"을 이해하는 데 중요한 논점이 된다고 할 수 있다.

첫 번째 "시간의 점들" 이야기에서는 어린 워즈워스가 말을 타고 가다가 동행인과 헤어져 혼자 남게 된 후 겪은 무서운 경험을 다루고 있다. 이야기에 따르면 홀로 황무지로 들어선 워즈워스는 살인자가 처형된 적이 있는 계곡 바닥에 도달하고 폐허가 된 교수형 현장 근처의 풀밭에 새겨진 살인자의 이름을 확인한 후 공포에 질려 그곳을 벗어난다. 여기까지는 어린아이가 홀로 남겨져 경험한 공포감이 살인자를 가리키는 "글자" 형태로 뇌리에 강하게 남았음을 보여주는데, 이때의 강렬한 공포감은 고독이나 죽음에 대한 추상적 인식을 매개하지 않은 채 그러한 개념을 어렴풋하게나마 떠올리는 '타자성'의 현시라고 할 만하다. 그렇다면 이러한 경험과 이후에 어린 워즈워스가 보게 되는 물동이를 인 처녀의 모습은 어떤 관련이 있는가?

그리고 민숭민숭한 공유지를 다시 오르다가

산 아래쪽에 놓여 있는 휑한 웅덩이와

산 정상의 봉화대, 그리고 좀 더 가까이에서

머리에 물동이를 이고 휘몰아치는 바람을 맞으며

힘든 발걸음으로·어렵사리 걸어가는

한 처녀를 보았다. 그것은 실제로는

범상한 광경이었지만, 그때 내가

잃어버린 길잡이를 찾아 사방을 살펴보는 동안

황무지와 그 휑한 웅덩이와 인적 없는 산 정상의 봉화대,

그리고 그 여인과, 강한 바람에

나부끼며 흔들리던 그녀의 옷을 감싼

환영과도 같은 황량함을 표현하기 위해서는

인간에게는 알려지지 않은 색채와 말이 필요했다.

(12: 248-261 *The Prelude* 481)

이 대목에서 시인화자가 강조하는 사항은 자신의 눈에 비친 "범
상한 광경"에 "환영과도 같은 황량함"이 깃들어 있었다는 점, 그리
고 그러한 황량함을 인간의 언어로 표현하기 힘들었다는 점이다.
여기에 사용된 표현들, "민숭민숭한bare"이나 "휑한naked" 등의
수식어는 물리적 배경을 표현하는 동시에 어린 워즈워스가 경험한
정서적 공황을 환기한다. 그리고 묘사된 사물과 인간의 정황은 외
로움이나 위태로움과 관련되고, 이는 어린 워즈워스가 처한 정서
적 곤경과 조응한다. 특히 물동이를 이고 가는 처녀의 움직임은 균
형이 무너지면 곧바로 파국으로 치달을 것 같은 긴장감을 자아낸

다. 교수형이 일어났던 장소와 거기에 새겨진 살인자의 이름이 불러일으킨 공포가 "범상한 광경"을 "환영과도 같은 황량함"으로 채색시킨다고 할 수 있다. 그렇다면 이러한 경험이 상상력과 어떤 관련이 있다는 말인가?

하트먼은 모든 것이 색채를 잃고 육탈肉脫되어버린 '헐벗음'의 형상들이 자연 속에서의 인간 의식의 영속성indestructibility을 표상한다고 주장한다. 따라서 이 대목은 어린 워즈워스가 이러한 영속성을 직관적으로 인식하는 계기가 되고, 이 경우 자연은 대상이 아니라 존재이자 힘으로 스스로를 넘어서는 곳으로 인간 의식을 인도하는 안내자가 된다는 것이다(Hartman "The Romance of Nature" 288-290). 하트먼의 입론을 여기서 길게 상론할 계제는 아니지만 "의식意識"을 강조하고 "자연"을 초월의 매개로 보고 있음은 분명하다. 그런데 이 같은 주장은 앞의 인용문에서 일어난 경험의 구체성을 지워버리고 형이상학적 틀로 추상화하는 한편 실제로 자연을 관념에 대한 '이미지'로 만든다는 점에서 앞에서 논의한 맥디시의 비판에서 자유로울 수 없다. 따라서 구절 자체에 대한 구체적인 설명이 필요하다.

우선 "범상한 광경"이 "환영과도 같은 황량함"으로 비추어진 데에는 명백히 공포감이 작용하고 있고 이 공포감이 어린 워즈워스의 정신을 압도하는 "숭고"의 경험임은 명백하다. 이는 단순한 감정이 아니라 주체의 감각, 특히 시각적 감각에 의한 지각의 메커니즘 자체를 붕괴시키는 강력한 감정이다. 토머스 와이스켈Thomas Weiskel에 따르면 이 대목에서 사물은 이전의 두려움에 대한 보상으로 "환영과도 같은" 색채가 감돈다고 한다. 시인화자에게 더이상의 "숙고meditation"를 종식시키는 일종의 "경계 상태liminal state"로 사물과 의식은 정적인 성격을 띠게 된다는 것이다. 이러한 상황에서 물동이를 인 처녀는 이 같은 비자발적이고 비인간화된 정신의 정적인 상태를 거부하는 인간 의식의 고투를 연상시킨다고 본다. 그리고 이때 바람은 죽음 자체를 표상하는 것이 아니라 죽음과 불가분하게 얽혀 있지만 무엇이라고 특정할 수 없는 모호한 힘이고 나아가 이 힘은 결국 상상력의 통제할 수 없는 강력함에서 비롯된다는 것이다(Weiskel 179-180).

와이스켈의 견해를 참조하면, 첫 번째 이야기에서는 무의식적으로 죽음을 떠올릴 정도의 공포감이 시각을 관통하여 정신의 지형 자체를 변화시켜 사물과 상황이 완전히 다르게 다가오는 경험을 서술하고 있다고 할 수 있다. 이 체험은 워즈워스에게 "감정의 신비"를 통해 외부 대상에 대한 지각의 변용이 일어난 하나의 사건이고, 바로 이 사건이 상상력의 작용을 최초로 경험한 순간이 되는 셈이다. 워즈워스에게 "감정의 신비"를 복원하는 것이 상상력의 회복과 직결되는 것도 이런 이유에서이다.

두 번째 "시간의 점들" 일화에서는 성탄절을 맞이하여 고향 집으로 돌아올 때의 경험을 다룬다. 여기에서도 워즈워스의 의식과 그가 바라본 풍경 사이의 관계가 또다시 문제가 된다. 자신과 형제들을 태우고 갈 말을 기다리며 지켜본 풍경은 그 자체로 특별한 의미를 지니는 것은 아니다.

그날은

폭풍우가 치는 사납고 어두운 날이었다.

휑한 벽에 몸을 반쯤 가린 채

나는 풀밭에 앉아 있었다.

오른편에는 단 한 마리의 양이 누워 있었고

왼편에는 시들어 죽은 산사나무가 서 있었다.

이것들을 벗 삼아 곁에 두고 나는 거기서

안개 때문에 보였다 말았다 하는

아래쪽 잡목 숲과 들판을 눈을 부릅뜨고 지켜보았다.

(12: 297-305 The Prelude 484-485)

상식적으로 생각했을 때 성탄절을 맞이하여 집으로 돌아가는 것은 기쁜 일일 터인데, 어린 워즈워스에게는 그러한 기대감보다는 상당한 긴장감과 불안을 내포하는 일처럼 나타나 있다. 그리고 "단 한 마리의 양"과 "시들어 죽은 산사나무"는 이러한 긴장감과 불안을 나타내는 일종의 객관적 상관물이라고 할 수 있다. 이어지는 대목에서 아버지의 죽음과 고아가 되어 장례식을 치른 일이 자신에게는 "징벌chastisement"(311)처럼 느껴졌다고 술회한다. 초조와 불안 속에서 말을 기다리는 일과 아버지의 죽음이 징벌처럼 느껴지는 것 사이의 관계는 정신분석학적 접근이 필요할 정도로 불확실하고 모호하다. 워즈워스의 의식 깊은 곳에서 어떤 감정이 몹시 억압받고 있기 때문에 이 관계에 대한 서술이 텍스트 표면으로 드러나지 못한 것이다. 확실한 점은 말을 기다릴 때의 초조함과 불안이 아버지로 표상되는 '집'으로 가기 싫어하는 마음에서 비롯되있다는 것이다. 자신의 실존적 근거이자 정서적 둥지를 거부하는 마음이 어디에서 생겨났는지는 정확히 알 수 없지만, 요는 아버지의 죽음을 통해 그 마음이 자리 잡은 "가장 깊은 감정 속에서/욕망을 바로잡아준 신께 머리를 숙"(12: 315-316 *The Prelude* 485)이는 형태의 성찰이 이루어진다는 점이다. 이 성찰은 앎의 형태를 띠지만, 워즈워스가 앞서 추론적 이성을 비판한 점을 고려할 때 이 앎은 적어도 "그릇된 견해와 논쟁적인 사고"에 휘둘리지 않는 어떤 '내공 內功'의 성격을 지닌다고 할 수 있다.

첫 번째 일화와 두 번째 일화 모두에서 시인이 겪은 경험은 죽음과 연관된 공포와 죄의식 등 주체에게 상당한 고통을 안겨주는 부정적인 감정이지만, 의식의 지평을 흔들어놓은 강력한 에너지로 사물과 사건에 대한 지각을 바꾸어놓는다는 점에서 상상력의 근간을 이룬다. 하지만 이 경험이 회상의 형태로, 다시 말해 세월이 흐른 후 경험의 현장으로 되돌아가보는 '추체험'으로 변형될 때 원래의 경험이 갖는 직접적인 고통과 불쾌함은 의식의 성장과 함께 완화된다. 다른 한편 최초 감정의 강도에는 미치지 못하지만 그와 유사한 감흥이 마음속에 자리 잡고 현재의 정체된 감정 상태에 활기를 부여함으로써 즐거움을 선사한다. 시간이 한참 지난 후에 "더 무겁거나 더 치명적인 마음의 짐으로 우울해할 때"(12: 212 *The Prelude* 479) 이 장면(현장)으로 되돌아가면 그 안에 현재의 "우울함"을 내파內破할 수 있는 강력한 감정이 존재한다는 말이 될 것이다. 워즈워스가 첫 번째 이야기에서 성년이 되어 사랑하는 두 사람과 함께 같은 장소를 방문했을 때 휑한 웅덩이와 음울한 봉화대에 "쾌감의 기운spirit of pleasure"(12: 266 *The Prelude* 483)이 깃들어 있다고 한 대목도 이 같은 체험의 형식을 반복하는 과정에서 생겨난 정신의 소생을 말하는 것이다. 이러한 감정의 내적 경로는 감정의 '자발성'을 강조하는 「『서정담시집』 서문」의 유명한 발언, 즉 "고요함 속에서 회상된 정서로부터 발원한" "강력한 감정의 자발적인 흘러넘침"(*LB* 251)이라는 감정의 역학을 워즈워스 자신의 상상력으로 선취한 것이라고 할 수 있다.

더불어 이러한 감정의 역학을 이루는 중요한 요소로 자연은 물리적 배경이나 인간 정신의 외화가 아닌 감정 자체와 분리될 수 없는 존재가 된다. 두 번째 일화를 정리하면서 시인화자가 말을 보았을 때 보고 들었던 광경들과 소리들을 다시 거명하며 이것들을 그 뒤로도 폭풍우와 비가 몰아치는 날 숲속에 있을 때 자신이 찾아가는 "정신의 샘"(12: 324-326 *The Prelude* 485)으로 생각하는 것처럼 말이다. 이런 생각에서 시인은 외부의 환경과 가시적 형태를 인간 정신이 즐기도록 해주는 것이 감정의 작용이고 "자연의/형상들 그 자체에 정념이 깃들어 있어"(13: 290-291 *The Prelude* 505) 인간사와 불가분하게 얽혀 있다는 결론에 도달한다. 자연을 시각적 전유에 의해 그 외양적 아름다움을 칭송하거나 단순한 추억의 장소로 회상하는 관점에서 벗어나 자연에 감정이 깃들어 있다는 성찰에 도달하지 않았더라면 이러한 성찰과 작품의 주제가 내적으로 깊이 공명하고 있는 「마이클」과 같은 시는 불가능했을지 모른다. 이 작품에서 마이클의 노동 현장인 들판과 언덕은 "그의 마음에 수많은 사건들/고난, 기술 또는 용기, 기쁨 또는 두려움을/새겨둔which had impress'd / So many incidents upon his mind / Of hardship, skill or courage, joy or fear"(67-69 *LB* 219) 주체로 부각된다. 자연은 노동을 매개로 인간과 상호작용하면서 인간의 정신 형성에 필수적인 존재가 되는 것이다. 이 경우 자연은 문화적 기억의 저장소가 되고 이 문화적 기억에서 감정은 핵심 요소가 된다. 챈들러의 지적처럼 워즈워스에게 감정은 인간 정신의 형성에 지대한 영향을 끼치는 만큼 전통의 대체물이 아니라 전통 그 자체였던 것이다(Chandler *Second Nature* 198). 워즈워스는 "시간의 점들"이라는 개인적 체험을 확장하여 바로 그 같은 체험이 개인의 정신 형성뿐만 아니라 한 사회의 '문화'에서 핵심 요소가 된다는 점을 마이클과 같은 시골 하층민들의 삶에서 발견했다고 할 수 있다.

5. 워즈워스의 "감정이 깃든" 자연과 근대화 비판

이제 맥디시의 주장으로 돌아가 논의를 정리해보자. 맥디시의 요지는 워즈워스의 근대화 비판이 영국의 자연을 가능성의 시공간으로 이미지화했고 이런 시적 재현이 당대의 문화적 관행에서 벗어나지 않는다는 것이다. 이 같은 관점에서 보면 근대화의 비판자인 워즈워스는 자연을 '이미지'로 (재)생산하여 '인간적인 가능성'이라는 낭만적 이념을 성취하는 데 활용함으로써 근대화 및 이와 직결된 제국주의 문제를 회피하는 길로 접어든 셈이다. 하지만 앞서 살펴보았듯이 "시간의 점들"에 등장하는 자연은 시각에 의해 전유될 수 없을 만큼 의미의 깊이를 지니고 있다. 따라서 시적 주체에 의해 구성된다기보다는 시적 주체와 밀접한 관련을 맺으면서 시적 주체를 구성하는 것이 부각된다. 요컨대 워즈워스는 "시간의 점들"을 통해 시각적 이미지를 통한 인식이 인간 정신에 끼친 해악을 비판하고 있으며, 바로 그렇기 때문에 '이미지'로 환원될 수 없는 감정이 깃든 자연을 강조하고 있는 것이다. 따라서 워즈워스의 근대화 비판이 근대화가 구축해놓은 인식론에서 출발함으로써 모순에 봉착한다는 맥디시의 주장은 워즈워스의 문화적 실천이 갖는 의미를 제대로 헤아리지 못했다고 하겠다. 감정의 문제까지 깊이 있게 천착하면서 이를 통해 근대화의 체험에서 지워진 감성의 역사를 복원하려고 한다는 점에서, 그리고 그 같은 역사의 복원이 시골 촌부들의 삶과 경험에 대한 애정 어린 관심으로 이어진다는 점에서, 워즈워스의 근대화 비판은 근대화의 패러다임과 인식론에 근본적인 도전을 시도했다고 평가할 수 있다.

워즈워스의 이 같은 노력은 대형 토목사업이 문화적 기억의 근거지로서의 자연을 형체를 알아볼 수 없을 만큼 파괴하고 있고 사회의 전 영역에서 날로 기승을 부리고 있는 비민주적 행태가 공감과 연대의 문화를 해체하고 있는 우리의 현실을 돌아보게 만드는 성찰의 거울이 되기에 충분하다. 워즈워스를 무조건적으로 숭배하는 문화민족주의자들의 이데올로기와 워즈워스를 체계적으로 탈신비화하는 탈식민주의의 논리에서 벗어나 우리가 마주한 현실의 문제들을 해결할 실마리를 워즈워스의 문화적 실천에서 찾고자 하는 시도는 '주체적으로' 워즈워스를 배우고 가르치며 연구하는 하나의 방식이라고 할 수 있다.

9

「크리스타벨」론
— 콜리지의 인식론적 딜레마

1. 콜리지와 성·욕망의 문제

톰슨은 후기 콜리지의 변모와 관련하여 변절이 아니라 그의 사상이 심화되어가는 발전의 과정으로 보아야 한다는 일각의 주장에 대해 발전이긴 하지만 가능한 다른 대안적인 발전 가능성을 봉쇄하는 발전이었다고 평가한다(Thompson *The Romantics* 128-129). 실제로 콜리지의 후기 저작들에서 당면한 사회적·정치적 문제들에 대한 관심은 거의 사라지고 성경해석학과 과학담론을 참조하여 단일한 보편역사를 쓰려는 형이상학적 시도가 두드러진다(Kooy 728-735). 지식인의 역할과 관련해서도 『교회와 국가의 구성에 관하여On the Constitution of Church and State』에서 볼 수 있듯이 초기 사제제도에 비견될 만한 지식인계급clerisy 양성제도를 통해 국가의 공인된 문화적 지식을 보존하고 전수해야 한다는 보수적인 관점이 주를 이루었다(Peter Allen 90-91). 결국 그가 취한 외길은 위대한 기독교 사상가의 행로라고 할 수 있는데, 바로 그렇기 때문에 그의 후기 관심사 중 하나인 '정념passion'의 문제는 그의 저작에서 충분히 다루어지지 않았고 일종의 과학적 인본주의 형태를 띠면서 그의 종교적 도그마와 갈등관계에 놓이게 되었다. 정념의 문제를 그의 종교적 가정假定들과 융화시키기가 힘들었던 것이다 (Bostetter 108).

이러한 후기 콜리지의 경향에 비추어볼 때 「크리스타벨Christa-bel」은 매우 흥미로운 작품이다. 이 작품은 성과 욕망의 문제를 인간관계의 해체와 생성 및 회복의 동인으로 제시하면서 독자들에게 19세기 초의 사회적 변화를 알아볼 수 있는 단초를 제공하기는 하지만 이 문제를 깊이 파고들지 못하고 기독교적 인식틀에 갇혀 있다는 인상을 준다. 그런 점에서 이 작품은 후기 콜리지가 취하게 되는 인식론적 경향을 앞서서 징후적으로 보여준다고 할 수 있다. 본고에서는 성과 욕망의 문제를 마주할 때 콜리지가 보이는 이중성, 즉 성과 욕망에 대해 상당한 관심을 보이면서도 기독교적 관념에 얽매여 이를 충분히 천착하지 못한 점이 인물 형상화와 작품 구조에 드러나 있음을 밝히고자 한다. 이를 통해 프랑스혁명 이후의 사회적 변화를 충분히 의식하면서도 그 변화를 제대로 인식하지 못하고 기독교 관념으로 회귀할 수밖에 없었던 콜리지의 인식론적 딜레마에 대해서 논하고자 한다.

2. 제럴다인, 콜리지의 욕망과 죄의식

널리 알려졌듯이 「크리스타벨」은 워즈워스의 시와 함께 원래 『서정담시집』에 포함되어 출간될 예정이었으나 워즈워스의 반대로 실리지 못했다가 1816년에 와서야 발표되었다. 발표 당시 평단의 반응은 썩 좋지 못했는데, 특히 윌리엄 해즐릿William Hazlitt은 스토리가 불분명하고 환상적이기 때문에 독자를 마술에 걸리게 하지만 "주제의 밑바탕에 역겨운 어떤 것"이 있다고 비판한 바 있다 (Swann 404-406). 해즐릿의 발언은 이야기의 전개 이면에 뭔가가 도사리고 있음을 지적한 것이고 이 작품을 집필하던 시기의 콜리지의 감정 상태를 염두에 둔 것이다. 콜리지는 정서적·성적 욕망으로 점철된 악몽을 꾸면서 죄의식에 시달렸는데, 이런 자신의 악몽을 다루려고 할 때 고딕Gothic 소설에 빈번하게 등장하는 불법적이고 선정적인 성애를 피하려고 하면서도 합법적인 연인의 귀환을 통해 크리스타벨을 회복시키는 단순한 구도에 만족하지 못했다 (Ashton 185).

가령 「크리스타벨」보다 먼저 발표된 「사랑Love」이라는 시에서는 이런 단순하고 행복한 해결책이 사용되고 있지만, 이는 화자가 시 초반부에서 '정념'을 포함하여 인간을 움직이는 모든 것이 사랑이라고 보는 관점이 작용하고 있기 때문이다. 꿈속에서 만난 아름다운 여인을 신부로 맞아들이는 경험을 낭만적으로 묘사하는 이 시는 중세의 로맨스 같은 분위기를 풍기면서 '정념'의 문제는 거의 다루고 있지 않다. 콜리지가 '정념'의 문제를 다룰 때 가장 고심했던 바는 '사랑'으로 담아지지 않는 욕정, 두려움, 분노 등 부정적이고 격렬한 감정이었다. 그는 이를 우주의 유기적 체계에서 피할 수 없는 부분으로 상정했다(Bostetter 106). 고딕소설의 경우 이런 부정적이고 격렬한 감정을 노골적이고 선정적으로 강조하면서 그 감정 자체를 물신화하는 데 반해 콜리지는 이를 생명력의 표현으로 파악하면서 상위담론으로 견인하려고 했다. 하지만 앞서 밝힌 대로 이러한 상위담론의 핵심에는 기독교적 세계관이 자리 잡고 있었기 때문에 '정념'의 문제는 원만하게 정리되지 않았다. 바로 이런 인식론상의 난맥상과 「크리스타벨」의 형식상의 특징은 깊은 관계가 있다. 전체적인 이야기틀이 없기 때문에 행위가 주를 이루는 전통적인 발라드 형식과 달리 이 작품은 어떤 분위기의 암시성을 통해 주제를 드러내고 있다. 기승전결을 갖춘 하나의 이야기가 믿을 만한 화자에 의해 전달된다기보다는 인물들 간의 관계에서 발생하는 돌발적인 상황이 서사적 흐름을 급변시키면서 이야기가 전개되고 그런 상황을 화자는 효과적으로 설명하지 못한다.

이러한 형식적인 특성은 제럴다인Geraldine이라는 기묘한 인물의 성격과 불가분의 관계에 있다. 이 작품에는 다양한 관계의 양상들이 등장하는데, 제럴다인은 이 모든 관계들이 돌아가는 축pivot의 역할을 한다(Davidson 73). 만약 그녀의 정체가 분명했다면 인물들 간의 관계가 분명해짐으로써 이야기는 일정한 틀에 따라 진행되었을 것이다. 물론 크리스타벨의 아버지인 레올라인Leoline 경이 제럴다인이 자신과의 우정에 금이 가 원수가 된 친구의 딸임을 선포하지만, 이 또한 진실성을 의심할 수밖에 없는 이야기이다. 따라서 그녀의 정체를 함부로 속단하지 않고 그녀가 성 밖에서 크리스타벨에게 발견되기 전의 상황을 먼저 검토하는 것이 그녀의 정체에 다가서는 일이라고 여겨진다.

먼저 레올라인 경의 성을 지배하는 분위기는 죽음과 쇠퇴, 에너지의 고갈, 열정의 상실, 관계의 단절 등으로 특징지을 수 있다. 레올라인과 크리스타벨의 관계는 상당히 냉랭할 뿐만 아니라 억압과 순종을 기반으로 이루어진다. 그러한 관계는 어머니의 부재와 긴밀히 연결된다. 말하자면 레올라인과 크리스타벨의 관계에서 정서적 완충지대가 존재하지 않는 것이다. 크리스타벨에 따르면 그녀의 어머니는 그녀를 낳은 순간 죽었다. 그리고 결혼식날 성의 종이 열두 번 치기를 바란다는 유언을 남겼다. 죽음과 탄생과 결혼이 하나로 얽혀드는 것이다. 또한 아내를 잃은 레올라인은 크리스타벨의 욕망을 금제禁制하는 방식으로 그 부재를 채워나간다. 자기억압이 타인에 대한 억압으로 이어지는 것이다. 따라서 크리스타벨이 찾아나서는 기사의 존재에는 아버지의 금제와 어머니의 바람이 각인될 수밖에 없기 때문에 크리스타벨이 성 밖에서 기사를 만나는 행위는 죄의식을 초래할 수밖에 없다. 레올라인 경의 성은 그런 점에서 구시대적 가치관이 지배적인 힘을 행사하는 공간이고 그러한 가치관은 성 밖에서도 개인의 욕망을 옥죄는 억압기제로 작용하는 셈이다.

제럴다인이 여러 가지 모습으로 형상화되는 이유는 크리스타벨의 이런 복합적인 욕망과 의식이 투사되었기 때문이라고 할 수 있다. 화자의 묘사는 크리스타벨의 의식 속에 비친 제럴다인의 모습을 반영하는 성격이 강하다. 한마디로 제럴다인은 크리스타벨에게 부재하는 것을 대변하는 동시에 그녀의 욕망과 의식을 매개하는 존재라고 할 수 있다. 때문에 제럴다인과 크리스타벨의 만남이 실제 일어난 사건이라기보다는 크리스타벨의 (무)의식에서 펼쳐지고 있는 자아의 드라마 내지 판타지일 가능성도 배제할 수 없다. 제럴다인의 유동적 성격은 크리스타벨의 (무)의식을 추동하면서 이야기를 끌고 가는 일종의 수사적 장치로 기능하는 셈이다. 따라서 이 작품은 두 개의 드라마가 병립되어 진행된다고 볼 수 있는데, 문제는 화자가 표면적인 이야기만 따라갈 뿐이어서 독자로서는 크리스타벨의 의식과 욕망의 심층에 쉽게 접근할 수 없다는 것이다. 화자는 진행되는 사건의 핵심을 파고들지 못하고 자신의 무능을 드러내는바, 가령 빈번하게 예수와 마리아에게 크리스타벨의 가호를 요청하는 데서 알 수 있듯이 그의 인식 능력에는 일정한 한계가 있음을 전제하고 작품을 읽어나가야 할 것이다. 특히 화자의 말을 곧이곧대로 믿을 때 이 작품이 출간될 당시에 독자들이 보여주었던 도덕주의적 반응(Jackson 199-204, 209-213)의 프레임에 걸려들 가능성도 있는 만큼 작품이 서술되고 있는 층위의 이면을 읽어내려는 노력이 필요하다. 이와 함께 화자의 성격과 발언 자체도 분석 대상에 포함시켜 논의를 진행해야 할 것이다. 먼저 크리스타벨이 제럴다인을 발견하는 장면을 보자.

그녀는 살금살금 걸으면서, 아무 말도 하지 않았다.
그녀는 부드럽고 나직하게 한숨을 지었다.

오크나무 가지에는 이끼와 극미한 겨우살이를 빼면

초록빛을 띠는 것은 없었다.

그녀는 거대한 오크나무 아래에 무릎을 꿇고

침묵 속에서 기도를 한다.

숙녀가 갑자기 소스라치게 일어섰다.

아름다운 숙녀 크리타스벨이!

아주 가까이에서 신음소리가 들려왔는데,

그녀는 그것이 무슨 소리인지 알 수가 없다.

그것은 풍만한 가슴 모양처럼 몸통이 부풀어오른

거대하고 오래된 오크나무 뒤편에서 나는 듯하다.

(1.31-42 Coleridge 216)*

크리스타벨이 짓는 한숨과 침묵 속의 기도는 꿈속에서 보았던 기사에 대한 갈망을 단적으로 드러낸다. 그러나 이 대목은 다른 한편으로 크리스타벨에게 부재하는 모성에 대한 애착을 드러내주기도 한다. 그런 점에서 제럴다인이 나타남과 동시에 오크나무 묘사에서 "풍만한 가슴"이 강조되었다는 데 주목할 필요가 있다. 소생의 분위기가 전혀 없는 상황에서 돌연 나타난 제럴다인은 크리스타벨의 욕망과 바람을 실현시켜줄 매개체가 되는 것이다. 제럴다인의 등장은 레올라인이 성을 지배할 때 사용하는 관습과 법의

---

* 시 본문의 인용은 장, 행, 출처 약어, 출처 페이지 순으로 표시한다. 9장에서 별도의 표기가 없는 한 인용된 시는 「크리스타벨」이다.

포위망을 해제시킬 수 있는 사건이 되는 셈이다. 앤드리아 핸더슨Andrea Henderson은 제럴다인이 성적·도덕적 비결정성으로 코드code화된 사회적 붕괴의 힘으로 혁명적 에너지를 표상한다고 지적하는데(Henderson 883), 문제는 집 안으로 제럴다인을 데려온 이가 바로 크리스타벨이라는 점이다. 이는 구체제Ancien Régime 내부에서 그 체제를 변화시킬 개인의식 내지 욕망이 싹트고 있음을 의미한다. 화자가 크리스타벨의 경험을 온전히 전달하지 못한다고 하더라도 크리스타벨이 제럴다인에게서 자신의 욕망을 실현시켜줄 기사의 이미지를 발견한 이유도 여기에 있다. 제럴다인의 묘사에서 아름다움이 강조되는 동시에 남성적인 분위기가 풍기는 목stately neck(62)이 특별히 강조되는 것도 이와 무관하지 않다.

그렇기 때문에 이들이 만나는 초반부에 관계의 주도권을 행사하는 이는 크리스타벨이다. 제럴다인이 병사들에 의해 버려졌다는 사정을 말하며 도움을 청하자 크리스타벨은 기다렸다는 듯이 그녀를 성 안으로 데려간다. 제럴다인을 성 안으로 데려오는 것은 아버지의 "안팎으로 둘러친 강철대문The gate that was ironed within and without"(1.127 Coleridge 220)의 문지방을 '넘어가는' 일이다. 아버지의 존재를 지극히 의식하면서 대문 한가운데 있는 작은 문을 꼭 맞는 열쇠로 여는 대목은 크리스타벨의 욕망의 성격을 단적으로 보여준다. 즉, 제럴다인을 데려온 목적에는 성적인 함축이 다분하게 깔려 있기 때문에 방 안으로 들어가는 과정에서 크리스타벨은 방패 장식을 의식하게 된 것이다. 제럴다인을 방으로 데려간 크리스타벨은 램프의 심지를 돋우고 원기를 회복하는 술을 권한다. 제럴다인이 심리적 억압으로 작용한 어머니의 존재를 추방시킴으로써 이제 둘은 옷을 벗고 잠자리에 든다. 그런데 제럴다인이 크리스타벨을 팔로 껴안으면서 내뱉는 말은 1장의 결론에 등장하는 화자의 말과 더불어 이 작품의 모호성과 복잡성을 부추긴다. 그것이 레즈비언적인 결합이었다고 할지라도 크리스타벨에게 부재하는 모성과 남성에 대한 갈망을 이 결합은 동시에 충족시켜주는 듯하다. 하지만 제럴다인의 말은 이 모든 것들을 무화시키면서 이들의 결합을 불순한 것으로 만들어버린다.

> 이 젖가슴을 만지면 주문에 걸리고
> 그 주문이, 크리스타벨, 그대의 말을 지배한다.
> 이 내 수지의 흔적, 이 내 슬픔의 인장을
> 그대는 오늘밤 알고 있고, 내일도 알고 있으리라.
> 그대는 애쓰고 있지만
> 쓸모없는 짓이다.
> 그대가 할 수 있는 말이라곤
> 어둑한 숲에서
> 그대는 나직한 신음소리를 들었고,
> 눈부시게 대단히 아름다운 숙녀를 발견해서
> 축축한 공기를 피할 수 있도록 그녀를 보호하기 위해
> 사랑과 자비로 그녀를 집에 데려왔다는 것뿐이기 때문이다.
>
> (1.267-278 Coleridge 224-225)

여기에서 제럴다인은 마녀처럼 비쳐진다. 하지만 제럴다인의 말

을 크리스타벨의 무의식에서 일어나는 반응으로 보면 이 대목은 크리스타벨이 처한 곤경을 단적으로 말해준다. 우선 "젖가슴"을 만지는 것이 마법에 걸리는 계기로 작용했다는 점에서 크리스타벨은 자신의 욕망을 충족은 시켰으되 그것을 발설할 수 없는 상황에 봉착했음을 알 수 있다. 말하자면 제럴다인의 말은 아버지의 금제와 어머니의 바람을 내면화한 크리스타벨의 무의식이 크리스타벨의 의식에 대해 취하는 태도처럼 보이는 것이다. 제럴다인의 태도를 설명하는 말인 "경멸과 오만함scorn and pride"(1.261)은 레올라인 경의 행동을 묘사할 때 등장하는 단어이며, 제럴다인이 말하는 "내 수치의 흔적"과 "내 슬픔의 인장"으로서의 젖가슴은 어머니와 크리스타벨의 관계가 아니면 해명될 수 없는 성격의 것이다. 즉, 이 대목은 잠시 해제되었던 크리스타벨의 죄의식이 욕망의 위반을 처벌하는 방식으로 나타나서 언표를 빼앗아가는 상황을 보여준다. 이런 상황을 묘사하는 화자의 설명은 크리스타벨의 무의식의 차원을 선과 악의 차원에서 재단하고 있다. 화자는 제럴다인을 아이와 함께 고요하게 잠들어 있는 어머니로 묘사하는 동시에 "이러한 해악을 가져온 이the worker of these harms"(1.298)로 파악하면서 1장의 이야기를 서둘러 마무리한다.

그렇다, 그녀는 웃기도 하고, 울기도 한다,
항상 기도하다 자면서도 기도하는
광야의 아름다운
젊은 은둔자처럼.

그리고 그녀가 부산하게 움직인다면,

그것은 아마도 피가 그렇게 자유롭게

돌아와 그녀의 발이 욱신거린 것뿐인 것이다.

틀림없이 그녀는 달콤한 비전을 갖고 있다.

그것이 그녀의 수호정령이라면 어떻게 될 것인가?

그녀가 자신의 어머니가 가까이 있음을 안다면 어떻게 될 것인가?

하지만 기쁘거나 슬프거나 그녀는

인간이 부르면 성인들이 도와주실 거라는 것을 알고 있다.

푸른 하늘은 모든 것을 굽어살피시니까.

(1.319-330 Coleridge 226)

화자는 두 사람의 결합 장면에서 크리스타벨을 빼내어 새로운 구도에 억지로 집어넣으려고 애쓴다. 그 과정에서 크리스타벨을 은둔자로 비유함으로써 제럴다인과의 결합에 따르는 복잡한 심경을 종교적 번민으로 탈바꿈시킨다. 이런 갑작스런 장면 이동은 결과적으로 이 성의 지배적인 가치관을 다시 확인시켜주는 장치인 셈인데, 그런 만큼 화자 역시 성 안에 갇혀 있는 듯한 인상을 준다. 그렇다면 콜리지는 왜 이런 화자를 등장시켜서 제럴다인을 결과적으로 '악'의 화신처럼 묘사하는가? 화자 자체도 콜리지에게 아이러니의 대상인가? A. J. 하딩Harding은 위 인용문이 그 자체로는 아이러니컬한 해석을 유발하지 않지만 크리스타벨이 전적으로 무구하지만은 않는다는 사실을 염두에 두면 아이러니컬하게 읽혀져야 한다고 주장한다(Harding 67-68). 물론 이 작품이 1장에서 끝났다면 크리스타벨의 강렬한 경험과 그 경험에 대한 화자의 공허한 설명 사이의 간극을 통해 콜리지가 암묵적으로 기독교적 세계관을 비판하고 있다는 주장이 가능하다.

그러나 1장에서 제럴다인과의 결합이 크리스타벨에게 확실히 죄의식을 유발하는 것으로 설정되었고 2장에서는 그러한 죄의식이 아버지라는 존재의 등장과 함께 크리스타벨의 행위와 말을 어떻게 억압하는가에 초점이 맞추어진 만큼, 콜리지가 욕망의 해방적 성격 내지 관계 구성력에 의미를 둔다기보다는 그 위험성 혹은 체제 전복성을 경계하고 있다는 점이 분명하다. 이 작품에 대한 기독교적 해석의 토대를 다름 아닌 콜리지가 제공했다(Paglia 217)는 사실은 이런 주장을 뒷받침해준다. 콜리지가 화자를 아이러니컬하게 바라볼 가능성이 있지만, 화자의 서술과 묘사와는 별개로 크리스타벨에게 언표가 부여되지 않음으로써 결과적으로 화자의 관습적인 사고를 상대화할 수 있는 다른 형태의 인식틀을 제공하지 못한 것이 사실이다.

한 논자에 따르면 제럴다인은 상상력을 보살피는 마리아이자 유혹자이며 이런 역설은 콜리지에게 우리가 가진 내적 본성의 기본적인 진실로 다가왔기 때문에 작품이 미완성으로 남을 수밖에 없었다고 한다. 따라서 그녀는 주제적 환원을 넘어서서 이미지로 형상화할 수 없는 깊은 진실로 남아 있다는 것이다(Strickland 653). 이런 설명은 알레고리적 해석이지만, 콜리지에게 해결되지 않는 이원성이 존재함을 예시한다. 이 작품을 휩싸고 있는 죄의식을 극복하여 넘어서는 욕망의 양상이 관철되지 않았기 때문에 제럴다인은 이제 크리스타벨의 죄의식을 강화하는 모습—아버지와 같은 억압적인 모습—으로 변모하는 것이다.

3. '착한 딸' 이데올로기와 억압된 욕망

과연 2장에서 크리스타벨은 거의 침묵으로 일관하고 이야기의 초점은 제럴다인과 아버지의 관계에 놓인다. 일어나자마자 크리스타벨은 죄를 지었음을 고백하면서 제럴다인을 아버지에게로 데려간다. 아버지는 제럴다인을 마치 연인처럼 포옹하면서 제럴다인의 이야기를 통해 그녀가 자신의 친구 딸임을 알게 된다. 이로써 제럴다인은 레올라인 경과 자신의 아버지의 우정의 끈을 이어준다. 레올라인 경의 욕망을 반영하면서 매개하는 존재로 변모하는 것이다. 레올라인은 음유시인인 브라시Bracy의 꿈속 예언적 경고를 왜곡하면서 제럴다인을 뱀이 아닌 비둘기로 생각하고 그 뱀에게 복수를 다짐한다. 하지만 브라시의 예언이나 레올라인의 꿈 해석 역시 선악의 이분법에 얽매여 있다는 점에서 제럴다인의 실체에 접근하기에는 한계가 있다.

브라시의 꿈속에 등장하는 비둘기와 뱀은 전통적인 기독교적 상징물로 2장의 이야기 전체를 선악 구도로 끌고 가는 데 일조한다. 일종의 제유synecdoche 형태로 2장의 해석 지평을 장악하는 효과를 지니게 되는데, 그 과정에서 제럴다인에게 악마적 속성이 부여된다. 화자가 유도하는 선악 구도를 벗어나 크리스타벨의 입장에서 볼 때 악마적 속성이 부여된 것은 제럴다인이 레올라인 경의 환심을 이용해 크리스타벨이 점하고 있는 딸의 자리를 찬탈하려고 한다는 점이 크리스타벨의 의식에 떠올랐기 때문이라고 할 수 있다. 그녀의 의식이 성 안의 지배적인 가치관에서 자유롭지 못하다는 점에서 제럴다인이 악의 화신으로 비쳐지는 것은 당연하다면 당연하다. 화자에 의해 뱀으로 형상화되는 제럴다인과 이를 점점 닮아가는 크리스타벨의 모습은 선악의 관점에서 벗어나 해석할 때 크리스타벨의 내면에서 죄의식이 강화되어가는 과정으로 이해할 수 있다. 따라서 크리스타벨이 제럴다인을 악의 구현체로 인식하게 되는 것은 아버지의 '법과 관습'을 어겼기 때문에 아버지로부터 버림받을지 모른다는 불안감에서 비롯된 것이라고 볼 수 있다.

> 뱀의 작은 눈이 둔하게 흠칫 깜박거린다.
> 숙녀의 눈이 그녀의 머리에서 가늘어진다.
> 양쪽 눈이 뱀의 눈처럼 가늘어지더니
> 다소간의 악의와 더 큰 두려움으로
> 크리스타벨을 흘겨보았다―잠깐 동안―
> 그리고 그 시선은 사라졌다!
> 하지만 크리스타벨은 넋 나간 몽롱한 상태에서
> 불안정한 방바닥에서 비트적대면서
> 큰 소리로 쉿쉿거리며 몸서리를 쳤다.

$$(2.583\text{-}591 \text{ Coleridge } 233)$$

크리스타벨이 "강요된 무의식적 공감forced unconscious sympathy"(2.609)으로 제럴다인을 바라봄으로써 이 둘은 거의 구분할 수 없을 정도로 닮아간다. "두려움"이라는 말은 크리스타벨의 내면에

도사리고 있는 두려움이 제럴다인을 통해 외화外化되고 있음을 보여준다. 마치 크리스타벨이 거울을 마주하고 있는 것처럼 제럴다인을 바라보는 것이다. 이 상황에서 크리스타벨이 제럴다인을 보내라고 아버지에게 간청하는데, 이는 자신의 죄가 발각될지 모른다는 두려움에서 비롯된 것이다. 제럴다인은 크리스타벨에게 '수치'의 증표가 되기 때문이다. 하지만 크리스타벨은 주문에 걸려 있어 "그녀가 아는 것을 말할 수 없다what she knew she could not tell"(2.619). 이 "말할 수 없는" 내용은 화자의 관점에서는 제럴다인이 '마녀'라는 사실이지만, 크리스타벨의 관점에서는 제럴다인과의 성적인 결합이다. 화자는 순진무구한 크리스타벨을 제럴다인이 '사탄'처럼 유혹해 '타락'시킨 것처럼 생각하고 있지만, 앞서 논의한 대로 제럴다인을 성 안으로 들여온 이는 크리스타벨이었다. 따라서 크리스타벨의 입장에서는 제럴다인을 '해악을 가져온 이'라고 볼 수 없다. 크리스타벨이 죄를 지었다고 고백하는 순간에도 그녀의 표정과 분위기는 은혜와 축복을 입은 것처럼 온화함으로 벅차오른다. 화자의 시각에서는 크리스타벨이 주문에 걸려 말할 수 없는 것처럼 보이지만, 크리스타벨의 심리 차원에서는 제럴다인과의 성적인 결합에 따른 죄의식 때문에 말할 수 없게 된 것이다. 외부의 억압이 자기억압 형태로 발전한 셈이다.

문제는 작품 자체가 이러한 자기억압을 뚫고 크리스타벨이 자신의 경험을 발화할 수 있는 가능성을 봉쇄하고 있다는 것이다. 레올라인 경뿐만 아니라 화자 역시도 크리스타벨이 '착한 딸'로서 역할을 수행하는 측면만을 보려 하고 콜리지도 아버지의 뜻을 거스르는 딸의 모습을 등장시키지 않음으로써 크리스타벨의 주체성이 심각히 위축된 상황이다. 크리스타벨이 제럴다인을 보내라고 요구하는 것은 '착한 딸'의 범위를 벗어나는 돌출행동이기 때문에 레올라인 경은 모욕을 느끼지만, 이런 곤경에서 화자가 크리스타벨을 변호하는 논리 역시 크리스타벨의 누명을 벗기기 위한 주장으로 그녀를 '착한 딸'로 보는 것은 마찬가지이다.

레올라인 경, 그대의 뺨은 왜 이토록
창백하고 화가 나 있나? 이토록 예쁘고 무구하며 온순한,
그대의 기쁨이자 긍지인 그대의 유일한 아이가
그대의 발 앞에 엎드려 있다.
바로 이 아이 때문에 당신의 부인이 죽었다!
오, 아이의 소중한 엄마가 겪은 고통을 생각하여
그대의 아이에 대해 나쁜 생각일랑 품지 마시라!
다름 아닌 이 아이와 그대를 위해서
그녀는 죽기 직전에도 기도를 했다.
자기 죽음의 원인인 이 아이가
사랑하는 주님의 기쁨이자 긍지가 되기를 기도했다!
레올라인 경,
그 기도가 죽음의 고통을 잊게 해주었던 것이다!
그런데도 그대는 그녀의 아이이자 당신의 아이인
그대의 유일한 아이를 해치려고 하는가?

(2.621-635 Coleridge 234)

여기에서 화자는 레올라인 경에게 직접 말하는 방식을 취한다. 작중 인물의 심리적 동기를 독자들에게 설명하고 이해시켜주어야 할 능력이 없음을 스스로 드러내면서 곤경에 빠진 크리스타벨을 구제해주려고 노력하는 것이다. 주목할 점은 화자가 밝히는 어머니의 기도 내용이 크리스타벨이 제럴다인에게 전해줄 때와 달라진다는 사실이다. 앞서 살펴보았듯이 크리스타벨이 밝힌 기도 내용은 크리스타벨의 결혼식 날 성의 종이 열두 번 치기를 바란다는 것이었다. 하지만 화자에 따르면 크리스타벨이 아버지에게 "기쁨"과 "긍지"의 대상이고 어머니의 기도는 크리스타벨이 "주님"에게도 그런 존재가 되었으면 하는 바람을 피력했다는 것이다. 이는 가부장적 이데올로기와 기독교 이데올로기, 성聖과 속俗, 죽은 자와 산 자를 결합시킴으로써 전통적인 가정의 관념을 강화하는 결과를 가져온다. 화자는 크리스타벨이 '무구'를 상실했다는 객관적 사실을 부정하고 그녀를 '착한 딸'로 자리매김하려고 하는 것이다.

요컨대 2장의 이야기가 결말에 이르면서 크리스타벨과 제럴다인 중 누가 '착한 딸'인가 하는 식으로 레올라인 경과 화자의 진실 게임 양상이 벌어지고 아버지와 자식 간의 애정 문제에 초점이 맞추어짐으로써 성과 욕망의 문제가 작품 밖으로 밀려나게 된다. 더불어 크리스타벨이 제럴다인과 닮아가는 현상을 화자가 보았음에도 이 둘을 분리하려고 애씀으로써 이 둘을 한꺼번에 볼 수 있는 맥락이 삭제되어버린다. 화자가 '적의'와 '두려움', '경이로움'과 '슬픔' 등 크리스타벨이 느끼는 복잡한 감정의 실체에 접근하지 못하는 것도 이 때문이다. 화자는 "그녀의 생각은 지나갔다her thoughts are gone"(2.596)고 말하지만 도대체 그녀가 무슨 "생각"을 하고 있었는지 모르는 것이다. 한 논자에 따르면 이는 단일한 담론 내에서 두 개의 질서, 곧 잠재적인 심리적 질서와 표면화된 관찰 가능한 질서의 관계 내지 상응성을 재현하는 데 실패했음을 의미한다(Mileur 66).

물론 시인은 화자가 파악하고 있지 못한 '심리적 질서'를 시인은 결론을 통해 제시하지만, 이 결론 역시 크리스타벨의 심리에 주안점을 두기보다는 아버지와 아이의 애정관계에 대한 일반적인 설명을 통해 레올라인 경의 심리를 조명하고 있다.

> 어린아이, 경쾌한 요정이
> 노래 부르며, 자기 장단에 맞추어서 춤을 춘다.
> 결코 애써 찾지 않아도 항상 찾아내는
> 통통한 붉은 볼을 가진 요정 녀석은
> 아버지의 두 눈을 빛으로 채우는
> 그런 환상을 시야에 만들어낸다.
> 아버지의 가슴에는
> 기쁨이 가득 빠르게 흘러들어서
> 그는 결국 의도하지 않는 독설로
> 자신의 과도한 사랑을 표현해야 한다.
>
> (2.657-665 Coleridge 235)

이 대목은 감정의 도착倒着 상태를 그리고 있다. 즉, 우리 내부의 어떤 것이 자연스런 인간적 반응을 불가능하게 함으로써 우리의 의도와 감정이 정반대로 표현되는 현상에 대한 설명이다. 감정 혹은 사고와 언어의 정상적인 관계가 붕괴되는 상황인 것이다 (Mileur 64). 이러한 도착 상태를 시인은 사랑과 연민이 분노와 고통이라는 반동을 통해 느껴진다는 식으로 일반화한다. 이러한 해석을 2장의 이야기에 적용해보면 크리스타벨이 제럴다인을 보내라고 간청했을 때 느끼는 레올라인 경의 모욕감과 분노와 고통이 사랑의 반동으로 나온 감정임을 알 수 있다. 하지만 이런 도착이 발생한다는 사실은 아버지의 "과도한 사랑"이 아이에 대한 애정으로는 도저히 충족시킬 수 없는 성격의 것임을 시사한다. 그런 점에서 제럴다인과 레올라인 경의 포옹을 묘사할 때 두드러지는 성적인 함축성은 부성애로 환치되지 못하는 성 에너지가 잉여의 형태로 표출된 것이라고 할 수 있다.

하지만 이 결론은 레올라인 경의 감정을 '과도하게' 조명한 나머지 크리스타벨의 경험을 전혀 설명하지 못할 뿐만 아니라 아예 설명 자체를 봉쇄하고 있다. 여기에 등장하는 아이는 그야말로 욕망과 의식이 없는 무구한 요정처럼 그려졌기 때문이다. 크리스타벨의 존재를 지우는 방향으로 아이의 모습이 그려진 것이다. 나아가 시인은 이 세상을 '죄의 세상'으로 규정함으로써 자연스런 욕망의 발현 가능성 자체에 회의적인 시선을 보낸다. 요컨대 시인은 욕망과 죄의식의 대립적 이분법을 극복할 만한 새로운 감정구조에 대한 모색을 포기한 것이다.

4. 욕망의 봉쇄와 콜리지의 보수화

콜리지의 사상적 스승이었던 버크는 프랑스혁명을 전후로 세상이 크게 변하여 계몽주의라는 "야만의 철학"이 삶을 윤택하게 했던 도덕적 감수성과 상상력을 마비시켜놓았음을 한탄한 바 있다(Burke *Reflections* 171-172). 이는 민주주의적 권리 주장과 자기이해에 기초한 개인의 욕망들이 폭발적으로 분출하던 역사적 국면에서 이를 자리매김할 수 있는 문화적 여건과 인식론이 불충분했음을 반영하는 것이다. 콜리지 역시 프랑스혁명이 몰고 온 사회적 변화를 실감했지만 이에 대한 인식론적 틀을 갖추지 못해 그 변화를 제대로 수용하지 못했다고 할 수 있다. 콜리지의 관심사도 후기로 갈수록 버크와 마찬가지로 민족국가와 귀족 질서와 지주계급을 옹호하는 데로 기울어졌던 것(Morrow 161)이 사실이다. 인간의 자유의지는 책임 있는 의지에서 출발하여 절대의지에 합치할 때만 진정한 자유의지가 될 수 있다는 생각(Barth 111)이나 개인성의 실현과 완성이 로고스logos나 국가 같은 대타자the Other의 인정을 통해서만 이루어질 수 있다는 관점(M. A. Perkins 264-265) 역시 체제 수호적인 이념으로 전화할 가능성이 내재하고 있다. 개인의 주체적 욕망이 기존의 질서 내로 포섭되는 한에서 그 욕망을 인정하는 방향으로 콜리지의 인식론이 전개된 것이다.

콜리지는 한 편지에서 사랑의 에너지가 신과 결합하지 못하면 파괴적인 분노의 에너지로 바뀔 수 있음을 경계한 바 있는데(Beer 236), 이는 기독교 관념을 통해 개인의 욕망에 한계를 부여하려는 발상이다. 1798년을 기점으로 콜리지가 사회개혁에 대한 열망을 포기하고 혁명적 열정에 대해서 거리감을 두기 시작했던 것(Henderson 887)도 이런 발상의 연장선상에서 이해될 수 있다. 따라서 사유와 시를 응집시키는 연결고리로 작용했던 정서적 에너지를 신뢰하지 못함으로써 콜리지의 자아는 심각한 분열을 드러낸다(Thompson *The Romantics* 137-138). 콜리지가 이렇게 보수화되는 시점에서 집필된 「크리스타벨」 2장에서는 이런 분열을 전통적인 관념을 통해 봉합하려고 하는 시도가 두드러진다. 크리스타벨이 말할 수 없는 상태에 있다는 설정을 통해 개인의 주체적 욕망 표현을 봉쇄하는 작품 구도와 그런 구도에 따라서 기독교 이데올로기와 가부장적 이데올로기가 결합하는 결말의 양상은 이러한 콜리지의 인식론적 변화를 웅변적으로 보여준다고 할 수 있다.

10

기억과 역사
— 키츠의 『하이페리언』 읽기

1. 키츠의 시 쓰기와 역사

대부분의 비평가들이 동의하듯이 존 키츠의 『하이페리언Hyperi-on』은 이를 개작한 『하이페리언의 몰락The Fall of Hyperion』보다 수준이 떨어지는 작품이라는 것은 분명해 보인다. 전자의 경우 밀턴의 영향이 두드러지고 키츠가 표방하는 미학주의나 성숙한 도덕적 삶에 대한 열정을 제대로 보여주지 못했다(Leavis *Revaluation* 268)는 점은 부인하기 힘들다. 키츠의 시에 대한 신역사주의적 접근은 이러한 점을 더욱 부각시킨다. 레빈슨은 두 시 모두 타이탄족과 올림포스 신들과의 싸움을 소재로 하고 있지만 『하이페리언』은 신화적 사건과 스펙터클 및 에토스를 다루는 데 있어서 양식상의 자의식 없이 밀턴을 거의 그대로 모방하고 있다는 점에서 독창성이 없다고 지적한다. 반면 『하이페리언의 몰락』은 이 신화의 의미에 대한 반성적 사유 자체를 주제화하면서 형식적으로 더 나은 성취를 이루었다는 것이다(Levinson *Allegory* 195).

한편 키츠 시의 발전 과정을 추적한 비평가들은 주요 작품목록에서 『하이페리언』을 빼버리기 일쑤이다. 예컨대 레온 월도프Leon Waldoff는 키츠의 시들을 시인으로서 정체성을 세워나가는 과정으로 읽어내면서 그 정점에 『하이페리언의 몰락』이 있음을 강조하는 한편 『하이페리언』에서는 이 문제가 충분히 다루어지지 않았다고 주장한다(Waldoff 178-180). 물론 시인으로서의 정체성 문제는 키츠가 계속해서 탐구한 주제이고 특히 『하이페리언의 몰락』에서 모네타Moneta와 시인화자의 대면 장면을 통해 이 주제를 부각시키고 있는 것이 사실이다. 그러나 타이탄족의 몰락이라는 사건 자체의 의미보다는 몰락이라는 사건을 어떻게 내면화하는가로 초점이 옮겨짐으로써 정체성 확립이 문제시되는 역사적 맥락이 불분명해지는 것 또한 사실이다. 『하이페리언』은 타이탄족의 몰락과 아폴로의 등장을 중심 사건으로 설정하고 있기 때문에, 전자가 나폴레옹의 실각失脚 후의 정치적 상황과 무관하지 않다면 후자에는 그러한 상황에서 시인의 입지와 시 창조의 의미에 천착하는 키츠 자신의 반성적 사유가 투영되어 있다. 요컨대 정체성의 확립이라는 주제를 넓은 역사적 맥락에서 다룸으로써 이 문제가 시인 개인에게만 국한되는 것이 아님을 강조한 것이다.

이렇게 볼 때 아폴로가 앞으로 올 역사적 영웅이며 "Apol"과

"Napol"의 음성적 유사성을 감안할 때 나폴레옹을 연상케 한다는 레빈슨의 주장(Levinson *Allegory* 197-198)은 키츠의 시적 구상과 동떨어진 판단이라고밖에 볼 수 없다. 키츠는 1818년 1월 23일에 해이든Haydon에게 보낸 편지에서 『하이페리언』의 구상을 밝히면서 "이 두 시들 사이에는 현격한 차이가 있다. 이미 쓴 이야기인 『엔디미언Endymion』의 영웅은 인간이기 때문에 보나파르트Bonaparte처럼 상황에 이끌리기 마련이지만, 『하이페리언』에서 아폴로는 앞날을 내다보는 신이기 때문에 신처럼 자신의 행동을 결정한다"(Rollins 207)고 한 바 있다. 이 구절에서 알 수 있듯이, 키츠는 나폴레옹과 아폴로 사이의 차이가 엔디미언이라는 목동과 아폴로라는 신의 차이만큼이나 크다는 점을 분명히 한다. 또한 작품 자체만 놓고 보아도 아폴로는 나폴레옹과 같은 정치적 영웅이 아님이 명백하다. 그러나 아폴로가 나폴레옹적 영웅상은 아닐지라도 『하이페리언』이 나폴레옹의 실각과 관련이 없다고 말할 수는 없다. 이런 점에서 기억해야 할 사항은 『하이페리언』이나 『하이페리언의 몰락』에서 실제로 몰락하는 인물은 하이페리언이 아니라 새턴Saturn이라는 사실이다. 하이페리언은 자신도 언젠가 새턴처럼 몰락할까봐 두려워하지만 실제로 몰락하지는 않는다. 하이페리언이 작품 내에서 계몽주의적 '신성神性'과 관련되고 새턴의 몰락이 정치권력의 몰락을 강하게 암시한다는 점에서 이 시는 프랑스혁명 대의의 파산선고나 다름없는 나폴레옹의 실각, 그리고 프랑스혁명 이념의 근거인 계몽주의적 지성의 위기와 어떤 식으로든 관련이 있다고 할 수 있다. 키츠와 역사의 관계를 다루는 비평들이 이런 점에 주목하는 것은 우연이 아니다.

　예컨대 오닐은 워털루 전쟁 후의 영국의 사회적 불안과 프랑스 혁명에 대한 지속적인 논쟁이라는 역사적 문맥에서 『하이페리언』이 "고통스러우나 없어서는 안 될 혁명에 대한 바람"을 재현하고 있고 그러한 비전을 지속시키는 임무를 아폴로가 떠맡는다고 지적한다(O'Neill 158). 하지만 이 시가 혁명에 대한 바람을 재현했는지의 문제는 별개로 하더라도 오닐은 므네모시네Mnemosyne와 아폴로의 대면을 논외로 하기 때문에 비전을 지속시키는 작업에 있어서 아폴로에게 닥치는 고통보다는 그의 유약함을 지적하는 데 그친다. 다른 한편 빈센트 뉴이Vincent Newey는 오케아노스Oceanus의 말을 키츠의 역사관에 등치시켜 키츠에게 투쟁과 죽음은 쇠퇴와 재생의 보편적인 패턴의 일부이며 이 패턴은 진보를 향해 간다고 주장한다(Newey 180). 그러나 이 낙관론은 오케아노스가 새턴을 비롯한 몰락한 타이탄족들을 위로하기 위해서 개진한 견해라는 점에서 키츠의 역사관이라고 보기에는 무리가 따른다. 키츠는 작품 내에서 이러한 낙관적인 목적론까지를 포함해서 역사에 대한 명상을 진행하기 때문이다. 또한 그렇기 때문에 이 시에서 기억이 문제가 되는 것이다. 즉, 아폴로가 기억의 여신이자 시신詩神의 어머니인 므네모시네와의 대면을 피할 수 없다는 점에서 일어난 일로서의 역사가 앎으로서의 역사로 바뀌는 과정은 기억이라는 '인간적인 동인human agency'을 매개할 수밖에 없으며 그러한 매개 과정 자체가 인간의 '빌둥Bildung'과 밀접한 관련이 있음을 보여준다. 한스게오르그 가다머Hans-Georg Gadamer의 말을 빌리면 "기억하는 것, 망각, 그리고 상기상起는 인간의 역사적 구성요소에 속하고 그 자체로 자신의 역사와 자신의 빌둥의 일부"(Gadamer 15)이다. 여기서 빌둥의 문제가 부각되는 것은 아폴로의 등장이 시인의 탄생이라는 의미에서 키츠의 자기정체성의 문제와 관련을 갖기 때문이기도 하지만, 더 궁극적으로는 키츠가 역사의 진행을 "지성의 행진"으로 보았던바, 바로 그런 지성을 어떻게 창출할 것인가를 아폴로를 통해 탐구했기 때문이다.

이런 전제에서 본고에서는 『하이페리언』을 읽으면서 키츠의 시 쓰기와 '역사'의 관계를 살펴보려고 한다. 이 작업은 기억행위를 통해 역사적인 앎을 내면화함으로써 그런 앎을 현재화하는 행위가 '빌둥'으로서 어떠한 의미를 지니는지를 따지는 일일 것이다.[1] 본고에서는 여기에 초점을 맞추어 『하이페리언』을 읽어나가되 키츠가 이 시를 중도에 그만두었기 때문에 『하이페리언의 몰락』뿐만 아니라 편지에 개진된 역사와 앎에 대한 키츠의 생각들을 두루 참고할 것이다.

---

1 이러한 읽기는 낭만주의 시에 관한 해체주의적 독법, 더 특정하게는 폴 드망Paul de Man의 독법과 어떤 면에서 정반대의 관점을 취하고 있다. 물론 낭만주의 시와 역사의 관계에 대한 드망의 철학적 재구성은 신역사주의적 접근의 단순화를 피한다는 장점이 있지만 역사에 대한 드망 자신의 회의주의적 관점을 낭만주의 시에 투사하고 있다는 비판에서 자유로울 수 없다. 드망은 「문학사와 문학적인 근대성Literary History and Literary Modernity」이라는 글에서 인간 삶의 무상성을 강조한 나머지 새턴의 몰락을 키츠가 자신의 필멸성mortality을 자각하는 계기로 본다. 이러한 입장의 이면에는 과거, 현재, 그리고 미래가 무차별적인 시간의 흐름 속에 존재한다는 판단이 깔려 있다. 즉, 드망은 한편으로 시간이 순간적으로 경험되기 때문에 과거를 복구될 수 없는 것으로 보고 다른 한편으로 그 과거는 현재와 분리될 수 없기 때문에 망각될 수 없다고 보는 것이다(De Man 149). 요컨대 시간성을 경험하는 매 계기마다 망각과 기억이 병치되는 셈이다. 그러나 작품에서 타이탄족의 몰락이라는 사건은 시간성과 필멸성을 인식하는 계기가 아니라 새로운 역사의식의 탄생을 가능하게 하는 선행 요건으로 제시된다.

2. 키츠의 역사관과 "몰락한 신성"

작품의 초반부 배경은 몰락한 새턴과 그의 심정을 대변해주는 자연풍광으로 가득 차 있다. 침묵과 어둠, 그리고 정적이 흐르는 배경에 새턴이 거주하는 것이다.

> 강물은 소리 없이 흘러갔다, 그늘을 펼쳐놓은
> 그의 몰락한 신성 때문에
> 더욱 숨죽인 채. 갈대 사이에서 네이어드는
> 차가운 손가락을 입술에 댔다.
>
> (1.11-14 Keats 329)*

"몰락한 신성fallen divinity"이라는 말에서 환기되듯이 새턴의 몰락은 권력의 상실만을 의미하지 않는다. "신성"은 권력 이상의 그 무엇을 암시하니, 우리는 그것을 그 권력을 지탱해주었던 정신적 기반, 즉 문화라고 부를 수 있을 것이다. 그렇기 때문에 권력의 몰락과 함께 타이탄족의 우주가 침묵에 휩싸이는 것이다. 강물의 침묵과 네이어드Naiad의 행동이 이를 암시한다. 한마디로 새턴의 몰락을 통해 한 시대가 마감되고 있다는 점이 부각되는 것이다. 앞서 언급한 키츠의 작품 구상을 토대로 이 대목을 작품이 생산된 시대와 연결해서 읽으면 새턴의 몰락은 실제로 나폴레옹의 실각 후의

---

* 시 본문의 인용은 장, 행, 출처 약어, 출처 페이지 순으로 표시한다. 별도의 표시가 없는 한 10장에서 인용된 시는 『하이페리언』이다.

역사적·문화적 변화상과 관계가 있다는 판단이 가능하다. 프랑스 혁명의 유산이 나폴레옹 전쟁을 통해 완전히 파산된 역사적 국면을 설명하고 자리매김할 수 있는 틀로 타이탄족의 몰락이라는 신화가 차용된다는 것이다. 이렇게 볼 때 "신성"을 상실한 새턴의 모습에서 느껴지는 '인간적인' 무력감은 이 같은 역사적 국면을 지배하고 있는 어떤 집단정서를 대변한다고도 할 수 있다.

> 백사장을 따라 거대한 발자국은
> 길을 잃은 채 더 이상 나아가지 못하고
> 그 이후로 거기에서 잠들었다. 흠뻑 젖은 땅 위에
> 그의 늙은 오른팔이 활기와 열의와 생기를 잃고
> 홀笏을 빼앗긴 채로 놓여 있었다.
> 그리고 왕국을 잃은 그의 눈은 감겨 있었다.
> 그동안 그는 고개를 숙인 채 어떤 위안을 찾기 위해
> 그의 늙은 어머니인 대지에 귀 기울이는 것처럼 보였다.
>
> (1.15-21 Keats 329)

이 대목에서 강조되는 것은 무엇보다도 새턴의 무력감인데, 그의 형상 자체가 왕국의 몰락을 요약하고 있다. 원문에 등장하는 "nerveless", "listless", "realmless" 등 부정의 형태로 쓰인 말들이 이 몰락의 충격을 예시한다. 이 몰락은 구체적으로 무엇을 의미하는가? 니콜라 트로트Nicola Trott는 타이탄족의 패배가 시인의 해석적 지평에서 '구체제'의 몰락과 유비되는 측면도 있지만 작품은 새턴을 비롯한 타이탄족의 곤경에 공감을 불러일으키는 면이 있다

고 한다(Trott 268). 그러나 '구체제'라고 말할 수 있는 근거는 작품 내에서 쉽게 찾을 수 없다. 오히려 정치권력으로만 보면 나폴레옹의 몰락을 의미한다고 보는 편이 작품이 산출된 역사적 맥락에 더 적절할 듯하다. 오닐의 지적처럼 새턴을 나폴레옹이나 조지 3세 George III의 신화적 변형(O'Neill 158)이라고 볼 여지가 있는 것이다. 그러나 키츠는 나폴레옹에 대해서 "나폴레옹의 대의명분"을 편들었던 "자유주의자들"과 달리 "그만큼 자유의 삶에 해를 끼친 사람은 없었다"(Rollins 396)고 비판한 바 있다. 따라서 새턴의 몰락에 공감을 불러일으키는 요소가 작품 속에 내재한다면, 그것은 "어떤 위안"을 위해 "대지에 귀 기울이"면서 몰락의 경험을 반성적으로 사유하는 태도에서 찾을 수 있을 것이다. 그리고 이 반성적 사유에는 그 몰락의 원인을 반추해보는 시인의 자의식이 겹쳐 있기도 하다. 실제로 어떤 힘도 깨울 수 없을 만큼 깊은 정적 속에 있는 새턴에게 "유년 세계의 여신a Goddess of the infant world"(26)이 찾아왔을 때 시인 자신이 극적인 배경에서 물러나 그녀의 "애도의 말"이 "우리의 미약한 말"과 다르다는 점을 강조한다. 몰락이 단순히 권력의 몰락만이 아닌 그보다 더 큰 어떤 것의 몰락이라는 점을 웅변하는 것이다. 그렇다면 새턴과 함께 몰락한 "신성"은 무엇을 의미하는가? 앞에서 이 "신성"이 새턴의 권력을 지탱해준 문화적·정신적 기반을 암시한다고 했는데, 이 "신성"은 키츠 당대의 문맥에서 구체적으로 무엇을 의미하는가?

키츠는 삶을 "여러 개의 방을 가진 거대한 저택"에 비유한 유명한 편지에서 인간의 삶을 세 단계로 분류한다. 그 첫 번째 방은 "유년의 방"이고, 두 번째 방은 "사고의 원리"가 깨어남으로써 도달하는 "처녀-사고의 방"이다. 그리고 이 두 번째 방에 이르러 경이로운 세상의 빛 속에서 기쁘게 지내다가 고통으로 가득 찬 세상의 문이 열리면서 "어두운 통로들"을 만나게 되는데, 워즈워스야말로 이 어두운 통로들을 개척해 거기에 빛을 준 "위대한 탐구자"이다. 키츠는 워즈워스를 "자기중심적인 숭고성egotistical sublime"의 표본으로 보면서도 그를 통해서 인간 정신의 위대함, 즉 "지성의 거대한 행진"을 목도하는 것이다. 키츠는 밀턴 역시 이런 지성을 보여준 이로 평가하지만 "인간 마음"의 탐구자로서는 워즈워스보다 못하다고 본다. 그 이유는 워즈워스 당대에는 지성의 보편적·집단적 향상이 이루어진 반면 종교개혁 당대의 영국인들은 미신에서 벗어나지 못했기 때문이라는 것이다(Rollins 281). 여기에서 키츠가 말한 "지성의 보편적·집단적 향상"이란 워즈워스가 프랑스혁명 초기에 심취했던 윌리엄 고드윈의 정치사상을 비롯한 계몽주의적 세계관의 확산을 의미한다고 할 수 있다. 키츠는 이런 지적인 풍토가 워즈워스의 "인간 탐구"에 동력이 되었음을 말하는 것이다(박찬길 「낭만주의와 제국」 57). 또한 그러한 인간 탐구는 밀턴 같은 철학적 탐색을 통해서는 불가능함을 지적한다. 하지만 이 두 인물은 각기 다른 방식으로 "지성의 거대한 행진"을 보여준다는 것이다. 즉, 워즈워스와 밀턴은 "위대한 섭리가 가장 강력한 정신들을 복종시켜 인간에 대한 앎에서든 종교에서든 세속의 일에 이바지하도록 하는 것"(Rollins 282)을 증명하는 구체적인 사례인 셈이다.

그러나 워즈워스의 인간 탐구에 일정한 밑받침이 되었던 계몽주의적 세계관은 키츠가 『하이페리언』을 쓸 당시에 이미 물질적·보수적 이데올로기가 되어버렸다는 것은 주지의 사실이다. 이는 키츠와 동시에 활동했던 퍼시 비시 셸리Percy Bysshe Shelley가 『시의 옹호A Defence of Poetry』에서 시적 상상력과 추론적 계산 능력을 준별峻別하여 전자를 "거룩한divine" 것으로 옹립하려는 시도에서 확인된 바이기도 하다. 셸리와 키츠의 시대에 인간 이상의 위기가 더 심화된 것(McGann Knowledge 3)이다. 베이커는 키츠가 신화를 정치적·심리인류학적 알레고리가 아니라 자신의 철학적 곤경을 표현하기 위해 사용했다고 주장하지만(Baker 77), 그런 철학적 곤경 또한 계몽주의적 지성의 위기라는 역사적 맥락을 떠나서는 생각할 수 없다. 이렇게 볼 때 작품에 등장하는 다양한 역사관, 이를테면 테아Thea의 권력투쟁적 역사관, 카일루스Coelus의 운명론적 역사관, 그리고 오케아노스의 낙관적 목적론 등은 키츠에게 심대한 영향을 끼친 18세기의 계몽주의적 역사기술historiography에서 나타나는 "선형적 대극성linear contrariety"이라는 관점이 작품 속에 맥락화된 것(Kucich 254)이라고 볼 수 있다. 이들 역사관을 통해 타이탄족은 각기 다른 방식으로 '몰락'을 '해석'하지만 그 해석의 바탕이 되는 세계관 자체가 위기에 직면해 있기 때문에 몰락의 의미를 제대로 자리매김할 수 없다.

바로 그런 역사적 상황의 필연성은 "유년 세계의 여신"인 테아가 새턴에게 더 이상 위안을 줄 수 없다는 사실에서 단적으로 드러난다. 그녀는 "마치 사악한 날들의 선두에 선 구름이/악의를 다 써버리고, 뒤따르는 음침한 구름이/비축된 우레로 진통을 겪고 있는 듯한"(1.38-40) 재앙을 목격하고 두려움에 휩싸여 "잔인한 고통cruel pain"(1.44)을 느낀다. 이 상황은 명백히 새턴과 제우스Jove의 권력 교체를 의미한다고 할 수 있는데, 이제 하늘과 땅과 대양은 새턴으로부터 떠나갔고 그의 모든 무기들은 새로운 세력에 찬탈된 것이다.

> 그대의 천둥소리는 새로운 명령을 의식하고
> 우리의 몰락한 집 위에서 내키지 않는 듯 우르르거리고,
> 서툰 손에 들린 그대의 날카로운 번개는
> 한때 고요했던 우리의 왕국을 그을리고 불태운다.
> 아 고통스러운 시간이여! 오랜 세월 같은 거대한 순간들이여!
> 그대가 지나가면 모든 것들은 가공할 진실을 부풀려서
> 우리의 진저리나는 슬픔에 그 진실을 찍어놓으니
> 그것을 믿지 않을 도리가 없구나.
>
> (1.60-67 Keats 331)

유념할 점은 화자가 새턴의 몰락을 "신성"의 몰락으로 보는 데 비해 테아는 "권력"의 몰락으로 본다는 것이다. 그녀가 새턴을 리어Lear와도 같은 "불쌍한 늙은 왕"이라고 칭하거나 "우레"나 "번개" 등 물리적 무기의 찬탈을 부각시키는 데서 알 수 있듯이 "가공할 진실"은 "우리의 왕국"을 잃어버렸다는 사실을 의미한다. 실제로 새턴은 이 여신의 울음소리에 깨어나 "강한 정체성"이 사라져버렸음을 깨닫고 "나는 또 다른 세상을 / 우주를 만들어낼 수 없는가?"(1.142-143)라고 화답하면서 "또 다른 혼돈"을 찾는다. 따라서 새턴의 "강한 정체성"이란 두말할 나위 없이 '왕'으로서의 정체성

이다. 그러나 찬탈당한 권력을 회복하기 위해 이렇게 새로운 "혼돈"을 찾는 것 자체가 사실은 그가 "혼돈"의 중심에 있다는 점을 보여줄 뿐만 아니라 그의 "신성"이 몰락했다는 증거가 된다. 앞에서 인용한 편지 구절을 빌리면 그는 "앞날을 내다보는 신"이 아니라 "보나파르트처럼 상황에 휩쓸리"는 '인간'처럼 보이기 때문이다. 테아가 새턴의 말에 희망을 느끼고 "우리의 친구들"을 격려하자고 하자 새턴이 따라나서는 장면이 그런 상황을 예시한다.

　여기에서 이 시의 제목이 『하이페리언』이라는 사실을 기억할 필요가 있다. 이를 개작한 시의 제목이 『하이페리언의 몰락』이라는 사실과 결부시켜보면 결국 키츠의 관심은 새턴의 몰락에 있는 것이 아니라 하이페리언의 몰락에 있는 것이다. 새턴의 왕위를 찬탈한 제우스가 극의 행위자로 한 번도 등장하지 않고 하이페리언의 계승자인 아폴로가 작품 후반의 중심인물로 떠오른다는 사실이 이를 뒷받침한다. 그런 맥락에서 하이페리언과 카일루스의 대화는 새턴과 테아의 몰락에 대한 '해석'을 "신성"의 관점에서 조명하는 역할을 한다. 하이페리언은 다른 타이탄족들의 몰락 가운데에서도 "통치권과 지배력, 그리고 / 위엄을 지키"(1.164-165)고 있지만 그역시 타이탄족의 일원이기 때문에 몰락의 운명에서 자유로울 수 없다. 다만 하이페리언은 새턴과 아폴로 간의 교량 역할을 하면서 인간 정신이 거쳐가야 할 과정을 지켜보는 증인이 된다. 특히 주목할 점은 하이페리언의 형상화에서 강조되는 '빛'이 태양신으로서의 그의 '신성'을 드러내주면서 계몽주의와의 관련성을 강하게 암시한다는 것이다.

아 낮과 밤의 꿈들이여!

아 가공할 형상들이여! 아 고통의 꼭두각시들이여!

아 차갑고도 차가운 어둠 속에서 분주하게 움직이는 유령들이여!

아 검은 잡초가 우거진 연못에 사는 기다란 귀를 가진 환영들이여!

왜 내가 너희들을 아는가? 왜 내가 너희들을 보았던가?

왜 나의 영원한 본질은 이렇게 혼란에 휩싸여

이 새로운 공포를 목도해야 하는가?

새턴은 몰락했다. 나 역시 몰락할 것인가?

나는 내 휴식의 거처를 떠나야 하는가?

내 영광의 요람, 이 감미로운 나라를,

이 온화하고 풍부한 축복의 빛을,

내 빛나는 제국의 이 수정 같은 누각들과 깨끗한 신전들을?

내 제국은 버려지고 텅 비어 나 역시 찾지 않는다.

광휘와 광채, 그리고 균형은 볼 수 없고,

어둠과 죽음, 그리고 암흑만을 본다.

내 휴식의 중심지인 이곳에서도

흐릿한 환영들이 찾아와 내 화려함을 지배하고 모욕하고

덮어서 질식시켜버린다.

(1.227-245 Keats 336-337)

이 대목을 계몽주의적 세계관의 곤경과 위기의 표명으로 이해하기 위해서는 블레이크가 그의 마지막 장시인 『예루살렘』에서 타락한 이성의 현현으로 앨비언의 유령을 등장시킨다거나 조지 고든 바이런George Gordon Byron이 『돈주안Don Juan』에서 계몽주의의 어두운 이면을 "도깨비불*ignis fatuus*"로 묘사했다는 사실을 상기할 필요가 있다. 인용문의 초반에 등장하는 이미지들은 이 같은 시대 분위기에서 나온 것이라고 풀이할 수 있다. "광휘와 광채, 그리고 균형"이라는 하이페리언의 "영원한 본질"이 "어둠과 환영과 혼란"이라는 "새로운 공포"에 직면하게 된 것이다. 따라서 새턴의 몰락과 함께 자신도 몰락할지 모른다는 초조와 불안감에 휩싸이게 된다. 이런 상태에서 하이페리언은 "새로운 비탄"인 "시간의 슬픔"에 자신의 정신을 굴복시켜야 한다고 생각한다. 하이페리언은 태양신으로서 "시간"을 만드는 자였기 때문에 시간을 느낄 수 없었으나 이제 스스로 모르고 있던 과거의 역사를 알아야만 하는 상황에 처한 것이다. 카일루스가 나타나서 정리해준 몰락의 역사는 다음과 같다. 하늘과 땅의 신비로 태어난 모든 것들이 결국은 몰락하는 것을 보았고 하이페리언의 얼굴에서도 몰락의 기운이 감지된다는 것이다. 이는 하이페리언이 인간의 세계로 진입한다는 뜻이다. 카일루스는 인간 세상에서 본 두려움과 희망, 그리고 분노를 하이페리언의 얼굴에서도 확인했기 때문이다. 이를 역사적으로 풀이하면 계몽주의적 세계관 자체가 "파멸의 슬픈 기색"을 보인 것이라고 할 수 있다. 여기에서 부각되는 "시간"의 위력은 하이페리언의 빛이 영속성을 잃고 역사의 무대에서 사라지고 있음을 예시한다고 할 수 있다. 따라서 앞의 인용문에서 버려지고 텅 빈 것으로 묘사된 "제국"이라는 말에서 나폴레옹을 연상하지 않을 수 없다. 이런 맥락에서 카일루스가 하이페리언에게 전해준 희망의 말은 오히려 절망의 말이 된다. 카일루스는 하이페리언이 "사악한 시간에" 맞서

"천상의 존재"로 대항할 수 있다고 하지만 스스로가 시간에 구속받은 "하나의 목소리"라고 밝히기 때문이다. 카일루스의 목소리는 가변적인 인간의 삶에 영향을 받는 만큼이나 하이페리언에게 위안이 되지 못하는 것이다. 그러나 키츠는 하이페리언의 빛이 희미해졌지만 새턴의 경우처럼 이를 몰락으로 규정하지는 않는다. 그를 대체하는 아폴로가 기억을 통해 몰락의 역사를 앎으로 전환시키는 역할을 맡는다면 하이페리언은 바로 그 몰락의 현장을 목격하는 역할을 맡기 때문이다.

2장에서 하이페리언은 상처받은 타이탄족이 비탄의 눈물을 흘리는 동굴에 도달하여 그 몰락상을 확인한다.[2] 이 동굴은 "혼돈" 그 자체이다. 그것은 새로운 창조가 예비된 혼돈이 아니라 한 세계가 끝나가고 있는 징후로서의 혼돈이다. 난폭한 시간과 어두운 절망이 지배하는 곳, 키츠 시의 탐침이 향하고 있는 인간 정신의 어떤 극지極地, 이를테면 『하이페리언의 몰락』의 모네타의 텅 빈 두뇌에서 펼쳐지는 비극적 드라마인 셈이다.

> 그곳은 어떤 무례한 빛도 그들의 눈물에
> 어릴 수 없는 동굴이었다. 거기에서 그들은
> 그들 자신의 신음을 느꼈지만 듣지는 못했다.
> 우레 같은 폭포의 맹렬한 노호怒號와 정처 없이

---

2 2장에서는 몰락의 후과後果로 시간의 지배를 받게 되는 타이탄족의 모습이 특히 부각되는데, 하이페리언도 예외는 아니다. 2장의 초반부부터 하이페리언이 시간의 흐름 속에 있다는 점이 강조된다("Just at the self same beat of Time's wide wings / Hyperion slide into the rustled air" 2.1-2 Keats 340).

대량으로 계속 쏟아지는 떠들썩한 급류 소리 때문이었다.

울퉁불퉁한 바위는 연달아 솟아 있었고,

자다가 막 일어난 듯한 바위들은

이마에 흉측한 뿔을 달고 있었다.

그렇게 수천의 거대한 환영들의 모습으로

이 비탄의 둥지에 어울리는 지붕을 이루고 있었다.

(2.5-14 Keats 341)

이 대목에서 자연과 인간 정신이 병치된다. 정치적 혼란이 인간 정신에 남긴 충격이 자연물에 투사되어 나타난 것이니, 한마디로 그것은 시간에 휩쓸리는 인간의 운명이다. 인간의 신음소리를 앗아가버리는 폭포수와 급류는 인간의 고통과는 무관하게, 그리고 정해진 방향도 없이 흘러가는 시간의 흐름이다. 타이탄족의 몰락이라는 맥락에서 보면 이 격류는 제우스의 반란과 그 반란이 앞당긴 시간의 흐름을 상징한다고 할 수 있다. 다른 한편 울퉁불퉁 솟아오른 바위는 시간의 격랑을 견뎌내는 인간의 의지를 함축한다. 또한 그 괴물 같은 뿔들은—상상의 동물인 유니콘과 연결되면서—비탄의 둥지를 보호하는 환상들로 시간이 주는 고통을 잊도록 "잠으로부터 솟아오른" 것이다. 요컨대 타이탄족들은 인간들처럼 고뇌와 비탄, 신음과 불안 등 "역병들"에 맞서 싸워야 하는 운명에 처한다. "운명이 / 그[새턴]의 이마에 죽음의 기름을 붓"(2.96-97)는 것이다. 이렇듯 하이페리언이 목격한 타이탄족의 몰락상은 어떤 역사적 필연성으로 다가오는 측면이 있다. 특히 하이페리언의 "신성"을 드러내주던 "빛"이 이제는 "무례한 빛"으로 변하고 "환상"

과 "비탄"이 인간 삶의 보편적 조건이 된다는 점에서 계몽주의적 이상의 좌절이 인간 정신에 남긴 상흔이 그만큼 막대함을 보여준다고 할 수 있다.

이렇게 보면 새턴의 몰락을 "자연법칙의 경과"(2.181)의 관점에서 바라보면서 '낙관적 목적론'을 설파하는 오케아노스의 말을 앞서 언급했듯이 뉴이처럼 키츠의 역사관으로 보는 것은 역사적·극적 논리에 들어맞지 않는다. 그렇다고 이 말의 중심적인 교리가 "비극적"이라고 못 박는 딕스타인의 주장(Dickstein 215-216)도 오케아노스의 말을 키츠의 역사관으로 등치시키기는 마찬가지이다. 우선 오케아노스의 말이 타이탄족의 멸망에 괴로워하는 새턴을 위로하기 위한 것이라는 점에 주목할 필요가 있다. 오케아노스는 새턴이 "처음도 끝도 아니"(2.190)며 혼돈과 어둠으로부터 빛이 나와 땅과 하늘과 생명이 생겨났음을 말한다. 그리고 처음으로 태어난 새턴과 타이탄족의 무리들은 "새롭고 아름다운 왕국들"(2.201)을 지배하다가 마침내 "고통스러운 진실", 즉 몰락이라는 "적나라한 진실"에 직면해 있는데, 바로 이 현실을 견디면서 앞날을 침착하게 내다보는 것이 "최고의 통치the top of sovereignty (2.205)라는 것이다. 이렇게 오케아노스는 새턴의 몰락이 제우스의 힘에 대한 굴복이 아니라 자연법칙에 의해 일어난 당연한 현상임을 강조한다. 문제는 그 법칙이 인간을 어떤 역사적 지평으로 인도하느냐일 것이다. 사실 역사에 무슨 법칙이 적용된다고 생각하는 것 자체가 역사에 대한 운명론적 관점의 소산이며 몰락한 오케아노스의 처지는 바로 그런 측면을 보여준다. 앞에서 보았듯이 '시간'의 급류가 어디로 흘러가는지 알 수 없는 상황이 타이탄족의 몰락이 가져온 큰 변화이다. 즉, '자연법칙'으로는 앞날을 전혀 예측할 수 없는 상황인 것이다. 따라서 이어지는 오케아노스의 말은 추상적인 역사관[3]이 몰락한 타이탄족의 고통 및 나폴레옹의 제국주의적 야심이라는 역사적 사실과 양립할 수 없다는 점(Kucich 253)을 드러내줄 뿐이다.

> 잘 들으십시오!
> 하늘과 땅이 한때는 우두머리였던
> 혼돈과 공허한 어둠보다 더, 훨씬 더 아름답듯이,
> 그리고 저 하늘과 땅을 능가하여
> 우리가 아담하고 아름다운 모습으로, 의지의 모습으로,
> 자유로운 행동력, 동료애, 그리고 더 순수한 생명체의
> 수많은 다른 모습으로 나타나듯이,
> 그렇게 새로운 완전함이 우리 뒤를 따라옵니다.
> 우리가 빛나는 모습으로 저 해묵은 어둠을 통과해가면,
> 우리에게서 태어났으나 반드시 우리를 능가하게 될
> 더욱 강력한 아름다움을 지닌 힘이 우리 뒤를 따라옵니다.
> 그러면, 우리가 흉측한 혼돈의 지배를 정복할 일이 없듯이,
> 어둠이 우리를 지배할 일도 없게 됩니다.
>
> (2.205-217 Keats 347)

---

3 넓은 맥락에서 보면 이는 합리성을 기반으로 인간 현실에 대한 더 정확한 이해와 관리를 추구함으로써 인간의 잠재력을 크게 실현한다는 이른바 지유주의 역사관이라고 할 만하다(Wallestein *The End* 137).

오케아노스는 앞으로 올 미래를 예견한다. 현 세대가 다시 혼돈 속으로 사라지더라도 결국 그 혼돈에서 "더욱 강력한 아름다움을 지닌 힘"이 뒤따르리라는 것이다. 이를 뉴이처럼 역사에 대한 키츠의 관점으로 본다면 이 대목은 인간을 멸망과 성쇠를 거듭하면서 "완전"을 향해 가는 존재로 보는 '낙관적 목적론'의 표현으로 읽어도 무방하다. 여기에는 "자유로운 행동력" 내지 "동료애"라는 말에서 암시되듯이 계몽주의가 가져다준 인간의 진보에 대한 믿음이 깔려 있다. 그러나 문제는 "가장 아름다운 자가 가장 힘있는 자여야 한다는 영원한 법칙"(2.229)이 "다른 종족들이 우리를 정복한 자들을 / 슬픔으로 몰아넣는"(2.230-231) 행위를 정당화한다면 이 "영원한 법칙"은 인간의 진보에 대한 믿음의 표현이라기보다는 정복과 멸망의 악순환인 인간의 역사에 대한 회의에서 비롯된 자기위안과 자기변명일 수밖에 없다는 것이다. 극적 문맥에서도 "젊은 바다 신"에게서 "아름다움"을 발견하고 오케아노스가 자신의 "제국"에 작별을 고했다고 고백하지만 여기에는 짙은 슬픔과 회한이 서려 있다. 오케아노스의 태도는 "더욱 강력한 아름다움을 지닌 힘"이 뒤따르지 않는 상황에서 "흉측한 혼돈의 지배"에 정복되었다는 점만을 부각시킨 셈이다. 사실 하이페리언마저 "그 자신의 빛 가운데 / 거대한 그늘"(2.373-374)인 몰락한 타이탄족들의 "구슬픈 망각의 공간"(2.359)을 보고 우울함에 사로잡힌 상황에서 오케아노스의 말은 위안조차 되지 않는다. 하이페리언은 다른 타이단족들처럼 '새턴'만을 소리 높여 부를 뿐 어떠한 행동도 취하지 못하는 것이다.

3. 키츠의 새로운 '시인'과 아폴로의 신성

하이페리언의 이러한 무기력함은 새턴의 몰락과 병행된 "신성"—
앞서 인용한 편지글의 맥락에서는 "지성의 거대한 행진"—의 위기
를 반영한다고 할 수 있다. 실제로 클리메네Clymene는 비탄에 젖
어 "젊은 아폴로"라는 외침을 들었다고 고백한다. 화자 역시 "그들
[몰락한 타이탄족]을 비탄 속에 내버려두어라"(3.3)라고 뮤즈에게
기원한다. "이러한 무시무시한 격정을 노래하기에 당신은 연약하
기 때문이"(3.4)라는 것이다. 시인은 대신 "오 델로스여, 당신의 푸
른 올리브 잎으로 기뻐하라"(3.24)고 하면서 아폴로의 등장을 알린
다. 하이페리언이 역사의 무대에서 사라진 다음에 "아폴로가 다시
한번 황금의 주제"(3.28)가 되는 셈이다. 그렇다면 다소 갑작스런
아폴로의 등장은 무엇을 의미하는가?

　그레그 쿠시크Greg Kucich는 타이탄족의 역사관이 18세기 계
몽주의적 역사관을 대변한다면 아폴로의 등장은 일종의 대안적
인 역사와 관련이 있다고 지적한다. 그리고 아폴로의 등장이 고통
받는 개별 주체의 곤경에 대한 키츠의 관심을 반영한다는 것이다
(Kucich 254). 이러한 주장은 많은 비평가들이 주목하는 시인으로
서의 정체성 문제를 '역사화'하는 데 도움을 준다. 그러나 아폴로가
시인의 원형으로 등장하는 극적 문맥은 차치하고 이 개별 주체의
곤경을 역사기술의 주류에서 벗어난 억압당한 여성들의 정서적 삶
herstory을 대변한다고 주장하는 것(Kucich 254)은 작품에 대한 이
해와 거리가 멀다고 할 수 있다. 극적 맥락에서 볼 때 아폴로가 "연

약한" 뮤즈를 대신해서 그녀의 어머니인 기억의 여신과 함께 등장한다는 점에서 우선 그가 타이탄족의 몰락을 므네모시네와 함께 후세에 전달할 시인의 원형이 된다는 것은 확연하다. 아폴로가 등장하는 대목에서 타이탄족의 존재가 흐릿하게 암시되는 것도 이런 이유에서이다.

> 나이팅게일 소리는 그쳤고, 지빠귀의 소리가
> 고요해질 즈음 몇몇 별들이
> 하늘에 남아 있었다. 많은 초원의 쉼터에서는
> 거의 들리지 않았지만, 섬 전체에 걸쳐
> 은신처와 궁벽한 동굴에서는
> 수군거리는 파도 소리가 끊이질 않았다.
> 그는 들었다. 그리고 울었다. 반짝이는 눈물이
> 그가 쥐고 있는 황금 활을 타고 흘러내렸다.

(3.36-43 Keats 353)

이 대목에서는 새턴이 등장하는 대목처럼 어떤 정적의 분위기가 강조된다. 그러나 새턴이 등장할 때의 정적감이 몰락 후의 비탄과 무기력을 반영한다면, 이 장면에서의 정적감은 하이페리언이 확인한 타이탄족의 몰락상, 즉 비탄과 분노, 복수심과 회한 등 극심한 감정상의 혼란이 어느 정도 사라진 후의 고요함을 말한다고 할 수 있다. 몰락한 타이탄족이 기거하던 동굴 주변의 폭포와 급류 소리가 "수군거리는 파도 소리"로 바뀐 상황인 것이다. 이 상황은 "섬 전체에 걸쳐"라는 말에서 환기되듯이 나폴레옹의 몰락 후의 영국 사회의 한 단면을 말해주는 것 같기도 하다. 이 작품의 1, 2장의 배경이 신화적인 가상공간의 성격을 띠었다면 3장의 "섬"이라는 배경—물론 이 섬은 아폴로의 출생지인 델로스섬이기도 하지만—은 역사적인 실제 공간의 성격을 띤다. 따라서 아폴로의 모습에서 시인 키츠의 모습을 발견하기란 어렵지 않다. 특히 키츠에게 명백히 시인의 원형이었던 나이팅게일의 울음소리가 그쳤다는 점에서 아폴로는 키츠가 찾고자 하는 시인상이라고 보아도 무방하다. 그러나 아폴로의 등장이 키츠라는 한 개인의 정체성 문제에만 국한되는 것은 아니다. 아폴로가 무기력해진 계몽주의적 신성을 상징하는 하이페리언을 대체하는 신이라는 점에서 아폴로의 등장은 새로운 신성, 다시 말해 "앞날을 내다보는" 신성이 어떤 성격의 것인가 하는 문제를 던지고 있다. 워즈워스의 "인간 탐구"를 밑받침했던 계몽주의적 지성을 극복할 수 있는 새로운 지성 창출의 과제가 시인의 정체성 문제와 맞물려 있는 것이다. 키츠에게는 "거대한 지성의 행진"이 워즈워스식의 "인간 탐구"가 아니라 역사적·문화적 유산을 창조적으로 계승하고 내면화하는 일이 됨으로써 시 쓰기를 통해 과거의 기억을 현재의 '앎'으로 전환시키는 문제가 중대한 관심사로 떠오른다. 바로 그러한 문제가 므네모시네와 아폴로의 대면에서 다루어진다.

아폴로는 므네모시네를 대면해서 그녀의 표정에서 "의미pur-port"를 발견한다. 이는 그가 보지 못한 것, 경험하지 못한 것을 읽어내려는 '해석'으로서의 기억행위이다. "나는 저 눈을 본 적이 있소/저 영원토록 고요한 눈빛과 저 모든 표정을/아니면 내가 꿈꾸었던가"(3.59-61)라고 아폴로가 말하자 므네모시네는 아폴로가 자신을 꿈꾸었으며 깨어나서 아름다운 음악을 만들었노라고 말한다. 그러면서 그렇게 재능이 많은 이가 슬퍼한다는 것이 이상하지 않느냐고 묻는다.

> 말하게, 젊은이여,
> 그대는 어떤 슬픔을 느낄 수 있는지를.
> 그대가 눈물 흘릴 때 나는 슬퍼지니
> 그대의 슬픔을 설명하게나, 이 외로운 섬에서
> 그대가 어린 손으로 처음으로 분별없이 연약한 꽃들을
> 꺾었던 어린 시절부터, 그대의 팔이
> 모든 시대에 영웅적인 저 활을 구부릴 수 있을 때까지,
> 그대가 잠자고 활동하는 세월을 지켜본 자에게 말일세.
> 그대 심중의 비밀을 보여주게나,
> 그대에 관한 예언들과 새로 탄생한 아름다움을 위해
> 오랜 신성한 권좌를 포기한 태고의 권능자에게 말일세.
>
> (3.68-79 Keats 354)

므네모시네와 아폴로의 극적 대면은 시인으로 탄생하는 일에서 기억과 창조력이 갖는 관계를 예시한다. 므네모시네는 기억의 여신으로서 아폴로의 생물학적 탄생 및 성장과 함께할 수밖에 없는데, "오랜 신성한 권좌를 포기한 태고의 권능자"라는 점에서 아폴로의 개별적 체험을 넘어서는 역사적인 앎을 전해주는 이다. 그러나 이 여신도 아폴로의 "심중의 비밀"을 모른다는 사실은 그런 앎

의 내면화가 한 개체의 창조적 고뇌와 맞물려 있음을 상기시킨다. 아폴로는 "당신이 그렇게 잘 보았던 것을 왜 내가 당신에게 말해야 하지요?"(3.84)라고 반문하면서 "고통스러운 지독한 망각이 나의 눈을 봉인하지만"(3.87) "우울함이 사지를 마비시킬 때까지/내가 왜 그렇게 슬픈지를 알아내기 위해 애쓴다"(3.88-89)라고 고백한다. 사실 아폴로가 "고통스러운 무지aching ignorance"(3.107) 상태와 망각의 과정에서 슬픔의 이유를 찾는 과정이 일종의 기억행위이다. 즉, "심중의 비밀"을 보여달라는 므네모시네의 간청 자체가 역사적인 앎으로 들어가는 입구가 된다. 다른 말로 풀면, 므네모시네의 역사적인 앎은 아폴로에게는 "심중의 비밀"을 풀 수 있는 열쇠가 되는 것이다.

> 말해주시오, 제가 왜 이렇게 이 숲에서 절규하는지를!
> 당신은 말이 없군요—침묵하네요! 하지만 저는
> 당신의 조용한 얼굴에서 경이로운 교훈을 읽어낼 수 있습니다
> 엄청난 앎이 저를 신으로 만든다는 것을요.
> 이름들, 행위들, 희미한 전설들, 끔찍한 사건들, 반란들,
> 위엄, 군주의 목소리, 고뇌,
> 창조와 파괴, 이 모든 것들이 갑자기
> 넓은 저의 텅 빈 두뇌 속으로 쏟아져 들어와
> 저를 신으로 만듭니다. 어떤 맛 좋은 포도주나
> 최고의 총명탕聰明湯을 마시기라도 한 듯 말입니다.
> 그렇게 해서 저는 신이 됩니다.

> (3.110-120 Keats 355-356)

아폴로는 므네모시네가 침묵함으로써만 그녀가 가진 앎을 내면화할 수 있다. 므네모시네의 침묵은 과거의 기억이 해석('읽어냄')을 통해 현재의 앎으로 전환되는 계기가 된다. 므네모시네가 침묵하는 지점이 아폴로가 깨달음을 얻는 지점인 셈이다. 이렇게 보면 므네모시네의 하프의 밤낮없는 울음소리와 아폴로의 '방황'은 므네모시네의 역사적 앎이 아폴로에게 전수되지 않음으로써 생겨난 현상으로 풀이할 수 있고, 실은 이것이 아폴로의 "심중의 비밀"이라고 할 수 있다. 아폴로의 텅 빈 두뇌에 므네모시네가 "그렇게 잘 보았던 것"이 가득 차게 됨으로써 아폴로는 신이 된다. 아폴로가 "연약한" 뮤즈를 대체한다는 점에서, 또한 뮤즈를 매개하지 않고 므네모시네의 역사적 앎을 내면화한다는 점에서 아폴로는 시신이자 시인으로 탄생하는 것이다. 워즈워스가 인간성의 위대한 탐구자가 될 수 있었던 것은 뮤즈로서 계몽주의적 지성, 곧 이 시에 등장하는 하이페리언적 신성이 존재했기 때문이라면, 키츠는 그러한 신성이 몰락한 후 스스로 시신이자 시인이 될 수밖에 없는 시대에 새로운 시인상을 모색했다고 할 수 있다. 이런 점에서 『하이페리언』은 "새로운 시와 그런 시의 기반이 되는 새로운 종교의 탄생"(Sharp 131)을 다루고 있는 셈이다. 그러나 므네모시네의 역사적 앎이 바로 타이탄족의 몰락에 관한 것이기 때문에 아폴로가 시인(시신)으로 탄생하는 일은 "죽음의 입구"를 통과하는 일이 된다. 아폴로는 "격렬한 경련과 함께/삶 속으로 죽는with fierce convulse /Die into life"(3.129-130) 것이다. 물론 시가 여기서 중단됨으로써 그 이후에 어떤 일이 일어났는지는 알 수 없다. 그렇기 때문에 우리는 『하이페리언의 몰락』뿐만 아니라 다른 낭만주의 시인들의 작품과 비교함으로써 아폴로적 시인상의 의미를 자리매김할 수밖에 없다.

4. 역사의 흔적 읽기와 키츠의 '빌둥'

키츠가 후기로 갈수록 고통으로 가득 찬 세상이 '지성'을 단련시켜서 '영혼'을 만들어낸다고 강조한 것은 바로 그런 고통의 역사를 맞대면하지 않고서는 시인이―『하이페리언의 몰락』에서 모네타가 시인화자를 질책하듯이―'몽상가'밖에 될 수 없음을 자각했기 때문이라고 할 수 있다. 아폴로적 시인상이 『하이페리언의 몰락』에서 모네타와 화자의 대면을 통해 다시 한번 변주되는 것도 이런 까닭에서이다. 이 시에서는 시인화자의 정체성 문제가 강조되지만, 모네타가 화자에게 비극적인 앎을 전해주고 화자가 이를 받아들이는 과정이 이야기의 뼈대를 이룬다는 점에서 기본 구도는 전작과 크게 다르지 않다. 주목할 만한 차이는 아폴로가 시인뿐만 아니라 타이탄족의 몰락 후 새로운 "신성"의 담지자가 된다는 점에서 아폴로적 시인상은 집단적·역사적 성격을 띠면서 "지성의 거대한 행진"을 지속시킬 수 있는 대표적인 인간상으로 등장한다는 것이다. 물론 그런 인간상의 구체적인 모습은 작품 속에 그려지지 않는다. 다만 오케아노스를 비롯한 타이탄족의 역사관에 내재한 '발전'과 '쇠퇴'의 이분법에서 벗어나 고통스런 과거를 직시하고 기억하는 것이 아폴로의 탄생과 긴밀히 연관된다는 점이 부각된다. 아폴로가 역사적 앎을 내면화함으로써 "심중의 비밀"을 풀어냈듯이 한 개체가 개체로서 서기 위해서는 자신의 내부에 각인된 역사의 흔적을 확인하고 이를 앎으로 전환시켜야 한다는 점이 강조되는 것이다. 키츠는 바로 그런 기억행위를 통해서만 하이페리언마저도 굴복한 "시간"의 위력에 맞설 수 있는, "앞날을 내다보는" 지성이 창출되고 그런 지성을 통해 집단성과 개체성이 결합된 새로운 "영혼"이 탄생할 수 있음을 보여준다고 할 수 있다. 그런 점에서 키츠는 워즈워스의 인간 탐구를 반성적·발전적으로 계승했다고 볼 수 있다. 키츠가 워즈워스의 『서곡』과 같은 자서전적 글쓰기를 피한 것은 워즈워스식의 "자기중심적 숭고성"이 그가 구현하고자 했던 "사심 없는" 인간상에 반했기 때문이다. 그렇다고 블레이크처럼 예수를 통해 그런 인간상을 구현할 수도 없었다.[4] 키츠가 『하이페리언의 몰락』의 첫 구절에서 언급한바, 자신의 꿈으로 "한 분파를 위한 천국paradise for a sect"을 만들어내는 "광신도들fanatics"이야말로 예수의 역사를 왜곡한 대표적인 집단이다(Keats 478). 키츠의 생각이 이렇다면 그는 예술가 예수의 실천과 로스의 창조적 노력을 결합함으로써 '빌둥'의 한 유형을 만들어낸 블레이크와는 다른 길을 갈 수밖에 없었다. 키츠는 "광신도들"의 특징을 역사의식의 부재에서 찾고 이들이 구사하는 "어두운 마법과 무언의 매혹"으로부터

---

4 이런 맥락에서 키츠는 이렇게 술회한 바 있다. "그[예수]는 우리에게 자신의 글은 아무것도 남기지 않았지만 다른 사람들을 통해 자신의 정신과 말, 그리고 위대함을 우리에게 전해주었어. 그의 역사가 종교라는 경건한 사기에 관심을 가진 사람들에 의해 쓰여지고 수정되었다는 점은 애석하지만, 그럼에도 이 모든 것을 통해 그의 광휘를 본다네."(Rollins II 80)

"상상력"을 구제하기 위한 방식으로 모네타와 시인화자의 대면에서 역사적 앎의 내면화 문제를 다룬다.

『하이페리언』은 그런 주제를 더 넓은 역사적 맥락에 위치시키되 시인의 존재 방식이 전형적인 성격을 띠도록 한다. 므네모시네와 아폴로의 대면을 통해 역사적인 앎의 고통스러운 내면화 과정 자체가 '빌둥'의 필수적인 요건이며 그런 과정을 거쳐야 새로운 집단적 주체가 탄생할 수 있음을 강조한 것이다.

인용문헌

김영희. 「영문학 위기론의 재검토」. 『안과밖』 창간호(1996 하반기): 78-109.

김재오. 「'영문학'의 제도화와 매슈 아놀드: 중심인가, 예외인가?」. 『영미문학연구』 14(2008): 35-55.

_____. 「고통, 쾌감, 그리고 공감의 문제: 워즈워스의 시론과 시를 중심으로」. 『안과밖』 32(2012 상반기): 12-31.

_____. 「윌리엄 블레이크의 국가주의 이데올로기 비판」. 『18세기영문학』 6.2(2009): 1-26.

_____. 「인권의 정치와 민주주의의 재구성: 토머스 페인의 『인간의 권리』」. 『안과밖』 37(2014): 150-172.

박찬길. 「낭만주의와 제국: 워즈워스의 경우」. 『안과밖』 16(2004): 36-64.

_____. 「초기 영문학의 발생과 전개」. 『안과밖』 22(2007 상반기): 10-35. .

_____. 『시인과 혁명: 워즈워스의 삶과 시』. 사회평론. 2011.

백낙청. 「한반도에서의 식민성 문제와 근대 한국의 이중과제」. 『창작과비평』 105(1999 가을): 6-28.

엄용희. 『윌리엄 워즈워스의 시 연구』. 국학자료원. 2007.

유명숙. 『역사로서의 영문학: 탈문학을 넘어서』. 창비. 2009.

윤지관. 「타자의 영문학과 주체: 영문학 수용 논의의 비판적 고찰」. 『안과밖』 창간호(1996 하반기): 42-76.

장남수. 「『어려운 시절』과 공리주의 문제」. 『안과밖』 7(2002 하반기): 32-53.

Allen, Peter. "S. T. Coleridge's Church and State and the Idea of an Intellectual Establishment." *Journal of the History of Ideas* 46.1(1985): 89-106.

Allen, Stuart, and Jonathan Roberts. "Wordsworth and the Thought of Affection: 'Michael," the Force of Prayer, "Song at the Feast of Brougham Castle'." *European Romantic Review* 16.4(2005 Oct): 455-470.

Althusser, Louis. *For Marx*. Trans. Ben Brewster. London: NLB, 1977.

_____. *Lenin and Philosophy and Other Essays*. Trans. Ben Brewster. New York: Monthly Review, 1971.

Arnold, Matthew. *The Complete Prose Works of Matthew Arnold*. Vol. IX. Ed. R. H. Super. Ann Arbor: U of Michigan P, 1960-1977.

_____. *The Complete Prose Works of Matthew Arnold*. Vol. VI. Ed. R. H. Super. Ann Arbor: U of Michigan P, 1973.

Ashton, Rosemary. *The Life of Samuel Taylor Coleridge: A Critical Biography*. Cambridge: Blackwell Publishers, 1996.

Baker, Jeffrey. *John Keats and Symbolism*. Brighton: Harvester, 1986.

Baron, Michael. *Language and Relationship in Wordsworth's Writing*. London: Longman, 1995.

Barth, J. R. *Coleridge and Christian Doctrine*. New York: Fordham UP, 1987.

Bate, Jonathan. *Romantic Ecology: Wordsworth and the Environmental Tradition.* London: Routledge, 1991.

Bate, Walter Jackson. *John Keats.* Cambridge, MA: Belknap, 1963.

Beer, John. *Coleridge's Poetic Intelligence.* London: The Macmillan Press, 1977.

Bentley, G. E. Jr. *William Blake: The Critical Heritage.* London: Routledge, 1975.

Bialostosky, Don H. *Making Tales: The Poetics of Wordsworth's Narrative Experiments.* Chicago: U of Chicago P, 1984.

Bishop, Jonathan. "Wordsworth and the 'Spots of Time.'" *ELH* 26.1(1959): 45-65.

Blake, William. *The Complete Poetry and Prose of William Blake.* Ed. David V. Erdman. New York: Doubleday, 1988.

Bloom, Harold. "Dialectic of *The Marriage of Heaven and Hell.*" Ed. Harold Bloom. *William Blake's The Marriage of Heaven and Hell.* New York: Chelsea House, 1987: 49-56.

_____. *Blake's Apocalypse: A Study in Poetic Argument.* Ithaca: Cornell UP, 1976.

Bostetter, Edward. "Coleridge's Manuscript Essay on the Passions." *Journal of the History of Ideas* 31.1(1970): 99-108.

Bronowski, Jacob. *William Blake and the Age of Revolution.* London: Routeledge & Kegan Paul, 1977.

_____. *William Blake, 1757-1827: A Man Without a Mask.* Harmondsworth: Penguin, 1954.

Burke, Edmund. *A Philosophical Inquiry into the Origin of Our Ideas of theSublime and Beautiful.* Ed. J. T. Boulton. London: Routledge and Kegan Paul, 1958.

_____. *Reflections on the Revolution in France.* Chicago: Henry Regnes, 1955.

Butler, Marilyn. *Romantics, Revels and Reactionaries: English Literature and Its Background, 1760-1830.* Oxford: Oxford UP, 1985.

Chandler, James K. "Wordsworth and Burke." *ELH* 47.4(1980): 741-771.

_____. *Wordsworth's Second Nature: A Study of the Poetry and Politics.* Chicago: U of Chicago P, 1984.

Clark, Lorraine. *Blake, Kierkegaard, and the Spectre of Dialectic.* Cambridge: Cambridge UP, 1991.

Coleridge, S. T. *Coleridge Poetical Works.* Vol. I. Ed. E. H. Coleridge. Oxford: Oxford UP, 1912.

Connell, Philip. *Romanticism, Economics and the Question of 'Culture.'* Oxford UP, 2001.

Coombs, Heather. *The Age of Keats and Shelley.* London: Blackie, 1978.

Cooper, Andrew M. "Blake and Madness: The World Turned Inside Out." *ELH* 57.3. (1990): 585-642.

Cox, Stephen. *Love and Logic: The Evolution of Blake's Thought.* Ann Arbor: Michigan UP, 1992.

Crehan, Stewart. *Blake in Context.* Dublin: Gill and Macmillan, 1984.

Davidson, Graham. *Coleridge's Career.* London: The Macmillan Press, 1990.

De Man, Paul. *Blindness and Insight: Essays in the Rhetoric of Contemporary Criticism.* London: Methuen, 1983.

Dick, Alex. "Poverty, Charity, Poetry: The Unproductive Labors of 'The Old Cumberland Beggar'." *Studies in Romanticism* 39.3(2000): 365-386.

Dickstein, Morris. *Keats and His Poetry: A Study in Development*. Chicago: Chicago UP, 1971.

Doskow, Minna. *William Blake's Jerusalem: Structure and Meaning in Poetry and Picture*. Rutherford: Fairleigh Dickinson, 1982.

Dykstra, Scott. "Wordsworth's 'Solitaries'and the Problem of Literary References." *ELH* 63.4.(1996): 893-928.

Eagleton, Terry. *The Ideology of the Aesthetic*. Oxford: Blackwell, 1990.

Easterlin, Nancy. *Wordsworth and the Question of Romantic Religion*. London: Associated UP, 1996.

Eaves, Morris. "A Reading of Blake's *Marriage of Heaven and Hell*, Plates 17-20: On and Under the Estate of the West." *Blake Studies* 4(1972): 81-116.

Erdman, David V. *Blake: Prophet Against Empire*. Princeton: Princeton UP, 1977.

_____. *Fearful Symmetry: A Study of William Blake*. Princeton: Princeton UP, 1969.

Ferber, Michael. "'London' and Its Politics." *ELH* 48.2(1981): 310-338.

_____. *The Social Vision of William Blake*. Princeton: Princeton UP, 1985.

Fogle, Richard Harter. *The Imagery of Keats and Shelley: A Comparative Study*. Chapel Hill: North Carolina UP, 1949.

Friedman, Geraldine. "History in the Background of Wordsworth's 'Blind Beggar'." *ELH* 56.1(1989): 125-148.

Frosch, Thomas R. *The Awakening of Albion: The Renovation of the Body in the Poetry of William Blake*. Ithaca: Cornell UP, 1974.

Frye, Northrop. *Fearful Symmetry: A Study of William Blake*. Princeton: Princeton UP, 1969.

Fuller, David. *Blake's Heroic Argument*. London: Croom Helm, 1988.

Gadamer, Hans-Georg. *Truth and Method*. Trans. Joel Weinshemer et al. New York: Continnum, 1996.

Gallant, Christine. *Blake and the Assimilation of Chaos*. Princeton: Princeton UP, 1986.

Garrett, Clarke. "Swedenborg and the Mystical Enlightenment in Late Eighteenth-Century England." *Journal of the History of Ideas* 45.1(1984): 67-81.

Gill, Stephen. *William Wordsworth: A Life*. New York: Oxford UP, 1989.

Gross, David. "Infinite Indignation: Teaching, Dialectical Vision, and Blake's *Marriage of Heaven and Hell*." *College English* 48.2(1986): 175-186.

Harding, A. J. *Coleridge and the Idea of Love: Aspects of Relationship in Coleridge's Thought and Writing*. London: Cambridge UP, 1974.

Harrison, G. E. *Wordsworth's Vagrant Muse: Poetry, Poverty, and Power*. Michigan: Wayne State UP, 1994.

Harrison, J. F. C. *The Second Coming: Popular Millenarianism, 1780-1850*. New Brunswick: Rutgers UP, 1979.

Hartman, Geoffrey H. "The Romance of Nature and the Negative Way." *Romanticism and Consciousness: Essays in Criticism*. Ed. Harold Bloom. New York: W. W. Norton & Company, 1970.

_____. *The Unremarkable Wordsworth*. London: Methuen, 1987.

Henderson, Andrea. "Revolution, Response, and Christabel." *ELH* 57.4(1990): 881-900.

Hess, Scott. "William Wordsworth and Photographic Subjectivity." *Nineteenth-Century Literature* 63.3(2008): 283-320.

Howard, John. "An Audience for *The Marriage of Heaven and Hell*." *Blake Studies* 3(1970): 19-52.

Hutchinson, Thomas. Ed. *Wordsworth's Poetical Works*. Oxford: Oxford UP, 1936.

Jackson, J. R. De J. *Samel Taylor Coleridge: The Critical Heritage*. Vol. 1. London: Routledge, 1968.

Jameson, Fredric. *The Ideologies of Theory: Essays 1971-1986*. Vol. 2. Minneapolis: Minnesota UP, 1988.

Keats, John. *The Letters of John Keats*. Ed. Hyper Rollins. 2 Vols. Cambridge, MA: Harvard UP, 1958.

_____. *The Poems of John Keats*. Ed. Jack Stillinger. Cambridge, MA: Belknap, 1978.

Kooy, Michael John. "Romanticism and Coleridge's Idea of History." *Journal of the History of Ideas* 60.4(1999): 717-735.

Kucich, Greg. "Keats's Literary Tradition and the Politics of Historiographical Invention." *Keats and History*. Ed. Nicholas Roe. Cambridge: Cambridge UP, 2007.

Lamb, Charles. *The Letters of Charles Lamb*. Ed. E. V. Lucas. Vol. I. London: Dent and Methuen, 1935.

Lamb, Jonathan. "Hartley and Wordsworth: Philosophical Language and Figures of the Sublime." *MLN* 97.5(1982): 1064-85.

Lea, Sydney. "Wordsworth and His 'Michael': The Pastor Passes." *ELH* 45.1(1978): 55-68.

Leavis, F. R. *Nor Shall My Sword: Discourse on Pluralism, Compassion and Social Hope*. London: Chatto and Windus, 1972.

_____. *Revaluation: Tradition and Development in English Poetry*. Harmonsworth: Penguin, 1972.

_____. *The Critic as Anti-Philosopher*. London: Chatto and Windus, 1982.

Levinson, Majorie. *Keats's Life of Allegory: The Origins of a Style*. Oxford: Blackwell, 1988.

_____. "Spiritual Economics: A Reading of Wordsworth's 'Michael'." *ELH* 52.3(1985): 707-731.

Liu, Alan. *Wordsworth: The Sense of History*. California: Stanford, 1989.

Makdisi, Saree. *Romantic Imperialism: Universal Empire and the Culture of Modernity*. Cambridge: Cambridge UP, 1998.

Marcuse, Herbert. *One-Dimensional Man*. Boston: Beacon, 1964.

McEathron, Scott. "Wordsworth, *Lyrical Ballads*, and the Problem of Peasant Poetry." *Nineteenth-Century Literature* 54.1(1999): 1-26.

McGann, Jerome J. *The Romantic Ideology a Critical Investigation*. Chicago: Chicago UP, 2004.

_____. *Towards a Literature of Knowledge*. Oxford: Clarendon, 1989.

Mee, Jon. *Dangerous Enthusiasm: William Blake and the Culture of Radicalism in the*

1790s. Oxford: Clarendon, 1992.

Mileur, Jean-Pierre. *Vision and Revision: Coleridge's Art of Immanence.* Berkeley: California UP, 1982.

Mitchell, W. J. T. *Blake's Composite Art: A Study of the Illuminated Poetry.* Princeton: Princeton UP, 1978.

Morrow, John. *Coleridge's Political Thought: Property, Morality and the Limits of Traditional Discourse.* London: The Macmillan Press, 1990.

Newey, Vincent. "Keats, History, and the Poets." *Keats and History.* Ed. Nicholas Roe. Cambridge: Cambridge UP, 2007.

Nurmi, Martin. "Polar Being." *Willam Blake's The Marriage of Heaven and Hell.* Ed. Harold Bloom. New York: Chelsea House, 1987.

O'Neill, Michael. "Writing and History in the Hyperions." *Keats and History.* Ed. Nicholas Roe. Cambridge: Cambridge UP, 2007.

Otto, Peter. *Constructive Vision and Visionary Deconstruction: Los, Eternity and the Productions of Time in the Later Poetry of William Blake.* Oxford: Oxford UP, 1991.

Paglia, Camille. *"Chritabel." Samuel Taylor Coleridge.* Ed. Harold Bloom. New York: Chelsea House Publishers, 1986.

Paley, M. D. *Energy and Imagination: A Study of the Development of Blake's Thought.* Oxford: Clarendon, 1970.

_____. "'A New Heaven is Begun': Blake and Swedenborgianism." *Blake and Swedenborg: Opposition is True Friendship.* Ed. Harvey Bellin et al. New York: Swedenborg Foundation, 1985.

Perkins, David. *Wordsworth and the Poetry of Sincerity.* Cambridge, MA: Harvard UP, 1964.

Perkins, M. A. *Coleridge's Philosophy: The Logos as Unifying Principle.* Oxford: Clarendon Press, 1994.

Pfau, Thomas. *Wordsworth's Profession: Form, Class, and the Logic of EarlyRomantic Cultural Production.* Stanford: Stanford UP, 1997.

Pinch, Adela. "Meter, Masochism, and the *Lyrical Ballads.*" *ELH* 55.4(1988): 835-852.

Rancière, Jacques. *The Flesh of Words.* Trans. Charlotte Mandell. Stanford: Stanford UP, 2004.

Reid, Ian. *Wordsworth and the Formation of English Studies.* Aldershot: Ashgate, 2004.

Roe, Nicholas. Ed. *Keats and History.* Cambridge: Cambridge UP, 1995.

Salvesen, Christopher. *The Landscape of Memory: A Study of Wordsworth's Poetry.* Lincoln: Nebraska UP, 1965.

Sampson, David. "Wordsworth and 'The Deficiencies of Language'." *ELH* 51.1(1984): 53-68.

Sharp, Ronald A. *Keats, Skepticism and the Religion of Beauty.* Athens: Georgia UP, 1979.

Strickland, Edward. "Metamorphoses of the Muse in Romantic Poesis: *Christabel.*" *ELH* 44.4(1977): 641-658.

Swann, Karen. "Literary Gentlemen and Lovely Ladies: The Debate on the Character of Christabel." *ELH* 52.2(1985): 397-418.

Tannenbaum, Leslie. "Blake's News From Hell: *The Marriage of Heaven and Hell* and the Lucianic Tradition." *ELH,* 43.1(1976): 74-99.

Thompson, E. P. *The Making of the English Working Class.* Harmondsworth: Penguin, 1980.

_____. *The Romantics: England in a Revolutionary Age.* New York: The New Press, 1997.

_____. *Witness Against the Beast: William Blake and the Moral Law.* Cambridge: Cambridge UP, 1993.

Trodd, Colin. "Emanations and Negations of Blake in Victorian Art Criticism." *Blake, Modernity and Popular Culture.* Ed. Steve Clark and Jason Whittaker. Houndmills: Palgrave Macmillan, 2007.

Trott, Nicola. "Keats and the Prison House of History." *Keats and History.* Ed. Nicholas Roe. Cambridge: Cambridge UP, 2007.

Waldoff, Leon. *Keats and the Silent Work of Imagination.* Urbana: Illinois UP, 1985.

Wallerstein, Immanuel. *After Liberalism.* New York: The New Press, 1995.

_____. *The End of the World As We Know It.* Minneapolis: Minnesota UP, 1999.

_____. *Unthinking Social Science.* Cambridge: Polity, 1991.

Ware, Tracy. "Historicism Along and Against the Grain: The Case of Wordsworth's 'Michael'." *Nineteenth-Century Literature* 49.3(1994): 360-374.

Weiskel, Thomas. *The Romantic Sublime: Studies in the Structure and Psychology of Transcendence.* Baltimore: Johns Hopkins UP, 1976.

Wiley, Michael. *Romantic Geography: Wordsworth and Anglo-European Spaces.* Houndmills: Macmillan, 1998.

Williams, Raymond. *Culture and Society 1780-1950.* New York: Penguin Books, 1961.

_____. *Keywords: A Vocabulary of Culture and Society.* Oxford: Oxford UP, 1976.

Witke, Joanne. *William Blake's Epic: Imagination Unbound.* London: Croom Helm, 1986.

Wordsworth, William and S. T. Coleridge. *Lyrical Ballads.* Ed. R. L. Brett and A. R. Jones. London and New York: Routledge, 1991.

Wordsworth, William and Dorothy Wordsworth. *The Letters of William and Dorothy Wordsworth.* Ed. Ernest De Selincourt. Vol. I. Oxford: Clarendon, 1967.

Wordsworth, William. *The Prelude: A Parallel Text.* Ed. J. C. Maxwell. Harmondsworth: Penguin Books, 1982.

_____. *The Prose Works of William Wordsworth.* Ed. A. B. Grosart. Vol. III. London: Edward Moxon, 1876.

_____. *The Ruined Cottage and The Pedlar.* Ed. James Butler. Ithaca, NY: Cornell UP, 1979.

_____. *Wordsworth's Literary Criticism.* Ed. W. J. B. Owen. Routledge, 1974.

Wright, Julia M. *Blake, Nationalism and the Politics of Alienation.* Athens: Ohio UP, 2004.

Youngquist, Paul. *Madness and Blake's Myth.* University Park: Pennsylvania UP, 1989.

Žižek, Slavoj. *The Parallax View.* Cambridge: The MIT Press, 2009.

글의 출처

1. 『천국과 지옥의 결혼』의 내러티브 찾기—블레이크적 우정의 의미
   『19세기 영어권 문학』 11(2): 27-47, 2007.

2. 윌리엄 블레이크의 국가주의 이데올로기 비판
   『18세기영문학』 6(2): 1-26, 2009.

3. 『예루살렘』에 나타난 자유와 이데올로기
   『18세기영문학』 14(1): 1-29, 2017.

4. 「윌리엄 블레이크의 예술가상」
   『18세기영문학』 11(1): 73-104, 2009.

5. '땅'의 문화적 의미—워즈워스의 「마이클」 읽기
   『18세기영문학』 9(1): 1-26, 2012.

6. 사회비판과 시적 진실 사이에서—워즈워스의 「컴벌랜드의 늙은 거지」 읽기
   『신영어영문학』 53: 27-43, 2012.

7. 고통, 쾌감, 그리고 공감의 문제—워즈워스의 시와 시론
   『안과밖』 32: 12-31, 2012.

8. 워즈워스의 "자연" 재론—영문학의 '주체적' 수용 맥락에서
   『안과밖』 39: 45-68, 2015.

9. 「크리스타벨」론—콜리지의 인식론적 딜레마
   『신영어영문학』 42: 43-60, 2009.

10. 「기억과 역사—키츠의 『하이페리언』 읽기」
    『영미문학연구』 17: 5-31, 2004.

찾아보기

고 김재오 교수 연보

1969년 10월 19일	전남 진도군 군내면 월가리에서 출생
1976년 3월 ~ 1982년 2월	진도 군내초등학교
1982년 3월 ~ 1985년 2월	진도중학교
1985년 3월 ~ 1988년 2월	안양고등학교
1990년 3월 ~ 1995년 2월	서울대학교 사범대학 영어교육학과
1990년 4월 ~ 10월	육군 보병 제대
1995년 3월 ~ 1997년 8월	서울대학교 대학원 영문학 석사
	논문:『George Gordon, Lord Byron의 *Don Juan* 연구 — Byron의 여성관과 관련하여』
1998년 3월 ~ 2004년 8월	서울대학교 대학원 영문학 박사
	논문:『윌리엄 블레이크(William Blake)의 묵시록 다시 쓰기 — 예루살렘(*Jerusalem*) 연구』
2000년 9월 ~ 2002년 8월	『안과밖』 편집간사
2006년 3월	영남대학교 문과대학 영어영문학과 전임강사
2006년 12월	김애숙과 혼인
2008년 1월 29일	아들 김서진 출생
2008년	역서『유럽적 보편주의』(원저자: 이매뉴얼 월러스틴, 창비) 출간
2011 ~ 2012년	한국아메리카학회 기획이사
2012 ~ 2016년	18세기학회 부회장
2012년	공역서『윌리엄 모리스 1』(원저자: 에드워드 파머 톰슨, 한길사) 출간
2014년	공저『영어교육의 인문적 전망』(서울대학교출판문화원) 출간
2014년 3월 이후	『안과밖』 편집위원
2017년 3월 이후	영남대학교 문과대학 영어영문학과 정교수,『안과밖』 편집위원장
2017년	역서『장마당과 선군정치』(원저자: 헤이즐 스미스, 창비) 출간
2018년 9월 29일	타계